FEGEFEUER

DER TEUFEL

INCA VOGT

FEGEFEUER
DER TEUFEL

ARIZONA THRILLER 1

Deutsche Erstveröffentlichung 2023

Korrektorat: Ilka Bredemeier

Cover: Montage aus Fotovorlagen von Depositphoto: (Hintergrund) 442763576. (Mädchen) 79748406

Motive für Innendesign mit Motiven von Depositphoto: 200958966 (Schlange) 676205268 (Kakteen Skizze s/w) 219674196 (Kakteen color)

Herausgeber: Inca Vogt, Tiefensteiner Straße 221 a,

55743 Idar-Oberstein

briefkasten(at)inca-vogt-autorin.com

ISBN: 9798863845937

Imprint: Independently published

Auflage: 9. Mai 2024

Inhalt

Über die Autorin

Inca Vogt lebt zwischen Stadt, Land und Schreibfluss irgendwo in den Bergen. Ihre *Thrillerwerkstatt* liegt direkt neben einem dunklen Wald ;-) mit sonnigen Aussichten und tierisch verschmusten Mitbewohnern.

Sie bezeichnet sich selbst als schreibendes Chamäleon, konzentriert sich aber inzwischen auf Bücher, die sie selbst am liebsten liest. Auf Thriller, die wach halten, unterhalten und nachhalten.

Die ersten redaktionellen Sporen verdiente sich die Werbetexterin mit Studien-Abschluss an der Akademie für Marketing und Kommunikation in großen Agenturen zwischen Hamburg und Frankfurt. Frankfurt ist der Dreh- und Angelpunkt ihrer ersten Psychothriller, die eins gemeinsam haben: In ihnen verdichtet die Autorin realen Horror zu packenden Thrillern .

In ihrer neuen Reihe verarbeitet die Autorin Impressionen ihrer zahlreichen Reisen zu Thrillern, beginnend mit ***FRIEDHOF DER ENGEL***, einem Utah-Thriller. Die Thrillerreise geht weiter nach Arizona. Im brütend heißen Wüstenstaat erlebt der Ku-Klux-Klan derzeit eine Renaissance. Willkommen im ***FEGEFEUER DER TEUFEL***, und auf dem ***SPIELPLATZ DER TEUFEL***, dem neunzehnten und zwanzigsten Thriller der Autorin, der in Kürze erscheint.

»Sie haben Mommys Herz gestohlen.«
Schluchzend hielt das kleine Mädchen ihm das blutverschmierte Messer entgegen ...

THRILLER-REISE
IN DIE FINSTEREN ABGRÜNDE
DES KU-KLUX-KLANS

Der Journalist Liam Garcia recherchiert zu einem Überfall auf ein Konzert des farbigen Soulsängers Timothy Blair in Phoenix. Der Künstler kämpft seit Jahren gegen Rassismus, lasche Waffengesetze und die Unterdrückung von Minderheiten. Daher vermutet Liam rassistische Motive hinter dem Anschlag und verfolgt eine Spur zu Anhängern des wiederauferstandenen KKK.

Zur Zeit des Überfalls war auch Fay, die mit einem namentlich bekannten Mitglied des Geheimbundes verheiratet ist, auf der Bühne. Liam weiß, dass Fay und den Sänger eine gemeinsame Vergangenheit verbindet. Doch Fays heutige Rolle ist so zwielichtig wie die Herkunft ihrer fünfjährigen Tochter Angel.

Als Liam in Phoenix nach Antworten sucht, gerät er selbst ins Kreuzfeuer des KKK, der in dem Journalisten und Nachkommen der Navajo sein erklärtes Feindbild erkennt. Und nicht nur in ihm ...

Binnen kürzester Zeit häuft sich die Anzahl der Personen, die auf grausame Weise zu Tode kommen – und niemand scheint sich für die Entlarvung der wahren Täter zu interessieren.

FEGEFEUER DER TEUFEL, Arizona 1, ist der zweite Band der Thrillerworld-Reihe. Dass er in Arizona spielt, hat wahre Hintergründe. In dem brüllend heißen Wüstenstaat der USA gedeihen die Keimzellen des wiederbelebten KKK auch real.

Die erste Etappe der Arizona-Thriller-Reise wird erneut von Liam Garcia begleitet und erzählt. Wie schon im Vorgängerband FRIEDHOF DER ENGEL betreffen die Ereignisse auch seine eigene noch ungeklärte Herkunft als Navajo.

In Band drei mit dem Titel SPIELPLATZ DER TEUFEL, Arizona 2, wird die Geschichte rund um Liam, Angel und andere fortgesetzt.

Die Klaviertasten sind schwarz und weiß
aber in deinem Kopf klingen sie
wie eine Million Farben

Margaret Mead

Prolog

PHOENIX, ARIZONA 2013

»Sie haben Mommys Herz gestohlen.« Schluchzend hielt das kleine Mädchen ihm das blutverschmierte Messer entgegen.

Er starrte auf das Messer, dann auf das kleine Mädchen, das nur ein verschmutztes Hemdchen trug. Rotz, Tränen und Blut vermischten sich auf seinem bleichen Gesicht zu einer Horrorfratze, umgeben von einem Wust dunkler Haare, die es wie eine dunkle Wolke umrahmten.

Das hielt er aus, lenkte es ihn doch ab vom Anblick der anderen Gestalt, auf deren klaffenden Wunden sich erste Fliegen niederließen, mit einem Surren, das ihre Schwestern in Kürze in Scharen herbeilocken würde.

Sommer in Phoenix, erinnerte er sich an die Headline auf dem Prospekt seines Hotels, in dem die Hotspots der Wüstenstadt angepriesen wurden. Der Besuch eines viel zu frischen Tatorts in einem schlichten Vorstadtviertel war nicht dabei gewesen.

Er unterdrückte ein Würgen, versuchte, seinem Fluchtimpuls zu widerstehen, starrte auf die Fliegen, deren Surren ihn kurzzeitig bannte. Dass er sich gedanklich in deren Nachwuchsplanung flüchtete, die ihm Scharen von zu erwartenden Larven vor Augen führte, aus denen rasch neue Schwärme entstehen würden, machte es nicht erträglicher.

Liebten nicht alle Lebewesen ihren Nachwuchs? Selbst diese grünlich schimmernden Schmeißfliegen?

Hastig hielt er sich die Hand vor den Mund. Doch es war zu spät. Ein Schwall seiner zuletzt genossenen Mahlzeit schoss halb verdaut aus seinem Mund. Er schaffte es noch, den Kopf zur Seite zu drehen, weg von der Kleinen, die unbeirrt stehen blieb, als röche oder empfände sie nichts mehr außer ihrer Qual.

Ein wandelndes Zombiemädchen, das jetzt wenigstens seine Hand mit dem gezückten Messer sinken ließ, als sei ihm das Gewicht zu schwer, vielleicht aber auch, weil es ahnte, dass der Besucher keine Gefahr darstellte.

Er wich einen weiteren Schritt zurück, ohne das Mädchen aus den Augen zu lassen. Dass es ein Mädchen war, hätte ein Fremder nur an ihren taillenlangen, schmutz- und blutverkrusteten Haaren erkennen können. Ihre Gestalt war noch zu jung für weitere Geschlechtsmerkmale. Sie war vielleicht sechs, wenn nicht jünger. Als sie anfing, monoton vor sich hin zu summen, zerbrach etwas in ihm.

Er sollte ihr helfen, die Cops rufen, irgendwas tun. »Komm da weg, Kleine«, krächzte er nur.

»Du musst Mommy helfen, ich kann das Loch nicht zumachen ...«, flehte sie mit einem Stimmchen, das zu ihrem zombiehaften Äußeren passte. »Du musst das Loch zunähen, so wie es der Doktor gemacht hat, bitte ...«

»Leg erst das Messer weg«, bat er leise und näherte sich ihr zentimeterweise, bedacht darauf, sie nicht zu erschrecken. Er griff nach dem Messer in ihrer Hand, nahm es ihr vorsichtig ab, wobei die Schneide in seine Hand fuhr. Sein frisches Blutrinnsal vermischte sich mit dem getrockneten Blut auf der Klinge.

Er behielt das Messer in seiner Hand, wusste nicht, wo er es sichern sollte vor dem neuerlichen Zugriff der Kleinen oder eines versteckten Angreifers, der womöglich noch im Haus lauerte.

Nur langsam erwachte er aus dem ersten Schock, versuchte, sich auszumalen, was hier geschehen war. Er zwang sich, hinzusehen, Einzelheiten zu erfassen. Sein Blick wanderte von dem Mädchen zu der ausgeweideten weiblichen Gestalt. Nackt, aufgeschlitzt, in ihrem Blut und undefinierbaren weiteren Ausscheidungen liegend, auf denen sich die verfluchten Fliegen wie auf einem Festmahl tummelten. Rasch wendete er seinen Blick ab, sah auf die Wand hinter ihr, die einmal weiß gewesen sein mochte. Jetzt zierten Blutspritzer sie, teils übermalt von Buchstaben, ungelenk aufgetragen, mit Resten von Fingerspuren.

Den Fingerspuren der Toten?

Des kleinen Mädchens?

Nein, es war noch viel zu jung. Konnte sich kaum einen so widerlichen Satz ausdenken, geschweige denn, ihn aufschreiben.

Schande und Schmach über dich,
dein Makel wird niemals getilgt

Er wandte sich ihm zu. »Wer war das? Wer hat deiner Mom so wehgetan?«

»Gespenster«, hauchte es.

»Hast du sie gesehen, kennst du sie?«

Es sah ihn nur an, mit starren Pupillen, in denen sich das Grauen zu spiegeln schien. Schwieg.

»Mein Gott, Kleine ...« seine Stimme brach.

»Bitte, mach, dass Mommy wiederkommt«, flehte sie.

Er blickte weg von ihr, zu der ausgeweideten Gestalt, erinnerte sich an die Worte der Kleinen. *Sie haben Mommys Herz gestohlen.*

Es stimmte. Da, wo zuvor ihr Herz geschlagen hatte, klaffte nur noch ein grässliches Loch.

Er schlug die Hände vor sein Gesicht, wandte sich ab und stürzte ins Freie. Dass er sich dabei mehrfach an den Wänden im Flur abstützte, um nicht zu straucheln war ihm nicht bewusst. Er musste nur fort. Den Bildern entkommen, die sich auf seiner Netzhaut eingebrannt hatten.

Aber es war zu spät.

Sie verfolgten ihn, begleitet von dem Flehen des kleinen Mädchens, das in seinen Ohren nachklang.

Er lief und lief, achtete nicht auf die bestürzten Blicke der Menschen, die vor ihm zurückwichen, hielt nur einmal an, um seine trockene Kehle mit dem Wasser aus einem Brunnen zu benetzen, seine blutigen Hände zu waschen und sein glühendes Gesicht zu reinigen. Dann hetzte er weiter.

Schon bald war er nur noch einer von vielen, denen die glühende Hitze eines weiteren Tages in der Wüstenstadt zu schaffen machte. Die ursprünglich vielleicht noch erkennbaren Blutspuren auf seiner dunklen Kleidung hatten sich längst mit dem Schweiß, den sein Körper absonderte, vermischt.

Als er etliche Straßenzüge weiter ein Taxi herbeiwinkte und auf der Rückbank sitzend »zum Airport« murmelte, waren das seine letzten gesprochenen Worte für eine lange Zeit.

Die anonyme Meldung an die Polizei und den ärztlichen Notdienst, setzte er in der Abflughalle ab, mit einem hastig gekauften Prepaid-Handy, das er später dem erstbesten Junkie in die Hand drückte, dem er auf dem Weg zu seinem Gate begegnete. Mit etwas Glück würde das jede Spur zu ihm verwischen.

Glück?

Er lachte kicksend, verschluckte sich, rang nach Luft.

»Alles in Ordnung, Mister? Geht es Ihnen gut?«, fragte eine besorgte Stewardess, bevor sie stutzte. »Sie! Ich hätte

Sie fast nicht erkannt.« Lächelnd wies sie auf das Basecap, das er tief ins Gesicht gezogen und mit der Kapuze seines frisch erstandenen Hoodies überdeckt hatte. »Könnte ich bitte ein Autogramm haben?«

Auch er quälte sich ein Lächeln ab, als er seinen Namen in das ihm hingestreckte Notizbuch kritzelte. Mit roter Schrift!

Angewidert betrachtete er die Spitze des Kugelschreibers, bevor er diesen zurückgab und auf seine Unterschrift starrte. Sie war krakelig wie die blutigen Buchstaben auf der Wand hinter dem zerfetzten Leichnam, der mit dem Anblick der jungen Frau vor ihm verschwamm.

»Danke«, schmachtete die blonde Stewardess ihn an.

Sie erinnerte ihn an eine Frau, die ihm einst wie ein Engel auf Erden vorgekommen war mit ihren goldenen Locken und dem bezauberndsten Lächeln, das ihn je erreicht hatte.

Er floh vor ihr, bemerkte nicht, wie sie ihm irritiert nachblickte, bevor sie mit einem Schulterzucken auf seine Widmung blickte und sich über die persönliche Ansprache wunderte.

Für F. in Gedenken ...

Woher wusste er, dass ihr Vorname mit einem F begann? Mit einem F für Florence.

Teil I

Die folgenden Ereignisse habe ich Jahre später niedergeschrieben, aus der jeweiligen Sicht der einzelnen Beteiligten.

Zu Beginn meiner Aufzeichnungen schreiben wir das Jahr 2013, auch wenn manche schmerzlichen Erinnerungen weiter zurückreichen.

Es ist Sommer in Phoenix. Die Temperaturen in der Wüstenstadt schwanken zwischen 34 und 40 Grad Celsius.

Liam Garcia/Yas, investigativer Journalist und Blogger

EINS

Kaum zu ertragen

TIMOTHY BLAIR

Phoenix, Arizona 2012

EIN JAHR ZUVOR

Tim hatte nicht erwartet, die Kleine zu sehen. Er hatte gehofft, einen Blick auf ihre Mutter zu erhaschen. Heimlich schmachtend, aus der Ferne. Doch da war nur ihre Kleine. Die Tochter des anderen, mit dem sie jetzt zusammen war.

»Schau, Dad, ich habe ein Bild gemalt«, forderte sie den Mann auf, einen dunkelhaarigen Typen, der mehr Muskeln als Hirn und Herz zu haben schien.

Jedenfalls redete Tim sich das ein, war nicht gewillt diesem Muskelprotz etwas Gutes zuzugestehen.

Stolz hielt das kleine Mädchen dem mittelgroßen Kerl ein Blatt Papier hin, das dieser mit gerunzelter Stirn ansah, um sich dann gleich wieder seiner Waffe zuzuwenden, die er auseinandergenommen auf einem Gartentisch vor sich liegen hatte.

Tim duckte sich tiefer in die Hecke, die ihn verbarg. Wieso beachtete der Kerl die Kleine nicht mal? Sekundenlang versuchte er in dessen Gesicht zu lesen. Der Mann wirkte düster mit seinen zusammengezogenen, dichten Augenbrauen. Düster und irgendwie weggetreten.

Das schien auch das kleine Mädchen zu spüren. Es wartete geduldig, dass er sich ihr endlich zuwendete und wenigstens einen Blick auf ihre Zeichnung warf. Doch ihr Dad reinigte weiter akribisch jedes Teil seiner Knarre.

Noch wartete das Mädchen ab, wurde aber sichtlich unruhig, bis es den offensichtlichen Waffennarren mit der Fingerspitze am Arm antippte. »Guck mal ... das bist du!« Sie streckte ihm das Blatt Papier mit seiner Zeichnung hin, hielt es ihm direkt vor die Nase und versuchte, an ihm hochzukrabbeln.

Kleine, lass ihn, der Kerl ist es nicht wert, schoss es dem Beobachter durch den Kopf. Tatsächlich musste er mit ansehen, wie der Mann die höchstens Fünfjährige grob wegschob.

»Geh spielen, Angel, nerv mich nicht!«

Angel heißt sie also, Fays Töchterchen heißt Angel.

In Tims Herzen loderte es. Wenn er und Fay zusammengeblieben wären, könnte auch er so eine niedliche Tochter haben.

Wieso kümmerte Fays Neuer sich nicht um die Kleine? Mit zu Fäusten geballten Händen atmete er tief ein und aus, um runterzukommen, auch wenn alles in ihm danach gierte, einzugreifen. Dieses kleine zarte Mädchen in den Arm zu nehmen, dem Grobian die inzwischen zusammengebaute Waffe aus den Händen zu schlagen, ihm klarzumachen, wie verletzend und fahrlässig er handelte.

Nichts davon tat er.

Tim hielt sich im Hintergrund. Kam sich vor wie ein verfluchter Spanner, der er ja auch war. Er hatte nicht mal das Recht, sie zu beobachten. Mit Tränen in den Augenwinkeln sah er zu, wie die Kleine den Mann am Shirt zog, um seine Aufmerksamkeit zu bekommen.

Warum reagierte er immer noch nicht? Bastelte nur weiter an seinem Spielzeug, das vermutlich eine tödliche Präzisionswaffe war. Selbst ein Laie konnte sehen, dass das Teil auf dem Gartentisch keine Hobbypistole war. Tim vermutete, dass es sich um ein Sturmgewehr handelte, dessen Magazin mindestens zwanzig Schuss fasste.

Sanft strich der Kerl über den Lauf der Waffe, polierte ihn konzentriert mit einem Tuch.

Kleine, bleib weg von ihm, schrie alles in Tim, als Angel sich genau in diesem Moment an den Mann schmiegte und zu ihm aufsah.

»Himmel, wie oft denn noch? Du nervst, verschwinde«, blaffte ihr Dad sie an.

Angel verzog ihr Gesicht, schien gegen die Tränen anzukämpfen, als sie zu dem Typen aufsah, während dieser die Waffe lud, sie entsicherte, eine Zielscheibe an einem Obstbaum anvisierte und den Abzug durchzog.

Tim fuhr zusammen, als habe ihn das Geschoss getroffen. Er war entsetzt, wie ungeniert der Kerl mitten in einem Wohngebiet herumballerte und erwartete, dass jederzeit protestierende Nachbarn oder die Cops auftauchen würden.

Doch nichts rührte sich.

Es schien niemanden zu stören.

Nicht mal die Kleine.

Sie klatschte lachend in die Hände, strahlte ihn an wie einen Helden. Einen Revolverhelden, wie aus einem hundert Jahre alten Bilderbuch, in dem noch die Gesetze des Wilden Westens galten. Einer Zeit, in der ein Mann noch nach der Treffsicherheit seiner Knarre beurteilt wurde.

Tim hielt es nicht länger aus, wandte sich ab, verließ das Versteck in den Büschen rund um den halb verwilderten Garten.

Er war noch keine fünf Schritte gegangen, als der nächste Schuss folgte, begleitet von dem fröhlichen Jubeln der Kleinen. Tim verfiel in einen Laufschritt, passend zu seiner Joggingkluft. Steigerte nach dem dritten Schuss sein Tempo und rannte wie von Furien gehetzt weiter. Auf halbem Weg zum Parkplatz kam ihm sein Fahrer und Freund entgegen.

»Alles in Ordnung mit dir?«, fragte Ray besorgt.

»Nichts ist in Ordnung. Ich hätte es wissen sollen«, murmelte er.

»Mensch, Tim. Ich habe dich gewarnt, lass sie endlich los. Und jetzt lass uns was trinken gehen, damit du runterkommst! In dem Zustand kannst du nicht auftreten.«

»Ein Drink?« Tim nickte schnaubend. »Gehen wir.«

Stunden später gab Timothy Blair auf der Freilichtbühne seine letzte Zugabe. Bevor er begann, verschloss er das Mikrofon mit der Handfläche und rief seiner Band einen Titel zu.

Sanfte Gitarren-Akkorde ertönten, während er das Mikrofon noch immer zuhielt. »Diesen Song widme ich einer verlorenen Liebe. Für dich und für immer ...«

Nur seine Bandmitglieder hörten die Worte und warfen ihm einen besorgten Blick zu, bevor er sich räusperte und ihnen ein Zeichen gab, noch einmal zu beginnen. Leiser und sanfter als zuvor, ihm die Führung überlassend für eine Ballade, bei der es auch im Publikum mucksmäuschenstill wurde. Selbst als er das Mikrofon herunternahm und nur noch ein leises Summen nachklang, blieb es still.

Erst als er sich abwandte, um die Bühne zu verlassen, setzte der Beifall ein. Aber dieses Mal verbeugte sich Tim nicht, er winkte nur ab, als ein Bandmitglied ihn ansprach und zurückhalten wollte.

»Lasst ihn«, mahnte Ray.

Auch er ließ seinem Freund die Zeit allein in der Garderobe, damit er sich sammeln und seinen Drink nehmen konnte.

Später, auf der kurzen Fahrt zum Hotel warf er einen besorgten Blick in den Rückspiegel. Dieses Mal schien es Tim noch mieser zu gehen als nach früheren heimlichen Ausflügen in ihre Nähe. Er soff! Trinken konnte man das schon nicht mehr nennen. Soeben setzte er eine nur noch drei viertel volle Flasche *Jack Daniels* an und nahm große Schlucke, als würde er Wasser trinken.

»Kann ich noch irgendwas für dich tun?«, fragte Ray.

»Nicht reden«, grummelte Tim »Ich brauch ein paar Stunden für mich.«

Tim straffte sich, schaffte es, erhobenen Hauptes durch die Lobby zu marschieren. Wartete sogar geduldig ab, bis sich die Fahrstuhltür hinter ihm geschlossen hatte, bevor er einen weiteren Schluck aus der jetzt nur noch halb vollen Flasche nahm. Er ließ sich Zeit, die wärmende Flüssigkeit zu schlucken, seine Kehle herunterrinnen zu lassen. Blickte dabei starr auf die Anzeige, der zufolge er fast in seiner Suite im elften Stockwerk angekommen war.

Mit einem schwachen Ruckeln hielt der Fahrstuhl. Die Tür öffnete sich und die eingebaute Lichtschranke sorgte dafür, dass sie sich erst wieder schloss, nachdem ihr Fahrgast sicher in seiner Suite angekommen war.

Genau so lange wartete Tim, bis er die Flasche erneut ansetzte, um einen weiteren gierigen Schluck zu nehmen.

Mehr schlurfend als gehend durchquerte er den gut achtzig Quadratmeter messenden Wohnraum, dessen Glastüren direkt auf die Dachterrasse führten. Sie waren blank gewienert, mit einer Schicht versehen, die verhinderte, dass sich Schmutz an ihnen festsetzte und die freie Sicht über Phoenix störte.

Was sie nicht verhinderte, war, dass ein in Selbstmitleid versunkener Sänger die Grenze übersah. Tim krachte torkelnd mit dem Kopf zuerst gegen die Panzerscheibe.

Die Schmerzen kamen verzögert bei ihm an, lange nachdem er sich den Kopf angestoßen hatte.

»Sorry, Kumpel«, entschuldigte er sich erst einmal bei

sich selbst. Dann öffnete er die Schiebetüren, trat hinaus in die Nacht und wankte zu der halbhohen Mauer, die den Freisitz begrenzte. Nach mehreren unsicheren Versuchen gelang es ihm, auf das Mäuerchen zu klettern. Die Flasche wie einen Balancestab haltend, wankte er einige Schritte, bis er ins Leere trat und auf die Platten der Terrasse stürzte.

»Nicht mal ein Suizid im Suff gelingt mir«, murmelte er halbwegs ernüchtert, richtete sich auf und schätzte, über die Balustrade gebeugt, die Entfernung ab, die sein Körper zurücklegen würde, bevor er unten aufschlagen würde. Dann schwankte er an der Mauer entlang weiter, umrundete die Dachterrasse und brach am Rande zusammen.

Gekrümmt blieb er liegen, summte eine Melodie, die er für genial hielt, erinnerte sich daran, dass er im Halbdelirium seine besten Songs geschrieben hatte. Lallend kamen die Worte über seine Lippen, formten sich zu einer Ballade, die er einem kleinen Mädchen widmete.

Dass es einer seiner bekanntesten Songs war, die längst veröffentlicht waren, bemerkte er nicht. Die winzigen Varianten in der Melodie gaukelten ihm vor, etwas völlig Neues geschaffen zu haben.

Es drängte ihn, die Zeilen festzuhalten, wenn er es schon nicht schaffte, geliebte Menschen zu halten. Er richtete sich auf, schlurfte ins Innere, setzte sich ans Klavier und notierte die Worte mit zitternden Händen auf einem Blatt Papier. Sie unterschieden sich kaum von seinem ursprünglichen Songtext. Lediglich die krakelige Schrift wich von der ursprünglichen Fassung ab, die er vor rund fünf Jahren geschrieben hatte. Nur die Widmung zeigte noch seinen früheren Schwung.

For Angel!

Seine Finger fanden die Tasten, formten eine weitere sanfte Melodie. Dieses Mal eine deutlich leisere, wehmütigere Variation. Die dazugehörenden Noten musste er nicht aufschreiben, sie hatten sich in seinem Inneren eingebrannt.

Als er Minuten später mit dem Handy in der Hand

durch den angrenzenden Schlafraum schlurfte, hinterließ er blutige Fußabdrücke. Die Scherben seiner *Jack Daniels* Flasche, die ihm aus den Händen geglitten war, hatten sich in seine Fußballen gebohrt, ohne dass er den Schmerz bemerkte. Längst war er jenseits aller Empfindungen.

Fasziniert sah er auf die Abdrücke, konnte sich nicht erklären, woher sie stammten.

»Nicht schlimm«, nuschelte er. »Kann man alles wegputzen, morgen, irgendwann ...«

»Morgen oder irgendwann«, wiederholte er, als er sich auf sein Kingsize-Bett fallen ließ, in dem locker vier Personen hätten schlafen können. Wie immer hatte sein Manager die Suite gebucht. »Zu groß, viel zu groß.«, murmelte Tim, quer auf der Überdecke aus schwarzem Satin liegend.

Müde entsperrte er sein Handy und wählte die Nummer seines Fahrers, Bodyguards und Freundes.

»Tim, es ist vier Uhr und ich schlafe!«, meldete sich Ray nach dem fünften Klingeln.

»Jetzt nicht mehr. Hör zu.«

»Na gut, wo brennts?«

»Sorg bitte dafür, dass sie Konzertkarten für alle Auftritte in der Stadt bekommt.«

»Deswegen rufst du mitten in der Nacht an? Das ist längst erledigt. Mach ich doch jedes Mal, wenn wir hier auftreten«, kam es schlaftrunken zurück.

»Vergiss es nicht«, nuschelte Tim, als habe er nur die erste Hälfte der Antwort verstanden.

»Geht klar«, brummelte Ray gutmütig. »Aber mach dir keine Illusionen. Sie wird nicht kommen, weder zur nächsten Vorstellung noch irgendwann. Nicht, solange sie mit diesem Typen zusammen ist.«

»Das kann er ihr kaum verbieten.«

Ein spöttisches Lachen antwortete ihm. »Er verbietet ihr weit mehr.«

»Verdammt, Ray, dann mach was.«

»Vergiss es, mein Freund. Da gehen sogar mir die Tricks aus. Finde dich damit ab. Sie hat ihn und nicht dich geheiratet. Du weißt warum.«

»Ich habe sie nie gefragt.«

»Hast du nicht. Also leb damit und lass mich weiterschlafen.«

ZWEI

Exempel statuieren

GARY MALONE

Phoenix, Arizona 2013

Die Fahrt in die Sonora-Wüste dauerte gute zwei Stunden, in denen sich die Männer auf der Ladefläche mit düsteren Gedanken herumschlugen. Sie hatten gegen die Regeln verstoßen. Und jetzt mussten sie nun mal mit den Konsequenzen leben, wobei das streng genommen ein paradoxer Begriff war.

Dass sie diesen unfreiwilligen Ausflug überleben würden, war mehr als unwahrscheinlich.

Noch verdrängten sie, was ihnen bevorstand und hofften, den Fahrer umstimmen zu können, wie ihre Appelle an ihn bewiesen.

»Mann, Gary, du weißt doch, wie das ist«, meldete sich der Jüngere von ihnen. »Ab und zu will man ja auch mal seinen Spaß haben. Als ob du nicht auch schon mal über die Stränge geschlagen hättest.«

»Klappe«, erwiderte Gary, dem das Jammern auf die Nerven ging, zumal seine längst wie Drahtseile gespannt waren. Immerhin waren die ordentlich verschnürten Kerle auf der Ladefläche seines Pick-ups bis vor Kurzem noch seine besten Kumpel gewesen. Brüder, mit denen er abgehangen hatte.

»Komm, sei kein Kameradenschwein, lass uns hier raus und wir verschwinden«, kam es auch prompt von hinten. »Erzähl einfach, dass du den Job erledigt hast und uns losgeworden bist, was dann ja nicht mal gelogen ist.«

In Gary grummelte es. War er das? Ein Kameradenschwein? Er erinnerte sich daran, dass der bettelnde Mann früher ein großes Tier gewesen war, bevor er angefangen hatte zu trinken, zu viel zu trinken.

Gary unterdrückte seinen Seufzer.

Dieser verfluchte Alkohol konnte einem schon die Tour vermiesen. Aber ohne Stoff war so manches, was sie taten, kaum auszuhalten. Wehmütig erinnerte er sich daran, wie viel Spaß sie anfangs gehabt hatten. Alles war wie ein Rausch gewesen.

»Gary, gib dir einen Ruck«, tönte es von hinten. »Halt an, lass uns raus und wir verschwinden einfach.«

Kurz zuckte Gary zusammen, verriss das Lenkrad, fluchte. »Verdammt, das kann ich nicht.«

Und das stimmte. Es gab nun mal Regeln, an die sich alle zu halten hatten. Das wusste doch jeder. Auch die beiden da hinten.

Immerhin ging es ja um was.

Seit Gary in der Hierarchie aufgestiegen war, genoss er Privilegien, von denen er zuvor nur hatte träumen können. Der Status, das Gemeinschaftsgefühl, die Achtung und das damit einhergehende Machtgefühl, das ihm die Bruderschaft vermittelte, war mit nichts zu vergleichen. Endlich war er jemand. Eine Respektperson, ein Kerl, der sich nach oben gearbeitet hatte.

»He, wenn du mich freilässt, merkt es doch keiner«, versuchte der Ältere es wieder.

Verdammter alter Sack, dachte Gary, nun wieder voll auf Spur. Selbst schuld. Mit seinem Gequassel war ihm der Kerl auch schon früher auf den Sack gegangen. Fing der plötzlich an über gleiche Rechte und Chancen für alle zu palavern. Ganz anders der Jüngere, der einfach nur ein kriminelles Arschloch war und einmal zu viel in die Vereinskasse gegriffen hatte.

Gary reckte sich.

Verräter und Überläufer waren wirklich das Letzte.

»Bitte, Gary, du bist doch ein guter Junge und kein Killer«, näselte der Alte.

»Halt die Klappe«, brummelte Gary mit einem Blick in den Rückspiegel. Notdürftig hatte er die Abtrünnigen mit einer Plane abgedeckt, die inzwischen verrutscht war. Darunter musste es inzwischen kochend heiß sein – und hoffentlich auch endlich still.

Verdächtig still, wie Gary einige Meilen weiter überlegte. Waren die jetzt von allein krepiert?

Nach einer weiteren Meile wurde es ihm dann doch mau. »Hat es euch Jammerlappen die Sprache verschlagen?«, rief er nach hinten.

Es blieb weiterhin still.

Die sind wohl wirklich hinüber, überlegte er.

War das gut oder schlecht?

Nach einer Weile beschloss er, dass es ihm egal war. Sollten sie von allein dahingeschieden sein, musste er sich die Hände nicht schmutzig machen. Er konnte ihre Kadaver draußen in der Wildnis abladen und ihr Fleisch den Tieren und der Sonne überlassen.

Sehnsüchtig linste er zu der Kühltasche im Fußraum unter dem Beifahrersitz, wo er einige Flaschen Bier gebunkert hatte. Kurz darauf bog er auf die kaum sichtbare Schotterstraße ab, die zu seinem Zielgebiet führte. Allmählich wurde er müde und langweilte sich. Fragte sich erneut, ob er mit zwei Leichen durch die Gegend tuckerte.

»He, lebt da hinten noch einer?«

Ein müdes Grummeln antwortete ihm.

»Noch gut eine Stunde«, rief er zurück. »Nutzt sie für ein Gebet zum Herrn. Vielleicht vergibt er euch eure Schuld, anders als wir. Wir vergeben nie!«

»Großkotz, wenn es darauf ankommt, scheißt du dir doch wieder in die Hosen.«

»Hast du es immer noch nicht kapiert?«, fragte Gary genervt.

»Was kapiert?«

»Dass es mich einen Scheißdreck interessiert, was du von dir gibst. Aber mal was anderes. Wollt ihr nicht wissen, wohin es geht?«

Keine Antwort.

Nur leises Tuscheln.

Wütend ob dieser Respektlosigkeit trat Gary heftiger aufs Gas, als es die holprige, unbefestigte Straße, gebot. Staubwolken flogen auf, der Motor kreischte nicht ganz so schrill wie die Gefesselten.

»Klappe! Alle beide!«, rief Gary.

Wieder wurde es ruhig. Nur das Knirschen der Reifen und der zuweilen keuchende Motor waren zu hören. Gary stöhnte. Das war öde, er sehnte sich nach Schlaf oder wenigstens einem kühlen Bier.

Erst der Job, dann feiern, tönten Dons Mahnungen in ihm nach.

»Noch zwanzig Minuten bis zu eurem Exitus«, rief er nach hinten und sah, wie seine verschnürten Fahrgäste herumruckelten, als hätten sie eine Chance, sich von den Fesseln zu befreien. Er lachte, machte sich selbst fast in die Hosen, als ein beißender Geruch zu ihm herüberwehte. »He, ihr Penner, wer von euch hat mir auf die Ladefläche gepisst?«

»Halt du doch die Klappe«, kam es mürrisch zurück.

»Ich denk nicht dran«, entgegnete Gary. »Fängt doch gerade erst an, Spaß zu machen. Wollt ihr wissen, wie ich es machen werde?«

»Fick dich«, knodderte der Ältere, während der Jüngere nur heftig keuchte.

»Krepierst du gerade?«, fragte Gary.

»Du bist doch der letzte Abschaum«, protestierte der

Ältere. »Leckst du Don auch immer schön den Schwanz dafür, dass du seine Drecksarbeit machen darfst? Oder lässt du ihn im Gegenzug ab und zu über dein Weibchen drüber rutschen?«

Der Pick-up geriet ins Schleudern, als Gary das Lenkrad heftig verriss. Nach viel zu hektischen Gegenbewegungen bekam er das Fahrzeug wieder in den Griff. Mit klopfendem Herzen ließ er es ausrollen, stellte den Motor ab und atmete heftig ein und aus.

Das Gröhlen hinter ihm war verstummt. Nur ein leises »Shit, willst du uns umbringen?«, war zu hören.

»Genau«, zischelte Gary und griff jetzt doch in die Kühltasche, entnahm eine der braunen Flaschen und ließ den Verschluss aufpoppen. Erst als die prickelnde Flüssigkeit seine Kehle hinunterfloss, beruhigte er sich langsam und sann auf Rache. Mit dem letzten Spruch hatten sich seine unfreiwilligen Fahrgäste eine Extrabehandlung verdient. Er würde sie nicht einfach in die Hölle befördern, wie befohlen. Vorher sollten sie leiden, wimmern, um die Gnade eines raschen Todes flehen!

Scheiß auf den Spruch: Einer für alle ...

Don

»Schließ die Tür hinter dir«, forderte Don ihn auf.

Gary gehorchte.

»Hast du alles erledigt?«

Gary nickte eifrig. »Wie besprochen«.

Dons Nasenflügel blähten sich auf. »Hast du etwa getrunken?«

»Nur einen Schluck gegen den Durst«, beteuerte Gary und bemühte sich, nicht in Dons Richtung zu atmen. Er hatte seinen Mund zwar mit Wasser ausgespült und mehrere Pfefferminzdrops gelutscht, aber Dons Nase war berüchtigt.

Doch heute schien er sanft gestimmt zu sein, deutete auf die geöffnete Weinflasche und das zweite Glas.

»Gut, gut! Bedien dich. Gab es Komplikationen?«

»N...nein, hab alles erledigt, so wie du es gesagt hast«, stammelte Gary und verzichtete darauf, sich einen Wein einzuschenken. Seine Hände zitterten zu arg.

»Brauchst du einen Cleaner?«

»N...negativ. Ein Unfall in der Wüste.«

Don lachte schallend. »Prächtig, die Wüste ist schon so manchem zum Verhängnis geworden.«

»Selbst schuld«, bestätigte Gary breit grinsend und fühlte sich wieder auf sicherem Terrain. Don hatte ihn gelobt, was selten genug vorkam. »Nachdem ich den freundlichen Guide gegeben habe«, kam er ins Plaudern, »bin ich weiter Richtung mexikanische Grenze gefahren, dahin, wo nicht mal eine Schotterpiste hinführt ... du weißt schon ...«

Don stoppte seinen Redefluss mit erhobener Hand. »Keine Einzelheiten. Ich geh davon aus, dass sie uns nicht mehr in die Quere kommen?«

»Das kannst du. Den Biss einer Mojave-Klapperschlange überlebt niemand ohne Gegenmittel, und die sind rar da draußen.«

»Ich sagte, behalts für dich!«

Gary nickte ergeben. »Wenn du jetzt keine weiteren Aufträge hast ...«

Dons buschige Brauen wanderten nach oben. »Was dann?«

»Du sagtest, wenn ich mich bewähre, stünde einer rituellen Aufnahme in den Bund mit regelmäßigen Bezügen nichts im Weg.«

»Lass mich nachdenken.« Don musterte Gary von oben bis unten. »Ja, ich denke, du bist so weit. Zu deiner Initialisierung solltest du passender gekleidet erscheinen. Ich kümmere mich um deine Robe.«

»Danke Don, das ist großartig. Es wird eine richtige Intialisierung geben, so wie früher?«

»Ja, mein Junge.« Don nickte ihm gönnerhaft zu. »Es wird Zeit, ein paar gute alte Traditionen wieder aufleben zu lassen.«

»Wann?«, fragte Gary.

»Ich lass dich rufen. Aber jetzt sieh zu, dass du die stinkenden Klamotten loswirst, und mach was gegen deinen Mundgeruch. Wenn du so nach Hause zu Frau und Tochter kommst, riecht deine Kleine einen Meter gegen den Wind, dass du es hast krachen lassen.«

Er griff in die Schublade seines riesigen, geschnitzten Schreibtisches, der noch aus der Kolonialzeit stammte, und verharrte kurz. »Du stinkst wirklich bestialisch.«

»Die Hitze«, entschuldigte sich Gary und schnüffelte selbst. Don hatte recht, er stank nicht nur nach Schweiß. Warum hatte er auch vergessen den Schutzanzug überzustreifen, bevor er sich an diesem Verräterpack ausgetobt hatte? Siedend heiß fiel ihm ein, dass er gleichfalls versäumt hatte, das Ausweidemesser zu säubern. Es lag immer noch im Fahrzeug.

»Komm, nimm den Schlüssel und dann ab mit dir in die Gästesuite und unter die Dusche.« Don schob ihm einen Schlüssel über den Tisch und rümpfte angewidert die Nase. »Schrubb dich gründlich. Zieh dir auch was anderes über. Ich lass dir ein Shirt und frische Hosen vor die Tür legen, damit deine Frau nicht Meter gegen den Wind riecht, dass da was faul ist. ... Ein Schlangenbiss, so so!«

Garys Ego schrumpfte. Don konnte man wirklich nichts vormachen.

Der große Mann, der nicht nur körperlich jeden von ihnen überragte, sah ihn aus schmalen Augenschlitzen an. »Es ist besser, wenn du dich nicht mit deinen Taten brüstest. Bei niemandem! Haben wir uns verstanden?«

Gary nickte nur.

»Ach, noch eins. Du weißt, wir legen Wert auf stabile

Familienverhältnisse und ein Stammhalter, neben deinem Mädchen, wäre hilfreich, wenn du es zu was bringen willst.«

»Selbstverständlich« stammelte Gary. *Ein Stammhalter?* Er biss die Zähne zusammen, griff nach dem Schlüssel für die Gästesuite und beeilte sich, Dons prüfendem Blick zu entkommen.

Gary

Nach einer ausgiebigen Dusche streifte er sich die sauberen Hosen und das nagelneue weiße Shirt über, das ihm vorkam wie eine weiße Weste.

Erstaunlich, welche Wirkung ein paar väterliche Worte von Don auf ihn hatten. Für den Mann würde er weit mehr tun, als nur den Dreck hinter ihm aufräumen.

Gierig sog er den stets frischen Duft im Haus seines Anführers ein. Das war auch so eine Sache, die er nicht verstand. Nach jedem Besuch fühlte er sich besser, regelrecht gesegnet, ging mit einem guten Gefühl und dem Wunsch, sich hochzuarbeiten, wieder.

Ja, das war Familie, weit mehr als seine eigene kleine Gemeinschaft.

Weit mehr, sinnierte er auf dem Nachhauseweg vor sich hin und fand, dass das ein Grund zum Feiern sei. Nur ein Bier, schwor er sich, als er vor seiner Stammkneipe anhielt.

Dass es dann nicht bei einem Bier blieb, merkte er kaum.

Er fühlte sich immer noch fit, als er später zu seinem Pick-up wankte und sich hinters Steuer klemmte.

»Anschnallen nicht vergessen«, nuschelte er. »Wir wollen ja nicht, dass ein Scheißcop mich erwischt.«

Warum sein Wagen kurz darauf nur Schlangenlinien fuhr, verstand er nicht. Aber es war lustig und erinnerte ihn an die Klapperschlange, die nur kurz aus ihrem Loch gelugt hatte, um dann hastig dem erstbesten Menschen ihr Gift in die Wade zu spritzen. Die Wunde war nicht mal groß gewesen, aber das Gift hatte augenblicklich gewirkt.

Fast schon zu rasch für Garys Plan, sich an beiden Opfern noch ein wenig länger auszutoben.

Aber zu dem Zeitpunkt war seine Sicht von den Bieren getrübt gewesen und es grenzte an ein Wunder, dass er nicht nur den Rückweg aus der Wüste geschafft, Don aufgesucht und nach einem Abstecher in die Bar den Wagen unversehrt vor seinem Gartenzaun zum Stehen gebracht hatte.

Dann war es aber mit den Wundern des Tages vorbei. Der Anblick, der sich ihm hinter dem Zaun bot, ließ ihn durchdrehen. Er machte sich nicht mal die Mühe, die Wagentür zu schließen, stürmte los ...

DREI

Ein Mädchen namens Betty

ANGEL MALONE

Phoenix, Arizona 2013

Nie zuvor hatte Angel dunkelhäutige Menschen in ihrem Viertel gesehen und trat einen Schritt näher, um die extrem krausen Haare der kleinen Besucherin anzufassen. »Das fühlt sich lustig an«, sagte sie staunend.

Das kleine farbige Mädchen verkroch sich halb hinter seiner Mom, die lächelnd zwischen Angel und ihrer Mutter hin und her blickte. »Das ist meine Tochter Betty und ich bin Clarisse« stellte sie sich vor. »Wir sind vor ein paar Tagen nebenan eingezogen.«

Fay erwiderte ihr Lächeln, während sie sich die von der Gartenarbeit verschmutzten Hände an der Jeans abwischte. »Willkommen Clarisse, ich würde dir ja gern die Hand reichen aber ...«

»Ach was, das ist doch nur Erde.« Clarisse wechselte die Schachtel, die sie mitgebracht hatte, von der rechten in die linke Hand, um Fays Hand zu erfassen und kräftig zu schütteln. »Ich habe Ihre Kleine draußen herumtollen gesehen und glaube, sie ist im gleichen Alter wie meine Betty.«

»Angel ist gerade sechs geworden«, bestätigte Fay.

»Genau wie Betty. Vielleicht können sie ja miteinander spielen?«

»Au ja, dürfen wir, Mom?« Angel griff nach Bettys Hand. »Komm, ich zeige dir mein Baumhaus.«

»Ja, geht nur«, ermunterte Fay sie und nickte Clarisse zu.

Diese sah den Mädchen lächelnd nach, bevor sie Fay die Schachtel reichte. »Selbst gebacken, ich hoffe, ihr mögt Apple Pie. Ist nach einem alten Familienrezept.«

»Und wie! Ganz lieben Dank. Gehen wir doch rein ins Kühle. Magst du einen Kaffee oder doch lieber Eistee?«

»Ich mag beides.«

»Dann bekommst du auch beides.« Fay winkte Clarisse ins Innere. Am Eingang blieb sie stehen und wandte sich um zu den Mädchen, die Hand in Hand durch den Garten schlenderten, als würden sie sich schon lange kennen. »Was ist mit euch, Betty und Angel?«, rief sie. »Mögt ihr auch Kuchen und Eistee?«

»Au ja«, rief Angel. »Aber zuerst zeig ich Betty mein Haus im Baum.«

»Die sind jetzt erst einmal beschäftigt«, bemerkte Clarisse lächelnd und folgte Fay durch die geöffnete Glasschiebetür in die Küche, wo Fay den Kuchen auf dem Tresen abstellte und sich erneut nach den Mädchen im Garten umsah.

»Am besten bleiben wir hier. Da haben wir die Mädchen im Blick. Angel ist manchmal etwas stürmisch. Nicht, dass sie wieder was ausheckt.«

»Ach, es sind doch Kinder. Die müssen auch mal toben. Vielleicht kann sie Betty ein wenig aus der Reserve locken. Sie ist bei Fremden zunächst schüchtern.«

»Dad hat mir das Haus gebaut,« erklärte Angel stolz und steuerte einen Kastanienbaum an, auf dessen kräftigen

Ästen eine Plattform mit einem Holzhaus zu sehen war. Das Haus war zusätzlich mit in der Erde verankerten Pfeilern abgesichert und eine stabile Trittleiter führte zu dem drei Meter über der Erde erreichbaren Podest mit Terrasse.

»Und das Haus gehört dir ganz allein?«, fragte Betty staunend.

»Klar«, bestätigte Angel stolz. »Aber du darfst mich immer besuchen. Komm, ich zeig es dir.«

»Jetzt gleich?«, fragte Betty zögernd und blinzelte in die Höhe.

»Ja, komm schon.« Angel griff nach ihrer Hand, um sie mit sich zu ziehen.

Aber Betty zögerte. »Geh du vor. Ich komme nach«, versprach sie und sah der vorauskletternden Angel hinterher. »Das ist ganz schön hoch.«

»Hast du Schiss?«, fragte Angel von oben.

Als Betty weiter nur zu ihr hochsah, wies sie auf ein dickes Seil. »Daran kannst du dich festhalten«, erklärte sie und sah ungeduldig zu, wie Betty eine Stufe nach der anderen nahm und immer wieder ängstlich nach unten blickte. »Nicht nach unten schauen, du musst hochgucken.«

Das Geräusch eines näher kommenden Fahrzeugs lenkte sie ab. »Guck mal, da kommt mein Dad«, rief sie. »Los, beeil dich. Wir spielen verstecken, Dad soll uns suchen.«

Betty nickte tapfer, nahm eine weitere Stufe, während Angel ihr von oben eine Hand entgegenstreckte.

»Schnell, ehe er dich sieht.«

Doch es war zu spät, ein Schatten eilte Gary voraus, als er sich ihnen näherte.

»Moment mal, was wird das?«, schrie er.

Angel sah, wie Garys Arme ihre neue Freundin von hinten packten und nach unten zerrten.

»Runter da, Negerbalg.«

»Nicht, Daddy. Das ist doch Betty«, protestierte Angel.

Doch es war zu spät. Betty schrie vor Panik, zappelte in Garys Armen, bis er sie unsanft von sich stieß.

»Weg hier«, brüllte er. Zerrte das Mädchen grob am Arm. »Verpiss dich von meinem Grundstück.«

Angel weinte, blickte hilfesuchend zu ihrer Mom, die von Bettys Mutter gefolgt herbeieilte und Gary in den Arm fiel. »Lass die Kleine los.«

Doch Gary zerrte weiter an dem Mädchen, bis es strauchelte. Clarisse fing es gerade noch auf.

»Bist du von allen Sinnen?«, kreischte Fay und stellte sich schützend vor Betty und deren Mom. »Hast du nicht gehört? Das ist Betty, die Tochter unserer neuen Nachbarn. Los, entschuldige dich bei der Kleinen, du machst ihr Angst.«

»Entschuldigen? …

Ich? ...

Du wirst dich entschuldigen!«, fuhr Gary sie an. »Was hast du mit dem Pack zu tun? Wie kannst du diese Bagage in mein Haus und auf mein Grundstück lassen?«

Fassungslos verharrte Angel hoch oben im Eingang ihres Baumhauses und musste zusehen, wie Gary auch ihre Mom vor sich her schubste. Dabei stolperte sie über einen Findling, strauchelte und stürzte. Ohne nachzudenken, kletterte Angel die Leiter hinunter, vertrat sich bei den letzten Stufen, rutschte ab und fiel selbst auf die Wiese. Sofort rappelte sie sich wieder auf und lief zu ihrer Mom. Weinend, mit aufgeschrammten Händen und Knien, rettete sie sich in ihre Arme. »Warum ist Dad so böse?«

»Pscht, Schatz.« Mom drückte sie fest an sich und blickte besorgt zu Clarisse. »Ist deine Kleine okay?«

»Sie hat nur ein paar Kratzer«, versicherte Clarisse und barg Betty in ihren Armen. »Was ist mit euch? Seid ihr verletzt, ich bin Krankenschwester, ich kann ...«

»Du kannst hier verschwinden!«, unterbrach Gary sie und baute sich breitbeinig vor ihr auf. Seine geballten Fäuste bewegten sich, als könne er sich kaum noch beherrschen. »Wenn ich euch hier noch einmal sehe, kommt ihr nicht so glimpflich davon.«

»Geht besser«, mahnte Fay. »Ich klär das.« Mühsam richtete sie sich auf, stellte sich erneut vor Gary, der die geballten Fäuste in Richtung der Davoneilenden streckte.

»Wie kannst du nur?«, fragte sie. »Bist du von Sinnen?«

Gary knurrte, wandte sich ihr zu, schlug sie mitten ins Gesicht.

Angel schrie, sah, wie der Kopf ihrer Mom zur Seite flog, wie sie wankte. Weinend warf sie sich dazwischen. »Nicht Dad! Tu Mom nicht weh ...!«

Dann spürte auch sie seine Schläge.

VIER

Gnadenlos

ANGEL MALONE

Phoenix, Arizona 2013

»Wagt es ja nicht, zu diesen Niggern zu gehen.« Garys Stimme grollte.

Bang blieb Angel auf der oberen Treppenstufe stehen und lauschte. Seit das mit Betty passiert war, versteckte sie sich vor Dad. Erst wenn er morgens aus dem Haus verschwunden war, traute sie sich heraus. Doch heute war er früher als sonst zurückgekommen.

Dabei war es noch nicht mal richtig dunkel und sie hatte weder sein Auto, noch ihn gehört, als er ins Haus gekommen war. Sie hörte nur, wie er herumbrüllte und Mom beschimpfte. Von Mom hörte sie zunächst keinen Ton, dann diesen Aufschrei, gefolgt von einem Poltern.

Sofort war sie am Treppengeländer und hörte, wie Mom flehte, er solle aufhören.

Schwankend zwischen dem Wunsch, Mom zu beschützen, und der Furcht vor dem Mann, zu dem sie bis vor Kurzem noch Dad gesagt hatte, lauschte sie den Stimmen, hielt sich ihre Hand vor den Mund, damit kein Laut daraus entweichen konnte. Sie beugte sich weit über das Geländer und sah, wie Mom vor Gary zurückwich. Wie sich ihr liebes

Gesicht, auf dem noch die blauen Spuren seiner Schläge zu sehen waren, vor Angst verzerrte.

»Wenn ich dich noch einmal bei dem Pack sehe ...«, knurrte Dad und hob erneut die Hand.

»Was, dann? Willst du mich tot prügeln?«, flüsterte Mom.

Doch Dad reagierte nicht, wandte sich ab und kam zwei Stufen auf einmal nehmend nach oben.

Hastig versteckte sich Angel, duckte sich eng neben die Kommode im oberen Flur, traute sich nicht zu atmen und barg den Kopf in ihren Armen. Sie hörte und spürte seine stampfenden Schritte, die den Dielenboden vibrieren und knarzen ließen.

Vorsichtig linste sie seitlich nach oben, als er wieder an ihr vorbeistapfte, um nach unten zu gehen. Sie sah seine bunten Boots, die vorne und hinten mit Stahlkappen verziert waren. Die Stiefel, die er sonst auszog, weil sie den Boden verkratzten. Ihren schönen neuen Boden, auf den er doch auch mal stolz gewesen war.

War ihm das jetzt alles egal? Und was war das für ein Bündel, das er an sich gepresst mitnahm?

Sie rührte sich nicht, bis er fast unten war. Wieder verrieten die knarzenden Dielen seinen genauen Standort. Rasch krabbelte sie zum Treppengeländer, zu ihrem Aussichtsposten, von dem aus sie den Flur im Blick hatte.

Mit tränenden Augen sah sie, wie er die Haustür aufriss und im Schatten der einbrechenden Nacht durch den Vorgarten marschierte.

»Mom? Wo bist du?« flüsterte sie und schlich Stufe um Stufe nehmend nach unten.

»Hier, mein Schatz«, kam es leise.

Sie wandte sich um, sah ihre Mom reglos an der Küchentür stehen.

Angel eilte zu ihr, umfasste sie und verkroch sich in ihren Armen. »Mom, geht Dad jetzt noch zur Arbeit?«

Mom ging neben ihr in die Hocke, umarmte sie fest und starrte wie sie auf die noch immer offen stehende Haustür.

»Es ist mir egal, wohin er geht«, antwortete sie und entließ Angel aus ihrer Umarmung. Sie richtete sich auf, ging mit müden Schritten zur Haustür, schlug sie zu, schloss die einbrechende Dunkelheit aus und schob auch den kleinen Riegel vor. Er quietschte leise, als sei er lange nicht bewegt worden. Dann kam sie zurück, griff nach Angels Hand. »Komm, machen wir es uns gemütlich.«

Angel ließ sich von Mom ins Wohnzimmer ziehen, verstand nicht, was das alles bedeutete, blickte nur ängstlich zu ihrer Mom.

»Wollen wir die Vorhänge zuziehen und Kerzen anzünden?«, fragte diese.

Angel schüttelte den Kopf, blickte wie gebannt durch die Fensterfront nach draußen.

»Was ist los, Schatz?«

»Nicht die Vorhänge zuziehen«, bat sie. »Ich muss sehen, wenn Dad zurückkommt.«

»Fehlt er dir?«

Wieder schüttelte Angel den Kopf. »Wir müssen uns verstecken, bevor er zurückkommt.«

»Warum, Angel?«

»Damit er dich nicht mehr schlägt.«

»Ach Schatz, dein Dad wird uns nicht wieder schlagen«, protestierte Fay schwach.

»Bleibst du heute Nacht bei mir in meinem Zimmer?«

»Warum das? Du bist doch schon groß.«

»Ich will nicht, dass du bei Dad schläfst. Er ist böse.«

Erleichtert sah Angel, wie ihre Mom nickte. »Ist gut, Schatz, ich bleibe bei dir.«

»Und wir lesen zusammen, ja?«

»Ja, wir lesen wieder von den Geistern und Feen, die du so magst«, stimmte Mom zu. Angel kuschelte sich eng an sie, buchstabierte ab und zu ein Wort, das Mom ihr zeigte.

Irgendwann wurde Angel schläfrig und lauschte nur noch Moms Stimme.

Ein Schrei von draußen durchbrach die Idylle. Sofort war sie wieder hellwach. »Lass mich nie allein, Mommy«, flehte sie und streichelte ihr Gesicht.

»Keine Angst, Angel, das war sicher nur ein Tier ...«

»Du weinst ja, Mom.« Vorsichtig wischte Angel über ihre bleiche Wange, über die eine einzelne Träne sich ihren Weg bahnte.

Mom blickte sie ernst an, legte ihre Hand zum Schwur auf die Brust. »Ich lass dich niemals allein, Angel. Du bist mein Herz, bist mein Leben, bist alles, was ich habe.«

»Und was ist mit Dad? Hat er uns nicht mehr lieb?«

Fay seufzte. »Er hat uns bestimmt noch lieb. Er hat nur die Nerven verloren.«

Angel fasste es nicht. Hatte Mom schon alles vergessen? »Ich will nicht mehr, dass er mein Dad ist«, sagte sie trotzig. »Er ist böse. Er ist der böse Gary!«

FÜNF

Weiße Geister

ANGEL MALONE

Phoenix, Arizona 2013

Es war tiefe Nacht als Angel wieder aufwachte und sah, dass Mom immer noch wach war und sie ansah. »Bist du böse auf mich, weil ich das gesagt habe«, fragte sie leise und erinnerte sich daran, dass Mom sie beschwichtigt hatte, es würde alles wieder gut werden, sie müsse sich nicht vor Gary fürchten. Aber über ihn geredet hatten sie nicht mehr. Dabei gab es so vieles, was sie Mom noch fragen wollte.

Mom schüttelte den Kopf, streichelte ihre Wangen. »Ich werde niemals böse auf dich sein, Angel«, beteuerte sie »und ich weiß, wie schwer es für dich ist, wenn Dad und ich uns streiten. Es tut mir unendlich leid, dass du das alles mitbekommst.«

»Er soll dich nicht schlagen und nicht so schlimme Sachen zu Betty sagen«, murmelte Angel.

»Nein, das sollte er nicht.«

»Aber er hat es wieder getan.«

»Wann, Schatz?«

»Heute früh, als ich am Gartenzaun mit Betty gesprochen habe. Dad kam auch, er hat sie wieder angeschrien. Dabei war sie doch bei sich im Garten.«

»Ihre Mom hat mir davon erzählt und ich habe mich auch schon entschuldigt.«

»Warum macht er das?«

»Ich weiß es nicht. Aber ich versuche mit ihm zu reden.«

»Und wenn Dad einfach nicht mehr zurückkommt. Darf ich dann wieder mit Betty spielen?«, fragte Angel mit großen Augen.

»Wie meinst du das, Schatz?«

»Er soll nicht mehr kommen. Er soll bei den Männern bleiben, mit denen er trinkt und schießt.«

»Du meinst auf dem Schießplatz?«

Angel schüttelte den Kopf. »Nein, in der Wüste. Bei den stachligen grünen Bäumen.«

»Bei den Riesenkakteen? Wart ihr da?«

»Ja, schon ganz oft. Immer wenn du arbeitest.«

»Nur du und Dad?«

»Nein, die anderen Männer sind immer dabei. Ich muss hinten auf der Ladefläche sitzen und wenn wir da sind, darf ich auch schießen. Mit einem richtigen Gewehr. Gary hat mir gezeigt, wie es geht.«

»Was? Er hat dich schießen lassen?«

Angel nickte mit einem verschämten Gesichtsausdruck. »Ich soll dir nichts sagen, du seist zu sorglich.«

»Sorglich? Fürsorglich, oder was meinst du?«

»Ja, Gary hat gelacht, hat ganz doofe Sachen gesagt.«

»Was hat er denn gesagt?«

»Fay ist eine Glucke. Aber gut im Bett. Was heißt das, Mom?«

»Nichts! Überhaupt nichts. Das ist dummes Männergeschwätz.«

Als Gary auch am nächsten Abend noch nicht zurück war, entspannte sich Angel. »Bleibt Dad jetzt für immer weg?«, fragte sie.

»Er hat bestimmt noch zu tun«, wich Fay aus und sah zum Fenster hinaus, wie sie es alle paar Minuten machte, um dann gleich wieder den Vorhang zu schließen.

»Was ist da, Mom?«, fragte Angel.

»Nichts, da ist nichts.«

»Aber das leuchtet so komisch. Lass mich auch mal gucken.«

»Das ist nichts für dich, Schatz. Geh besser hoch in dein Zimmer, ich komme gleich nach.«

»Ich will nicht! Lass mich auch mal gucken.« Schneller als Fay reagieren konnte, hatte Angel den Vorhang zur Seite gezogen und blickte mit großen Augen nach draußen, auf ein Spektakel, das sie sich im ersten Moment nicht erklären konnte.

Fay war sofort neben ihr, umarmte sie, versuchte, ihr die Augen zuzuhalten. Doch Angel wehrte sich heftig. »Ich will gucken«, forderte sie erneut. »Was ist das, Mom? Ist das ein Fackelzug?«

»Ja, so etwas ähnliches.«

»Sind das Geister?«

»Komm weg da«, flehte Fay und versuchte weiter, sie von der Fensterscheibe wegzuziehen. »Es gibt in Wahrheit keine Geister, das weißt du doch. Wir haben doch Caspar angesehen und der war auch nicht echt.«

»War er doch! Und er war lieb. Nur die anderen Geister waren böse.«

Mit schreckgeweiteten Augen starrte Angel hinaus. »Die sehen gruselig aus. Warum haben die so spitze Köpfe?«

»Nicht hinsehen, Angel, komm da weg.«

»Warum? Sind das böse Geister? Was wollen die hier? Und warum tragen sie Fackeln? Sieh nur!«

»Besser nicht, Schatz. Die dürfen uns hier nicht sehen, bleib vom Fenster weg.«

»Hast du Angst?«

»Ja, Angel, die machen mir Angst.«

»Schisser.« Angel kicherte und hörte gleich wieder auf,

als sie sah, wie Mom zitterte. Sie umarmte sie. »Kommen die zu uns?«

»Ich glaube nicht.« Fay ging vor ihr in die Hocke. »Hör zu, Angel, das sind keine richtigen Geister, das sind böse Männer, die sich verkleidet haben.«

»Warum?«

»Damit niemand sie erkennt.«

»So wie die Gangster?«

»Ja, genau so.«

Fay versuchte erneut, sie vom Fenster wegzuziehen.

Doch Angel blieb wo sie war, presste ihre kleine Nase an die Scheibe. »Mom, schau doch. Da ist Bill.«

»Wer?«

»Der Geist ohne spitzen Hut.«

»Woher kennst du Bill?«

»Er war auch in der Wüste. Er hat auf Leute geschossen. Auch auf Kinder. Die waren noch ganz klein.«

»Was sagst du da?«

Angel nickte mit Tränen in den Augen. »Das ist ein Geheimnis. Ich darf dir nichts davon erzählen.«

»Wer hat dir das verboten?«

»Dad ... Gary ... haut er mich jetzt?«

»Nein, ich verrat ihm nichts. Das behalten wir für uns, das ist jetzt unser Geheimnis.«

Angel nickte ernst. »Du bist nicht böse?«

»Auf dich, Schatz? Niemals. Aber erzähl mal genau, wie das war.«

»Ich wollte zu den Kindern und ihnen Wasser bringen. Da hat er geschossen.«

»Auf dich?«

»Ich weiß nicht. Gary hat mich weggeschickt und mit mir geschimpft.«

»Moment mal, Angel, ist das wahr? Bill hat auf die Leute und die Kinder geschossen? Hat er sie getroffen?«

Angel nickte ernst. »Alle haben gelacht und wollten,

dass ich auch schieße. Aber das war später, als keine Leute mehr da waren.«

»Auf wen solltest du schießen?«

»Auf große Bilder von Leuten.«

»Die Männer haben sicher auch nur auf die Bilder geschossen ...«

»Nein, Mom!« Angel sprang auf, stampfte wütend mit dem Fuß auf. »Sie haben auf Leute geschossen. Warum glaubst du mir nicht?«

»Schon gut, Angel. Ich glaub dir ja. Hast du denn geschossen?«

»Ich wollte nicht. ... Mom, warum zitterst du so?«

»Nichts, Schatz. Es ist nichts. Aber du musst mir etwas ganz fest versprechen.«

»Was denn?«

»Versprich mir, dass du nie mehr mitfährst, wenn Gary loszieht. Nie mehr! Egal wohin er will, du fährst nicht mit. Hörst du? Egal, was er oder jemand anderes zu dir sagt. Fahr nie mehr mit den Männern da raus, weder mit Dad noch mit den anderen. Sag einfach, du willst zu Hause bleiben und Schulaufgaben machen und dann rufst du mich in der Arbeit im Coffeeshop an. Schwör es mir.«

Angel nickte ernst und legte ihre Hand auf die Brust, so wie Mom es ihr mal gezeigt hatte. Dann blickte sie wieder durch die Scheibe nach draußen. Sah, wie die Geister näher kamen.

»Der fette Mann neben Bill war auch da«, sagte sie nach einer Weile. »Er kann noch besser schießen als Gary.«

Fay folgte ihrer Blickrichtung, sah gerade noch, wie der Anführer der Horde sich die Kapuze überzog.

Inzwischen war die Meute näher gekommen, war fast vor ihrem Haus. Die massige Gestalt an ihrer Spitze streckte den Arm in die Höhe, worauf die übrigen es ihm gleichtaten und sich vor dem Nachbarhaus aufstellten.

»Was machen sie da, Mom? Schießen sie jetzt auf Betty?«

»Ich weiß es nicht, Schatz.«

»Mom, mach doch was! Mach, dass sie weggehen, dass sie Betty nichts tun. Ruf die Polizei, die verjagen die Monster.«

Flehend sah Angel ihre Mom an, die sich den Mund zuhielt, als die Gestalten ein Kreuz aufstellten. Sah dann wieder zu, wie eine der Gestalten die Fackel an das Kreuz hielt, wie es in Flammen aufging. Wie alle sich davor aufstellten, in der einen Hand eine Fackel, die andere zur Faust geballt in die Höhe gestreckt. Dabei murmelten sie etwas, wiederholten es, bis sich die Stimmen zu einem monotonen Chor vereinten.

»Nicht hinhören, Schatz«, flüsterte Mom und hielt ihr die Ohren zu.

Doch als Fay versuchte, sie von der Scheibe wegzuziehen, sträubte sie sich, spürte, wie Moms Arme sie umschlangen und ihr Kopf sich an den ihren schmiegte.

Jetzt sprühte eine der weißen Gestalten etwas auf den Rasen der Nachbarn.

»Ich kann das nicht lesen«, flüsterte sie.

»Das ist ihre Geheimsprache«, stieß Fay hervor und zerrte sie mit Gewalt weg von der Fensterscheibe. »Komm, wir können nicht hierbleiben. Wir müssen fort. Noch heute.«

»Und Betty und ihre Mom? Und Gary?«

»Frag nicht, nicht jetzt«, flehte Mom.

Angel ließ sich von ihr die Treppe nach oben ziehen und weiter zu ihrem Zimmer, wo sie ihre Kleider aus dem Schrank riss und achtlos auf den Boden warf. »Warte, ich hol Taschen«, befahl sie und lief weiter zu dem Elternschlafzimmer.

Angel verstand nicht, was passierte. Sah nur, wie Mom gleich darauf zwei Taschen zu den Kleidern warf. »Rasch, pack ein, was du brauchst und was du behalten willst. Wir müssen weg, bevor er zurück ist.«

»Wer? Gary?«

»Ja, los, beeil dich ...«

Ein Poltern im unteren Geschoss ertönte, bevor schwere Schritte die Treppe hinaufgestapft kamen.

SECHS

Zu spät

ANGEL UND FAY MALONE

Phoenix, Arizona 2013

Noch immer konnte Angel nicht fassen, dass das Gespenst, das in der Nacht in ihr Haus eingedrungen war, nicht echt gewesen war. Sie hatte geschrien und dann gesehen, wie es sich vor ihren Augen in Gary verwandelt hatte. In den bösen Gary, der ekelig gerochen hatte. So streng wie Dad, wenn er mit den Männern unterwegs gewesen war und Leute gejagt hatte.

Das hatte er auch in der Nacht getan. Hatte sie und Mom durchs Haus gescheucht und dann zuerst ihre Mom und dann sie gepackt und ins Bad geschleift. Dort hatte er auf sie eingedroschen und sie liegen lassen. Dann war er gegangen, hatte das Badezimmer von außen verschlossen, so dass sie nicht rauskonnten.

Da hatte sie es verstanden.

Es gab nicht Dad, den bösen Gary und das Gespenst. Es gab nur diese eine böse Gestalt, die sich verwandelte.

Eng aneinandergeschmiegt hatte sie mit Mom auf der Badewannenmatte gekauert, den entsetzlichen Geräuschen und dem Gegröle lauschend. Da war das prasselnde Feuer, das sie durch das Fenster im Bad sehen konnten, umrundet von weißen Gestalten mit spitzen Köpfen. Irgendwann hatte sie ihre Fäuste fest auf die Ohren gepresst, um das Schreien, die Hetzparolen, durchsetzt von vereinzelten Hilferufen, auszusperren.

Als sie am nächsten Morgen hinausgeschaut hatten, war das Nachbarhaus nur noch eine geschwärzte Ruine. Dass Betty und ihre Mom durch die Hintertür des Nachbarhauses hatten fliehen können, hatten sie später aus der Zeitung erfahren.

Das Nachbarhaus war eines der ältesten Gebäude in der Straße gewesen. Es hatte wie Zunder gebrannt, oder wie zuvor das hölzerne Kreuz, dessen Gerippe immer noch auf dem abgefackelten Rasen lag.

Nachbarn hatten sich vor der Ruine versammelt, sich bekreuzigt, geredet und einige hatten sogar gelacht. Als ob es lustig wäre, dass Betty und ihre Mom in die Scheune hinter dem Haus hatten fliehen müssen. Als ob es nicht schlimm sei, dass die Cops und die Feuerwehr viel zu spät gekommen waren.

Sie hätten sich einfach die Kutten ausgezogen und sich unter die Zaungäste gemischt, hörte Angel einen Nachbarn laut prahlen.

Das alles musste in den frühen Morgenstunden passiert sein, als die Sirene eines Krankenwagens sie aus ihrem kurzen Dämmerschlaf gerissen hatte. Sofort war sie aufgesprungen und hatte gerade noch gesehen, wie zwei Menschen aus dem Schuppen geholt und weggebracht wurden.

»Das sind bestimmt Betty und Clarisse«, hatte Fay vermutet. Aber sicher wusste sie es auch nicht.

Sicher war nur eins und das erkannte auch Angel, so klein sie noch war. »Das waren böse Geister«, stellte sie leise fest. »Alle haben Angst vor ihnen.«

Fay sah sie mit tränenverschleiertem Blick an und

murmelte immer wieder die gleichen Sätze: »Es tut mir so leid. Wir waren zu spät, viel zu spät ...«

Angel versuchte, sie zu trösten. »Nicht weinen, Mom. Lass uns weglaufen, ganz weit weg.«

»Später, Angel«, flüsterte Fay und drückte sie fest an sich.

Nachdem Gary sie aus dem Bad rausgelassen hatte, waren Mom und sie ins Kinderzimmer geeilt und hatten dort die Tür von innen verriegelt. Dennoch flüsterten sie weiterhin nur miteinander, als würden die Gespenster ihnen überall auflauern. Und das war ja auch so.

Eines der Monster war längst bei ihnen im Haus. Es war jenseits der verrammelten Tür.

Dass es womöglich mehrere waren, glaubte Angel aus dem Stimmengewirr herauszuhören, das bald darauf in unmittelbarer Nähe ertönte.

»Was ist mit Betty und ihrer Mom? Kommen sie zurück, wenn das Haus wieder heil ist?«, fragte sie ängstlich.

»Nein, bestimmt nicht«, flüsterte Fay. »Sie kommen nie mehr zurück und das ist auch besser so.«

»Ich will auch weg, Mommy!«

Fay nickte. »Ich weiß. Und wir werden auch weggehen. Später, wenn Gary bei der Arbeit ist.«

Doch als am nächsten Morgen die Sonne aufging, hatte sich erneut alles verändert. Ein zerknirschter Gary klopfte an ihre Tür und bat sie mit kläglicher Stimme um Verzeihung. Er habe das alles nicht gewollt.

SIEBEN

Fluchtgedanken

ANGEL UND FAY MALONE

Phoenix, Arizona 2013

In der flirrenden Hitze des Augusts verkrochen sich die Bewohner des Viertels tagsüber in ihren klimatisierten Häuser. Selbst Gary fiel in eine für seine Familie wohltuende Lethargie, die Angel vorgaukelte, alles sei wieder gut. Sie wollte es glauben, wollte vergessen, was geschehen war, und fühlte sich wie in einem Kokon geborgen.

Gleichwohl war sie noch vorsichtig und beobachtete Gary, den sie zuweilen sogar wieder Dad nannte, was er schmunzelnd hinnahm.

Das ging gut, bis dieser Anruf kam. Angel hörte zuerst das Klingeln, dann wie sich Gary fröhlich mit seinem üblichen Spruch meldete: »Gott ist mit dir, wenn du gläubig bist.« Damit hatte er angefangen, als es ihnen auch finanziell besser ging, als wöchentlich ein Scheck reinkam, über dessen Herkunft er ein Riesenbrimborium machte, auch Mom gegenüber.

Angel hatte sie belauscht, als sie neulich darüber geredet hatten, bevor sie die Tür vor ihr verschlossen hatten, und nur noch ihre hitzigen Stimmen zu hören waren. Sie hatte das nicht verstanden. Es war doch gut, wenn sie genug Geld hatten für Essen und schöne Kleider.

Gary wurde am Telefon zwar nicht laut, aber er schaute sie mit einem Blick an, vor dem sie Angst bekam. Dann strich er sich über die Haare, stieß wild die Luft aus, ballte die linke Faust und stammelte: »Ja, schon gut, ich dachte nur ...«

Dann schwieg und lauschte er. »Ich kümmere mich darum ... Wann?«

Das Aufknallen des Hörers klang wie ein Donner. Dann war es still bis Mom von oben kam und Dad fragend ansah. »Wer war das?«

»Geht dich einen Scheißdreck an, kümmere dich um den Haushalt und diese kleine Plage, die zu nichts nutze ist.«

Angel fasste sich an die Brust. War sie das?

War ihr Dad jetzt wieder der böse Gary, vor dem sie sich verstecken sollte?

Mit klopfendem Herzen lauschte sie. Hörte und sah, wie Gary von Minute zu Minute grummeliger wurde, wie er durchs Haus stapfte und irgendwann Türen zuknallte.

»Es langt!«, brüllte er.

Sie sah, wie er sich unten im Flur verabschiedete. »Ich muss mal wieder durchlüften«, erklärte er. »Warte nicht auf mich mit dem Abendessen. Es kann spät werden.«

»Ja, geh nur, amüsiere dich«, rief Fay ihm nach.

Angel wunderte sich. War es ihrer Mom egal, dass Gary jetzt bestimmt wieder trinken würde und schlimme Dinge mit den anderen Männern machte?

Irritiert sah sie, wie Gary versuchte, Mom einen Kuss zu geben, wie sie den Kopf wegdrehte. Er warf ihr einen misstrauischen Blick zu, zuckte mit den Schultern und ging einfach. Angel sah ihm nach, bis die Tür hinter ihm ins Schloss gefallen war. Dann fiel ihr Blick auf Mom, die das Gesicht verzog, als hätte sie etwas Saures gegessen.

»Bleib am besten ganz weg«, murmelte sie.

»Gehen wir jetzt doch weg, Mom?«, fragte Angel, als diese ihr Stunden später eine Gute-Nacht-Geschichte vorlas.

»Wie kommst du darauf?«, fragte Fay.

»Dad ist ...«

»... immer noch der Gleiche«, vollendete Fay traurig ihren Satz. »Ich weiß nicht, was wir tun sollen, Schatz. Garys Freunde sind keine guten Männer.«

»Bill und die anderen Geister, die Betty und ihre Mom verjagt haben?«

Fay nickte. »Aber lass uns jetzt nicht darüber reden.« Sie sah sie lange an, lächelte. »Ich habe eine Überraschung für dich. Wenn Gary jetzt wieder öfter weg ist, unternehmen wir zwei was. Nur wir beide.«

»Au ja. Gehen wir an den See?«

»Das können wir auch mal machen. Aber du magst doch Musik? Die Lieder, die wir manchmal zusammen anhören, wenn wir allein sind.«

»Dad sagt, das ist Negermusik.«

»Pst, das sagt man nicht«, stoppte Fay sie. »Es sind wunderschöne Balladen, die ein lieber Freund geschrieben hat. Er ist demnächst in Phoenix und gibt ein Konzert. Wollen wir dahin gehen?«

»Au ja. Ohne Dad?«

»Ja, nur wir zwei. Ohne Dad!«

»Weil er keine Negermusik mag?«

»Soul und Balladen, Schatz«, korrigierte Fay erneut. »Nein, Dad kommt nicht mit. Er hat keine Zeit.«

»Weil er wieder jagen geht?«

»Ich weiß es nicht, Angel. Und es ist mir auch egal. Aber es ist besser, wir erzählen ihm nichts davon, hörst du?«

Angel nickte ernst. »Ich sag nichts.«

»Das ist gut. Das bleibt unser Geheimnis, einverstanden?«

»Au ja. Darf ich mein neues rotes Kleid anziehen, das mit den Spitzen dran?«

»Was du willst, Angel.«

»Können wir gleich dahin gehen? Ich bin noch gar nicht müde?«

Fay lachte. »Das Konzert ist erst am Wochenende. Aber denk dran ...« Sie legte den Finger auf die Lippen.

Angel ahmte sie nach und lachte verschmitzt. »Soll Dad doch zu seinen blöden Freunden gehen.«

Fay Malone

Mit einem letzten Blick auf ihre Tochter schloss Fay leise die Tür und lauschte zuerst ins Treppenhaus, dann lief sie nach unten und nach draußen, wo sie angestrengt nach nebenan blickte, wo ein schwacher Lichtschein aus dem Schuppen des Nachbargrundstück zu sehen war. Einem der Versammlungsorte der Männer, denen Gary sich angeschlossen hatte.

Sie tat weiterhin so, als wüsste sie nicht, was die Männer trieben, versuchte alles, um Gary in Sicherheit zu wiegen und sparte indessen jeden Cent für ihre geplante Flucht. Sie hatte auch schon einen neuen Job in Aussicht, in einer Kleinstadt, weit weg von Phoenix. Weit genug weg auch vom Einflussbereich der Männer, mit denen Gary sich eingelassen hatte. Aber noch langte ihr Erspartes nicht für einen Neuanfang. Noch musste sie die ahnungslose Ehefrau mimen, was ihr von Tag zu Tag schwerer fiel.

Nach außen hin war ja im Moment fast alles in Ordnung. Es war alles fast so wie vor dem Überfall auf Betty und ihre Mom, und bevor sie erfahren hatte, was die Männer wirklich jagten, wenn sie losfuhren und oft tagelang wegblieben.

Kurz hatte sie mit dem Gedanken gespielt, zur Polizei zu gehen, aber dann hatte sie sich daran erinnert, dass auch Bill ein Cop war. Wer wusste schon, wer noch?

Es stimmte, was ihr vor Angel herausgerutscht war. Gary war immer noch der Alte, und es war nur eine Frage der Zeit und seines Alkoholpegels, bis er auch wieder zu Hause ausrasten würde.

Die Angst, davor was er Angel antun könnte, raubte ihr den Schlaf.

Das Grölen aus dem Schuppen wurde lauter, während sie, sich ständig umsehend, zu Angels Baumhaus huschte und die Leiter hinaufkletterte. Dort oben hatte sie bereits zwei kleine Reisetaschen mit dem Nötigsten für sich und Angel versteckt. Zusammen mit dem inzwischen stattlichen Stapel an Konzerteinladungen, die sie all die Jahre nie genutzt hatte.

Vorsichtig öffnete sie den Reißverschluss des Überzugs, den sie für die Matratze auf Angels Bett genäht hatte, und holte die VIP-Eintrittskarten und die Fotos heraus, die sie an ihr Herz drückte, während sie sich daran erinnerte, wie alles angefangen hatte. An jenem Abend als dieser schlaksige Indianerjunge mit seinem rothaarigen Freund sie in den Bereich hinter der Bühne geschmuggelt hatte.

Danach war alles wie ein Traum gewesen ... der abrupt geendet hatte.

Mit tränenden Augen las sie den Brief, der mit den neusten Karten in ihrem geheim gehaltenen Postfach eingegangen war. Einer von vielen, die sie nie beantwortet hatte. Sie nahm ihn auf, sah, dass die Schrift stellenweise durch ihre Tränen verwischt war, hielt ihn von sich, um ihn erneut zu lesen.

Für Fay, die Liebe meines Lebens, die ich nie vergessen habe

Ich weiß, Fay, dass du allen Grund hast, mich zu hassen, dafür, dass ich zu feige war, zu uns zu stehen. Es zerreißt mir das Herz, zu wissen, dass ich nie mehr gutmachen kann, was ich damit zerstört habe.

All die Jahre habe ich geglaubt, das Richtige zu tun, indem ich dich von mir stieß, weil ich in dem irrigen Glauben war, dass du ohne mich, einen ruhelosen Musiker, den es nie lange an einem Ort hielt, besser dran wärst.

Und da hattest du ja auch schon jemanden gefunden, der besser für dich zu sein schien.

Seither ist kein Tag vergangen, an dem ich es nicht bereut habe, dass ich nicht um dich und uns gekämpft habe. Ich habe dich nie gefragt, ob du meine Frau werden möchtest.

Er hat es getan.

Und du hast Ja gesagt.

Und da ist noch etwas, was mich nicht ruhen lässt.

Du hast beteuert, dass Angel Garys Tochter sei. Nun, so sei es. Doch sollte sie unser Kind sein, lass sie nie wissen, wer sie ist, um deiner und um ihrer selbst willen.

Ich weiß, ich habe kein Recht, mich wieder in dein Leben zu drängen, aber vielleicht können wir Freunde sein. Es würde mir alles bedeuten, dich ab und zu wiederzusehen, und sei es nur bei einem Konzert.

Wie immer füge ich Karten bei, damit du ganz vorne in der ersten Reihe sitzen kannst und ich dich vielleicht entdecke. Ich werde nicht aufhören, nach dir und deiner Kleinen zu suchen.

In Liebe,

Timothy

Fay zerknüllte den Brief, um ihn gleich darauf wieder glatt zu streichen. Ein Gefühl von Dringlichkeit durchfuhr sie. Ja, sie musste etwas tun, rasch.

Mit klopfendem Herzen schob sie die gepackten Taschen und die Kiste mit den älteren Briefen noch einmal zurück unter die Liege.

Waren die Sachen hier sicher?

Nur wenn Gary sie nie dabei ertappte, wie sie in Angels Baumhaus kletterte, gab sie sich selbst die Antwort.

Er selbst war nach dem Bau des Baumhauses nie hier oben gewesen, hatte ihr die Einrichtung und Angel das

Spielfeld überlassen, so wie er ihr auch alle anderen Angelegenheiten innerhalb ihrer Familie anvertraut hatte. Wenigstens das.

Nach einem wehmütigen Blick auf Tims letzten Brief versteckte sie ihn zusammen mit den neuen Konzertkarten in dem verdeckten Schlitz in der Matratze. Sie hatte ihn so in den selbst genähten Bezug eingefügt, dass nicht mal Angel ihn entdecken würde, wenn sie nicht gezielt danach suchte.

Ihre Hände zitterten, als sie die batteriebetriebenen Sternenketten, mit denen Angels Baumhaus ausgeleuchtet war, löschte und mit schlackernden Knien die Leiter hinunterkletterte.

Auf der letzten Stufe vertrat sie sich und stürzte auf den Rasen, genau wie vor Wochen, als Gary sie halb tot geprügelt hatte. Nur weil sie eine Nachbarin mit der falschen Hautfarbe freundlich empfangen hatte. Wenn er wüsste, was sie wirklich getan hatte, würde er sie nicht einfach nur umbringen.

Ein bitterer Geschmack sammelte sich in ihrem Mund, während sie erneut zu dem Schuppen blickte und ihre Ohren mit beiden Händen vor dem gehässigen Grölen der Männer verschloss.

ACHT

In der ersten Reihe

ANGEL UND FAY MALONE

Phoenix, Arizona 2013

Staunend beobachtete Angel, wie ihre Mom sich vor dem Spiegel verwandelte. Wie sie ihre Locken, die sie sonst meist zu einem strengen Knoten oder Pferdeschwanz zusammenband, bürstete, einen roséfarbenen Lippenstift auftrug, ihre blauen Augen mit einem Stift betonte und sich die langen Wimpern tuschte.

»Du siehst aus wie ein Engel«, flüsterte sie andächtig.

»Und du bist ein Engel, du heißt nicht nur so«, antwortete Fay, ihr im Spiegelbild zulächelnd.

Angel spielte mit einer Locke ihrer Mutter und drückte ihren kleinen Kopf dicht neben den ihren. »Bekomm ich auch so schöne goldene Locken, wenn ich groß bin?«

»Ich glaube nicht«, antwortete Fay.

»Warum nicht? Warum sehe ich anders aus als du?«

»Weil deine Locken schwarz wie Ebenholz sind«, antwortete Faye leise.

Angel zog einen Schmollmund. »Ich will aber so hübsch werden wie du.«

»Du bist doch jetzt schon viel, viel hübscher«, antwortete Fay und blickte erschrocken auf die Uhr. »Oje, wir müssen los, wenn wir noch rechtzeitig zum Konzert kommen wollen.«

Es dröhnte in Angels Ohren, als die ersten Gitarrenakkorde erklangen. Doch dann lauschte sie dem Sänger, der nur für sie zu singen schien. Andächtig versuchte sie, den Refrain mitzusummen, den der dunkle Mann beim zweiten Mal leise intonierte und sie dabei ansah.

Mitten im Song ging er in die Hocke und winkte sie zu sich. Einer der Männer, der zuvor aufdringliche Fans abgedrängt hatte, hob sie auf die Bühne.

Der Sänger winkte sie zu sich, hielt ihr das Mikrofon hin, damit sie den Refrain mitsingen konnte, nur sanft untermalt von seiner sonoren Stimme.

Sie liebte es, liebte die Blicke der Leute, die Töne, die sie mitrissen ... und ihre Mom. Sie winkte ihr zu, verbeugte sich, Hand in Hand mit dem Sänger.

Ein ohrenbetäubender Applaus ließ sie zusammenzucken. Sie hörte nichts mehr, sah nur noch, wie ihre Mom zu ihnen eilte. Strahlte, lachte, war glücklich.

»Mom, das war so schön«, flüsterte sie ihr ins Ohr.

Ein kurzer Glücksmoment, der jäh endete, als dunkel vermummte Gestalten sie umzingelten.

Erschrocken sah sie sich um.

Große Hände zerrten sie weg. Laute Schüsse übertönten die kreischende Menge.

Teil II

Eine unbedachte Handlung kann zuweilen das Schicksal vieler Menschen beeinflussen, ohne, dass wir es irgendwann erfahren.

Ich war dreizehn, als ich zum ersten Mal mit den Schicksalswürfeln gespielt habe. Ich hatte noch keine Ahnung, dass nichts folgenlos, nichts ungerächt bleibt.
Jahre später lernte ich es auf die harte Tour.

Liam Garcia/Yas

NEUN

Eine alte Bekannte

LIAM GARCIA/YAS

Salt Lake City 2013

Phoenix, Arizona:

Eine Horde maskierter Männer crashte in den Abendstunden das Konzert des farbigen Soulsängers Timothy Blair. Schwer bewaffnet bahnten sie sich einen Weg durch dicht gedrängte Zuschauerränge zur Bühne.

Es kam zu Schießereien und zu einem Panikausbruch, in dessen Verlauf zahlreiche Menschen niedergetrampelt, verletzt und getötet wurden. Fünf Menschen verstarben noch vor Ort durch Schussverletzungen. Weitere schweben in Lebensgefahr.

Timothy Blair, der Frontmann der Band, konnte sich mithilfe seiner Leibwächter in einen der Schutz- und Garderobenräume hinter der Bühne retten.

Blair, der sich für mehr Rechte und Gleichberechtigung von Einwanderern und gegen jede Form von Rassismus einsetzt, war schon mehrfach das Ziel von Anschlägen, daher galten auch bei diesem Konzert besondere Sicherheitsvorkehrungen. Wie es dennoch zu diesen massiven Übergriffen kommen konnte, ist bislang ebenso ungeklärt wie das Motiv.

Die ermittelnden Behörden bitten die Besucher der Veranstaltung um Mithilfe bei der Aufklärung. Besonders hilfreich sind

Videos, die den Ablauf des schrecklichen Vorfalls dokumentieren. Zeugen mögen sich bitte bei den angefügten Hotlines und Adressen melden. Nachrichten an unser Redaktionsteam werden auf Wunsch anonym weitergeleitet.

Liam Garcia für Salt Lake City Chronicle

Nachdem ich den Artikel noch einmal überflogen und online gestellt hatte, brauchte ich einen Moment, um diese Schreckensmeldung zu verarbeiten. Wehmütig erinnerte ich mich an mein erstes Beinahe-Interview mit dem farbigen Sänger, der am Ende mit der Blondine, in die ich mich verguckt hatte, verschwand. Meine unglückliche Liebe hatte ich irgendwann vergessen, die Karriere des Ausnahmekünstlers weiterverfolgt. Daher wusste ich, wie sehr er sich auch sonst engagierte.

Wenn der Anschlag Blair persönlich gegolten hatte, dann waren seine Angreifer nicht zu unterschätzende Gegner, vermutlich aus den Reihen neuer rechtsradikaler Gruppierungen.

Zweifel überfielen mich. Hatte ich meinen Artikel zu neutral verfasst? Hätte ich mehr auf diesen Aspekt eingehen sollen?

»Was ist los, Liam? Du bist ein wenig blass um die Nasenspitze«, fragte John, mein Mentor, der mich Grünschnabel unter seine Fittiche genommen hatte.

Was hätte ich drum gegeben, so abgebrüht zu sein wie er. *Du darfst mitfühlen und brauchst deine Empathie, aber zugleich musst du professionellen Abstand zu Opfern wahren, sonst gehst du an dem Job kaputt,* predigte er mir bei jeder Gelegenheit. Dummerweise verfügte ich in den ersten Monaten beim *Chronicle* noch nicht über ein Pokerface. Zumindest John las in meinem Gesicht wie in einem Buch.

»Geht es um diesen Anschlag in Phoenix?«, fragte er.

Ich nickte, teilte ihm meinen Verdacht mit, den er verbissen nickend bestätigte.

»Du könntest recht haben. Da braut sich vielleicht was Übles zusammen. Aber noch ist nichts erwiesen, und ehe wir vage Vermutungen äußern, müssen wir sicher sein, dass nicht nur irgendwelche Randalierer und der übliche Mob hinter dem Anschlag stecken. Also nimm solche Nachrichten nicht persönlich«, mahnte er. »Du kennst die Bedenken, die die Redaktionsleitung hatte, als ich mich dafür verbürgt habe, dass weder deine Hautfarbe noch deine Vergangenheit dich beeinflussen werden.«

»Wofür ich dir nicht genug danken kann«, antwortete ich ehrlich. Dass ich nach meinem verkürzten Studium eine Festanstellung als Jungredakteur beim *Chronicle* bekommen hatte, verdankte ich seiner Fürsprache und einigen provokanten Artikeln, die ich noch als Student und freier Redaktionsmitarbeiter verfasst hatte.

Keiner meiner Erzieher hätte auch nur einen Cent darauf gesetzt, dass aus dem rebellischen Kind und Jugendlichen mehr als ein Kleinganove hätte werden können. Ich war ein Niemand, ein Findelkind, das vor einem Waisenhaus abgelegt worden war, wie ein ungeliebter Welpe. Allein, dass ich überlebt hatte, war ein Wunder.

»Ach komm, Yas. Du bist, was du aus dir gemacht hast«, redete John auf mich ein. »Sieh dich an! Hier bist du, und du wirst deinen Weg gehen.«

»Dank dir«, gab ich zu und schmunzelte darüber, dass John mich mit meinem zweiten Namen angesprochen hatte. Yas war mein Navajo-Name und das Einzige, was irgendwer mir, eingeritzt auf einem Amulett, mitgegeben hatte. Unwillkürlich griff ich zu dem Schmuck, den ich verborgen unter meinem Shirt trug.

John schien instinktiv zu spüren, wie sehr ich mit dieser Geste auch nach meiner verlorenen Identität griff, und reagierte wie schon so oft mit aufmunternden Worten.

»Du bist eines der begabtesten Nachwuchstalente, die ich je entdeckt habe«, sagte er so leise, dass keiner der anderen Redakteure in dem Großraumbüro es verstehen konnte. »Also, was bedrückt dich?«

»Ist schon fast was Persönliches«, gab ich zu und wehrte gleich mit einer Handbewegung ab, als John die Stirn krauste. »Nein, es geht nicht um mich und meine Herkunft. Es geht um den Sänger Timothy Blair. Ich habe vor Jahren eins seiner Konzerte besucht und seither verfolge ich seine Laufbahn. Er ist ein grandioser Musiker und er setzt sich für uns ein. Dass ausgerechnet auf ihn und seine Band ein Anschlag verübt wurde, war bestimmt kein Zufall. Das waren nicht einfach nur Randalierer.«

»Ihm ist ja Gott sei Dank nichts passiert. Und wie gesagt, es gibt bislang keine Beweise, dass rassistische Motive bei dem Überfall eine Rolle spielten.«

»Aber es gab Tote, Verletzte. Leute werden vermisst. Menschen, die einfach nur seine Musik hören wollten. Und die ganze Welt erfährt davon. Da wurden Angst, Misstrauen und Vorurteile entfacht und angefeuert. Es fühlt sich für mich an, als hätte man bewusst so etwas wie ein Feuer gelegt, um erneut zu brandmarken, was nicht in das weiße Weltbild mancher Leute passt«, fügte ich leise hinzu.

John blickte mich nachdenklich an. »Willst du die Geschichte weiter verfolgen?«

»Ja, unbedingt!«, antwortete ich entschlossener, als ich mich fühlte. In Wahrheit hatte ich Angst, mich jenen Gruppierungen auch nur zu nähern, die den Rassenhass auf ihre Fahnen geschrieben hatten. Aber den heimtückischen Überfall auf Blair nur mit dieser erbärmlichen Kurzmeldung abzuhandeln, war keine Option.

John beobachtete mich weiter, als läse er in meiner Miene, dann nickte er entschlossen. »Ich würde zunächst versuchen, mehr über die Rädelsführer des Anschlags herauszufinden. Warte, ich habe vielleicht eine Quelle ...« Er nahm den Telefonhörer und wählte eine Nummer, bevor er, mit dem Hörer in der Hand, aufstand und in der Kaffeeküche verschwand.

Ich blickte ihm mit einem flauen Gefühl im Magen nach.

Wahrscheinlich telefonierte John gerade mit einem seiner Kontaktleute, die einem Grünschnabel wie mir nicht mal eine Frage gestatten würden.

Nach gut zehn Minuten kam John zurück und schnalzte mit der Zunge. »Es scheint, als seien deine üblen Ahnungen gerechtfertigt.«

»Inwiefern?«

»Unter Vorbehalt und mit der ausdrücklichen Order, dies aus ermittlungstechnischen Gründen nicht zu veröffentlichen, hat meine Quelle zugegeben, dass man seit Längerem beobachtet, wie eine neue Zelle des Ku-Klux-Klan weitere Mitglieder anwirbt. Man geht davon aus, dass diese auch an früheren Überfällen beteiligt gewesen sind. Nichts davon ist bislang nachweisbar, also verbietet es sich von selbst, dass wir darüber schreiben.«

»Aber wir können selbst recherchieren.«

John unterbrach mich mit einer Handbewegung. »Das ist noch viel zu dünn.«

»Hat deine Quelle etwas zu den Zielen dieser neuen Zellen sagen können?«

»Nichts Handfestes.«

»Ich könnte mir vorstellen, dass sie genau die Ziele, die Timothy Blair immer wieder auch im Rahmen seiner Auftritte erwähnt, bekämpfen. Unter anderem setzt er sich für eine Verschärfung der Waffengesetze ein. Gerüchten zufolge hat er einen Teil einer landesweiten Kampagne mit mehreren Prominenten gesponsert.«

»Die verschärften Waffengesetze ...« Johns Zeigefinger schoss vor. »Das ist ein möglicher Aufhänger. Vielleicht können wir doch was bringen und genau darüber berichten. Vielleicht bekommen wir Statements von den übrigen Gesichtern der Kampagne. Wir sollten überprüfen, ob auch sie überfallen, genötigt oder anderweitig angegriffen wurden.«

»Blair ist aber der einzige Farbige unter ihnen«, warf ich ein. »Und er ist auch der Einzige, der sich seit Langem für Farbige, Einwanderer, Frauenrechte und weitere rote Tücher für radikal ausgerichtete Gruppierungen einsetzt.«

»Damit malt er sich, im übertragenen Sinne, eine Zielscheibe auf die Brust.«

»Nicht nur auf seine eigene Brust«, ergänzte ich. »Nach dem Überfall werden sich auch seine Fans überlegen, ob sie weiter seine Konzerte besuchen.«

»Ich fürchte, das lässt sich nicht auf Veranstaltungen von Blair eingrenzen. Künftig könnten etliche Großveranstaltungen ins Visier dieser Brüder geraten.«

»Was erreichen Sie damit genau?«

»Sie verbreiten Angst und Schrecken, wecken bei vielen den Wunsch, einer starken Gruppe anzugehören oder zumindest von dieser geschützt zu werden.«

»Täter und Beschützer gleichzeitig?« Ungläubig krauste ich die Stirn.

»Alte Mafia-Methode, neu interpretiert.«

Ich blickte meinen Mentor an, der mit nachdenklich verzogener Miene vor mir stand.

»Wo können wir da ansetzen?«

»Vorläufig noch überhaupt nicht«, bestimmte John nach einer Weile, in der er nervös auf meine Schreibtischplatte getrommelt hatte. »Beschränken wir uns zunächst auf den gemeinsamen Nenner, die Waffengesetze, was schon brenzlig genug ist.«

»Die Mehrheit der Leute da draußen hat kein Interesse daran, dass die Waffengesetze verschärft werden. Kein guter Amerikaner lässt sich die Knarre in seiner Hosentasche verbieten.«

»Stimmt! Gerade hier im Süden verhalten sich richtige Kerle noch immer wie im alten schießwütigen Westen, in dem jeder auf jeden geschossen hat, der auch nur auf seinem Grundstück auftauchte«, murmelte John vor sich hin.

»Dahinter stecken zudem eine gewaltige Industrie und eine verdammte Waffenlobby.«

John nickte. »Tja, und das ist journalistisch gesehen ein Minenfeld. Offen gestanden kommen mir Zweifel, ob ich ausgerechnet dich darauf loslassen sollte.«

»Weil ich zu grün bin oder ist es wieder mal meine zu dunkle Hautfarbe?«

»Weil du dich bei den Recherchen womöglich in Kreisen umsehen musst, deren natürlicher Feind du bist. Sie werden entweder dicht machen, wenn ein Kerl wie du bei ihnen aufkreuzt, oder Schlimmeres.«

In mir brodelte es. Ich wollte diese Story. Fieberhaft überlegte ich, wo ich ansetzen konnte, ohne dass mir meine ausgeprägten indianischen Gesichtszüge im Weg waren. »Was ist mit Zeugen, mit Besuchern des Konzerts? Die werden sicher eher mit einem Typen wie Blair oder mir reden.«

John lehnte sich in seinem Stuhl zurück und verschränkte seine Finger hinter dem Kopf, als er mich schief grinsend ansah. »Du willst es wissen, oder?«

»Ja! Und ich bring dir eine Story, die es wert ist.«

»Na gut. Hoffentlich bereu ich das nicht. Aber wir besprechen, wie du vorgehst. Jeden einzelnen Schritt.«

»Einverstanden!«, rief ich erleichtert und linste mit einem Auge auf meinen Bildschirm, als ein Plington den Eingang neuer Kommentare auf unseren Online-Artikel meldete. Ich überflog die üblichen ersten Meldungen von Wichtigtuern, die, wie erwartet, ihren rassistischen Dreck in den sozialen Medien verbreiteten. Der Kommentar eines bekannten Musikbloggers hingegen fesselte sofort meine Aufmerksamkeit. »Das ist seltsam«, murmelte ich vor mich hin.

»Was genau?« fragte John.

»Christopher Coleman hat ein Video hochgeladen, das

er vor Ort bei Blairs Konzert aufgenommen hat.«

»Und?«

»Statt über das Konzert selbst oder den Überfall zu schreiben, hängt er seine komplette Story an einer Szene auf, die kurz vor dem Überfall stattgefunden haben muss. Er beschreibt eine blonde Frau und ein kleines Mädchen. Timothy Blair habe sie unmittelbar vor dem Überfall auf die Bühne geholt, und sei sehr vertraut mit beiden gewesen. Er stachelt seine Leser dazu auf, mit ihm darüber zu rätseln, ob der einsame schwarze Panther, wie Blair oft in den Medien genannt wird, nicht doch so etwas wie ein heimliches Familienleben habe. Fast schon schnulzig.«

»Was ist mit der Frau und dem Mädchen? Wurden sie verletzt, getötet?«

»Scheinbar gerettet«, antwortete ich mit den Augen weiter auf dem Bildschirm. »Mit Tim zusammen seien sie von Ordnungskräften abgeschirmt in Sicherheit gebracht worden.«

»Weiß man, wer die Frau ist?«

»Der Blogger spricht von einer unbekannten Konzertbesucherin aus der ersten Reihe. Offenbar hat Timothy zuerst das Mädchen auf die Bühne geholt.«

»So etwas ist oft inszeniert«, warf John ein. »Das kann auch eine Schauspielerin gewesen sein.«

»Moment, ich schau mir das Video an.« Ich spulte die Aufnahme vor. Zunächst sah ich nur die Band und Tim, den Leadsänger, auf der Bühne. Die Kamera war noch auf ihn gerichtet, als er kurz innehielt, lächelte, in die Hocke ging und jemandem zuwinkte. Dann wechselte das Bild, zeigte ein fünf- bis sechsjähriges Mädchen in einem roten Kleid mit auffallend wilder Lockenmähne, das den Mund bewegte.

Wieder ein Perspektivenwechsel. Tim hielt dem kleinen Mädchen das Mikrofon hin.

Inzwischen war John hinter mich getreten und blickte über meine Schulter.

»Niedlich, aber ziemlich untypisch für den Panther, der sich sonst eher unnahbar gibt«, kommentierte er die Aufnahme.

Ich nickte nur, ließ das Video weiterlaufen. »Sie singen zusammen, das könnte wirklich inszeniert sein«, stimmte ich John zu. »Das ist viel zu kitschig, um echt zu sein.«

»Vielleicht interessiert ihn die Mutter.«

»Ich sehe keine ...«

»Da, jemand geleitet sie nach oben.« John wies mit dem Zeigefinger auf eine Blondine am Bildrand, noch bevor sie deutlich zu sehen war. »Was habe ich gesagt. Recht hübsch, wenn man auf Blondchen steht ...«

»... wie der schwarze Panther«, ergänzte ich in Gedanken. Auf dem Video lief die Szene weiter. Timothy umarmte die Mutter, flüsterte ihr etwas zu. Ich konnte ihr Gesicht nicht erkennen, sah nur ihre taillenlangen Locken. Goldblond. »Sieht nicht aus, als wäre sie die Mutter des Mädchens«, äußerte ich. »Die Kleine hat pechschwarze, krause Haare und eine eher bronzefarbene Haut wie eine Mexikanerin oder ...« Hastig stoppte ich das Video und zoomte auf das Gesicht der Frau, die endlich frontal zu sehen war.

»Was ist, hast du was entdeckt?«

Ich nickte wild, blinzelte mehrfach. »Fay! Verdammt, das ist Fay!«

»Was für eine Fay?«

»Lange Geschichte.« Ich winkte ab und hatte Mühe, mich auf den weiteren Verlauf der Aufzeichnung zu konzentrieren, die abrupt abbrach, als Schüsse und Schreie erklangen.

Was bedeutete diese Inszenierung? Oder war es gar keine?

Fay und Tim, auf einer Bühne? Sind die beiden immer noch ein Paar?

ZEHN

Peinliche Erinnerungen

LIAM GARCIA/YAS

Blair Konzert

Vor vielen Jahren

Aufgrund meiner Größe und antrainierten Muskeln wirkte ich gut drei Jahre älter. Das nutzte ich aus. Dreist gab ich mich als Sechzehnjähriger aus und schleifte Carl mit, der mehr breit als hochgewachsen, dafür aber pfiffig genug war, uns täuschend echt aussehende Backstage-Tickets für Timothys Open-Air -Konzert auszudrucken. Echt war nur mein Presseausweis der Junior-High-School-Redaktion, und ich hatte mir fest vorgenommen, mir ein Live-Interview mit dem Leadsänger, den die Presse wahlweise als Schwarzen Panther oder King of Soul bejubelte, zu verschaffen.

Für mich war er ein Mischling, der allen zeigte, dass weder die Hautfarbe noch die Rasse zählten.

Ich verehrte ihn, eiferte ihm nach.

Naiv wie ich war, glaubte ich an eine Seelenverwandtschaft unter uns Ausgestoßenen. Ein dunkelhäutiger Sänger, der jetzt schon wochenlang die Musikcharts anführte, würde mir die Hand reichen und mir helfen, ein gefeierter Redakteur zu werden. Ich, Yas, der Junge mit dem

Aussehen und dem zweiten Namen eines Navajo, aufgewachsen in Waisenhäusern.

Immerhin hatten Carl und ich es mit unseren gefälschten VIP-Eintrittskarten bereits in die ersten Reihen vor der Freilichtbühne geschafft und ich sonnte mich in Gedanken schon in dem Ruhm, als mein Höhenflug jäh gestoppt wurde.

Mein Mund wurde trocken, ich schnappte nach Luft, alles Blut in mir strömte vermutlich dahin, wo die Denkzentrale kurz ausgeschaltet wurde. Ich sah sie! Eine Blondine mit Locken bis zur Taille und dem Körper einer Göttin, direkt vor der Bühne.

»Die ist es«, raunte ich geblendet.

»Was, wer?« Carl folgte meinem Blick, wedelte mit seiner Hand vor meinen Augen. »Vergiss es. Die ist um etliche Nummern zu groß und ein paar Jahre zu alt für dich.«

Ich hörte seine Worte, verstand aber null. Wäre ich noch halbwegs bei Verstand gewesen, hätte ich auf Carl gehört.

Hätte mich ihr nie genähert.

Nie diese fatale Kettenreaktion in Gang gesetzt, die noch Jahrzehnte später ihren Tribut fordern sollte.

Mangels Glaskugel ... und wer hat die schon? ... war ich es, der unser aller Zukunft auf Teufel komm raus aufs Spiel setzte. Wie hätte ich ahnen können, dass diese Teufel bereits in ihren Startlöchern lauerten?

Aber eins nach dem anderen ...

Entschlossen drängelten Carl und ich uns durch die Massen kreischender Fans, die nur Augen und Ohren für Timothy Blair, den Soulsänger auf der Bühne, hatten.

Genau wie dieses göttinnengleiche Wesen.

Endlich waren wir neben ihr und ich schnupperte dieselbe Luft wie sie, vermischt mit ihrem ureigenen

Geruch. Einer Unternote von Vanille und einem sanften Zitrushauch, überdeckt von etwas Düsterem, das ich nicht gleich zuordnen konnte.

Ich schob mich dicht neben sie, stellte erfreut fest, dass ich mich hinunterbeugen musste, um an ihr Ohr heranzukommen. »Ich bin Tim schon nachgereist, als kein Mensch ihn kannte«, raunte ich ihr zu.

»Was hast du gesagt?«, fragte sie und warf mir einen genervten Blick zu.

»Timothy ist grandios«, setzte ich mein Loblied fort, auch wenn mir das zunehmend egal war. Ich rückte näher, um mehr von ihrem unvergleichlichen Duft einzuatmen. Die Brauen meiner Angebeteten zuckten kurz in die Höhe, während sie jede Silbe des Panthers mit ihren Lippen nachformte, ohne mich zu beachten.

Dafür hatte ich reichlich Gelegenheit, sie anzugaffen und beschloss, dass ich mich verliebt hatte, verguckt in ein Traumwesen mit taillenlangen Locken, gekleidet in einen längst aus der Mode gekommenen Hippiestyle. Dass sie Fay hieß, schnappte ich auf, als ihre Begleitung mehrfach vergeblich versuchte, sie anzusprechen.

»Mir langt es, du hast gesagt, zwei Stunden. Die sind vorbei«, nörgelte das Mädchen neben ihr, dessen Haarfarbe ich nicht mal wahrnahm. Ich war gebannt, hatte nur Augen für Fay, die ihrer Freundin auch nur einen flüchtigen Blick zuwarf, um gleich wieder auf die Bühne zu starren. »Noch nicht, warte ...«

»Worauf?«

»Zugabe«, brüllte Fay, als wäre ihre Freundin Luft, streckte ihre Arme in die Höhe, kreischte im Chor mit der hysterischen Masse, den Blick weiter nur auf Timothy Blair gerichtet, den ich in diesem Moment brennend beneidete. Meine Bewunderung für ihn verflüchtigte sich, machte Platz für puren, hässlichen Neid.

Was hatte dieser hochaufgeschossene dunkelhäutige Soulsänger, was ich nicht hatte? Eine einschmeichelnde

Stimme und ein Musikgefühl wie kein anderer? Einen Körper wie ein schwarzer Panther?

Fuck.

Ich kam mir vor wie ein dämlicher kleiner Junge!

Meine Angebetete kreischte immer noch verzückt, obwohl sich Timothy nach der zweiten Zugabe endgültig verabschiedete.

Fay sprang in die Höhe, reckte und streckte sich, um noch einen letzten schmachtenden Blick auf ihr schwindendes Idol zu werfen, während ihre Begleitung aufgebracht den Kopf schüttelte. »Dann sieh halt zu, wie du nach Hause kommst«, brüllte sie gegen den Lärm an. Als Fay nicht reagierte, schubste sie diese an, beugte sich dicht an ihr Ohr. »Ich geh jetzt, hast du gehört?«

Ich zumindest hatte sie gehört.

Fay offensichtlich auch. »Ich komm schon klar«, gab sie zurück und schaute weiter sehnsüchtig auf die Bühne, flehte und rief, als könnte sie damit den Sänger ein weiteres Mal dorthin locken.

Ich hingegen saugte diese Informationen auf. Fay war jetzt allein und hatte niemanden, der sie nach Hause brachte. Meine Chance! »He, wir haben Backstage-Tickets«, überbrüllte ich das Kreischen nach weiteren Zugaben. »Was ist, möchtest du mitkommen?«

»Was?«

»Ich habe Backstage-Tickets«, wiederholte ich, dicht an ihrem Ohr.

Endlich drehte sie sich mir zu und ich blickte in die schönsten blauen Augen des Universums. »Wenn du willst, können wir dich mit reinschmuggeln. Wir sind von der Presse«, schwindelte ich.

»Ich bin sein Fotograf«, fiel Carl ein und schwenkte angeberisch seine billige Digitalkamera.

Zur Bekräftigung meiner Einladung zückte ich die begehrten Tickets. »Ich schmuggel dich mit rein«, versprach ich.

Misstrauisch musterte Fay zuerst Carl und dann mich. »Ihr seid doch noch grün hinter den Ohren.«

»Nur frisch geblieben, gute Gene«, brüstete ich mich grinsend.

»Ich kenn euch ja nicht mal.«

»Oh, entschuldige«, stammelte ich. »Liam. Liam Garcia, und das ist mein Fotograf Carl Johnson. Wir sind freie Mitarbeiter des *Salt Lake City Chronicle*«, schwindelte ich. Dass es dieses Blatt wirklich gab und ich nur davon träumen konnte, bei dem angesehenen Verlagshaus auch nur als Bote anzufangen, überspielte ich mit einem breiten Grinsen.

»Aha, nie von gehört«, nuschelte Fay und sah sich suchend um. »Hast du Annie gesehen? Schwarze lange Haare, sie war eben noch neben mir.«

»Deine Freundin?«, mischte sich Carl ein. »Die ist schon gegangen.«

»Mist! Ich dachte, die droht nur wieder.«

Ich zuckte bedauernd mit den Schultern. »Wir können einspringen, wenn du später einen Lift nach Haus brauchst«, bot ich an und übersah Carls ungläubigen Blick.

»Ja klar, wir haben ja noch Kohle übrig für ein weiteres Busticket«, grummelte er und verdrehte die Augen.

Fay beachtete weder mich noch ihn, war erneut abgelenkt von dem Geschehen auf der Bühne, auf der sich die Band noch ein letztes Mal winkend verabschiedete.

»Das wars, wir sollten los«, forderte ich Fay auf, die sich mir endlich zuwandte.

»Na gut, ich komm mit. Vielleicht kann ich ein Autogramm von Timothy ergattern.«

»Bestimmt«, beteuerte ich und warf Carl einen beschwörenden Blick zu, als er nur noch den Kopf schüttelte.

Zehn Minuten später hatten wir es endlich geschafft, zu Timothy vorzudringen. Hastig brachte ich meine mühsam einstudierten Fragen hervor und verhaspelte mich immer wieder, bis Timothy abwehrend mit der Hand wedelte. Ich schämte mich in Grund und Boden vor Fay, die mir nur einen verächtlichen Blick zuwarf, während Timothy zumindest auf die bereitgelegten Pressemappen wies. »Nimm dir eine. Da steht alles drin.« Dann wandte er sich Fay zu, die ihn mit hochrotem Kopf um ein Autogramm bat.

»Gerne, für wen?« Sein intensiver Blick in ihre Augen, ließ sie noch tiefer erröten. Genau wie mich. Wobei es bei mir pures Fremdschämen war, verbunden mit aufsteigender Wut. Ich hätte sie am liebsten gerüttelt, als sie sich aufführte wie ein kleines Mädchen, das zum ersten Mal den Weihnachtsmann leibhaftig sieht.

»Peinlich, wie alle Fangirls«, zischelte Carl an meinem Ohr, während ich nur dastand und zusah, wie meine Angebetete diesen Kerl anstrahlte und ein dümmliches »Für mich« ausstieß.

Ich schluckte, erwartete, dass sie einen Knicks machte oder diesem Kerl gleich einen blies. In meinem Kopfkino passierte das und ich schluckte meine bittere Galle hinunter.

»Komm, wir hauen ab«, schlug Carl vor. »Vergiss Blondie.« Als ich nicht reagierte, versuchte er, mich am Arm wegzuzerren.

Ich schüttelte ihn ab. »Ich geh nicht ohne Fay«, knurrte ich und sah weiter zu, wie dieser verfluchte Sänger den Kopf flirtend schräg legte und mein Mädchen anstarrte, als wollte er ihr die Klamotten vom Leib reißen.

»Boah, ich sollte ihn abknallen«, knurrte ich in Carls Richtung, der jetzt an meinem Shirt zog. Dieses Mal mit mehr Erfolg. Ich stolperte einen Schritt rückwärts, ohne Fay aus den Augen zu lassen.

»Mach dich nicht noch mehr zum Affen«, warnte Carl.

Doch ich rührte mich nicht vom Fleck, sah mir das sich anbahnende Geplänkel weiter an wie ein Masochist. Sah, wie sich der Panther zu meiner Kleinen hinunterbeugte, den Stift gezückt, für ihr dämliches Autogramm.

»Ja, und wie heißt du?«, säuselte er in dieser sonoren Stimme, die ich bis vor Kurzem noch bewundert hatte.

»Fay, ich meine ... ich bin Fay«, hörte ich sie stottern und ballte meine Hände zu Fäusten.

»Mach jetzt keinen Scheiß«, kam es von Carl, der mich immer noch am Shirt festhielt.

»Eine Fay, ein Fabelwesen mit kornblumenblauen Augen«, hörte ich Tim antworten, auch wenn die Worte nur noch wie durch einen düsteren Nebel gefiltert bei mir ankamen. Wie in Trance sah ich zu, wie der Sänger nach einer der bereitliegenden Karten griff, auf denen er schwungvoll seinen Namen mit einem Herzgemälde umrahmte. Er hielt Fay die Karte hin, kam ihr näher und näher ...

»Was ist, kleine Fay, würdest du mir noch mehr von dir erzählen? Vielleicht bei einem Drink?«

Ich schluckte. *Sag nein, sag ihm, dass du mit mir hier bist.*

»Ich weiß nicht.« Hilfe suchend zuckte sie kurz zurück, blickte sich nach Carl und mir um.

»Sie ist mit uns hier«, preschte ich wieder einen Schritt nach vorne und glaubte, mein Herz müsse zerspringen. Sie würde mit uns und nicht mit diesem Kerl gehen.

Timothy blickte mich mit gerunzelter Stirn an, dann wieder sie. »Diese Jungs sind deine Begleiter?«

»Ja, Liam Garcia vom *Chronicle*«, wiederholte ich meine Lüge und wies auf Carl. »Mein Fotograf.«

»Aha!«, sagte Tim mit gerunzelter Stirn. »Schicken die jetzt schon Praktikanten los? Na egal, die Jungs können mitkommen, wenn du darauf bestehst«, sagte er lässig in Fays Richtung.

»Klar, wir kommen mit«, beteuerte ich hastig. Besser, ich behielt sie im Auge. Vielleicht hatte ich ja doch noch eine Chance.

Fay schnaubte nur.

Winkte ab.

Verdrehte pikiert die Augen.

»Ich kenn die Jungs nicht mal. Sie hatten diese Tickets.«

Ich erstarrte. Vergaß zu atmen. Verfluchte meine Naivität. Wünschte die kleine Bitch zum Teufel.

»Die hat uns nur benutzt«, raunte es bestätigend in mein Ohr. »Los, Abzug.«

Ich wandte mich Carl zu, schnappte mir mit einem letzten Rest von Selbstachtung eine der bereitgelegten Pressemappen. »Gut! Gehn wir. Und danke für nichts«, zischte ich in Timothy Blairs Richtung.

»Ich habe zu danken«, antwortete dieser lächelnd.

»Wofür?«, brummelte Carl an meiner Stelle.

»Dafür, dass ihr mir diese bezaubernde junge Dame mitgebracht habt.« Er griff nach Fays Hand. »Ich werde mich gut um sie kümmern«, versprach er mit seinem breiten Zahnpasta-Reklame-Lächeln.

Mir fiel die Kinnlade herunter. Nicht nur sprichwörtlich.

»Mund zu«, lästerte Carl und gab mir einen Schubs vor den Brustkorb. »Und jetzt komm schon, Romeo. Die ist es nicht wert.«

»Ist sie nicht«, antwortete ich monoton, während ich dem ungleichen Paar nachsah, das hinter einer Tür verschwand. *Die Schöne und das Pantherbiest,* schoss mir ein Vergleich durch den Kopf, während mein Ego zu einem Häufchen Asche zusammenfiel.

Das tat weh, richtig weh.

»Verdammte kleine Fan-Tussi«, kommentierte Carl ihren Abgang, während ich das Nachsehen hatte, Fays schwindenden Duft noch in der Nase, gepaart mit einer Bitternote darüber, dass ich somit auch meine Chance auf ein Exklusiv-Interview verpasst hatte.

»Verdammt«, echote ich und kam mir vor wie der letzte Trottel auf Erden.

»Schreib deinen Artikel für die Schülerzeitung und nächste Woche verliebst du dich in die Nächste«, tröstete mich Carl und boxte mir kameradschaftlich in die Rippen, was mich zumindest kurz von dem sehr viel tieferen Schmerz ablenkte.

Carl hatte unrecht. In der darauffolgenden Woche hatte ich weder Fay noch meine Schmach vergessen. Mich in Selbstmitleid suhlend las ich eine Schlagzeile, die weitaus mehr schmerzte, als Carls anhaltende Sticheleien.

Timothy Blair vergeben?

Die Gerüchte um den angeblich eisernen Junggesellen kochten eine Weile hoch, auch wenn sie irgendwann von anderen Schlagzeilen übertönt wurden. Es gab sogar vereinzelte Schnappschüsse, meist unscharf oder aus so weiter Ferne geschossen, dass sie kaum erkennbar war. Doch ich war sicher, dass es Fay sein musste, dass ich meine erste echte Liebe ausgerechnet an Timothy Blair verloren hatte.

Ich litt doppelt.

Vergaß zu essen, vergaß alles, was mir bis dahin wichtig gewesen war.

Selbst meine Karriere als Schülerzeitungsreporter lag wochenlang auf Eis, während meine Noten in den Keller rutschten. Ich leckte meine Egowunden, wobei mir Carl mit intensiven Promillerunden beistand.

Nein, ein Engel war ich als pubertierender Halbwüchsiger nicht. Ebenso wenig wie meine erste fatale Liebe, deren Namen mir wie ein Hohn vorkam. Jahre bevor ich Details aus ihrem weiteren Leben erfuhr.

ELF

Karma oder was?

LIAM GARCIA/YAS

Salt Lake City 2013

»Woher kennst du sie?«, holte mich John in die Gegenwart zurück.

»Ich kenn sie nicht wirklich«, wich ich aus. »Fay und ich haben damals kaum zwei Sätze miteinander geredet.«

»Das müssen zwei inhaltsschwere Sätze gewesen sein, so betroffen wie du reagierst. Hör zu, Yas, wenn dich persönliche Motive antreiben ...«

Alarmiert sah ich auf. Schon wieder mein Navajo-Name, den John nur benutzte, wenn niemand in der Nähe war. So sehr ich das sonst schätzte, im Moment störte es mich gewaltig. Alles in mir sträubte sich dagegen, ihm etwas über meine jungenhafte Schwärmerei zu gestehen.

»Ach was, natürlich nicht«, beteuerte ich etwas zu hastig. »Wir hatten nur einen ähnlichen Musikgeschmack.«

»Das heißt?«

»Wir waren beide zufällig auf dem gleichen Blair-Konzert und in den ersten Reihen. Sie hat mich kaum wahrgenommen. He, ich war dreizehn, noch ein Junge«, kürzte ich die peinliche Geschichte ab.

»Und sie?«

»Mindestens sechzehn, jedenfalls zu alt für mich«,

wiederholte ich Carls damalige Warnung. »Wetten, dass sie mich umgekehrt nicht mal erkennen würde?«

»Na gut.« John schlurfte zurück zu seinem Schreibtisch. »Vielleicht reden Blairs Fans und er selbst tatsächlich eher mit dir, als mit einem von uns alten weißen Säcken.«

»Was hat denn dein Kontakt genau gesagt?«

»Nichts, was uns weiterbringt«, wiegelte John ab. »Vielleicht hast du ja Glück und findest mehr heraus. Such auch gezielt nach Fotos oder weiteren Videos. Es heißt zwar, sie hätten alle Masken getragen, aber die verrutschen auch schon mal.«

»Ich häng mich rein.«

»Das weiß ich und das macht mir in dem Fall offengestanden ein wenig Angst.« Er hob abwiegelnd die Hände. »Aber wie gesagt ...«

»Schon verstanden, ich bring dir deine Story«, unterbrach ich ihn, ehe er mit weiteren Bedenken kam. »Aber jetzt brauch ich erst einmal einen Kaffee und was zu essen. Soll ich dir was mitbringen?«

»Heute nicht. Ich bin auf Diät«, grummelte John und strich sich bedauernd über seine stattliche Wampe.

Statt essen zu gehen, lief ich einmal um den Block und zu dem nahe gelegenen Liberty Park, wo ich mich auf einer Bank niederließ und nach eventuellen Mithörern umsah, bevor ich Carls Nummer wählte.

Mein alter Jugendfreund Carl Johnson, dessen Hackerfähigkeiten ihm einen Job im FBI-Hauptquartier in Washington, D. C. eingebracht hatten, kam vielleicht eher an Insider-Informationen als ein einfacher Officer oder Detective eines örtlichen Police Departements. Ob er diese mit mir teilen würde, war eine andere Frage.

Carl meldete sich nach dem dritten Klingeln. »Wo brennts dieses Mal, Yas?«, nuschelte es mir entgegen.

»Schmeckts?«

»Zu gut, immer noch zu gut, also ...«

»Es geht um den Sturm auf die Konzertbühne in Phoenix, Arizona ...«

»Das Timothy-Blair-Konzert?«

»Ja, da es sich um die Bedrohung einer riesigen Menschenmenge mit Todesfällen handelt, dachte ich ...«

»Dass meine Behörde ermittelt?«

»Ja.«

»Nicht direkt, wir beobachten zwar solche Vorkommnisse und klopfen sie darauf ab, ob die Banden auch in anderen Staaten aktiv sind, um dann zu übernehmen. Aber das ist momentan nicht erwiesen. Die Übergriffe werden derzeit ausschließlich von den örtlichen Police Departements untersucht.«

»Mist, ich hatte gehofft, ihr hättet wenigstens Zugriff auf interne Daten, Namen ... etwas, was ich als Ausgangspunkt für eigene Recherchen nutzen könnte.«

»Wir haben eine Zweigstelle in Phoenix, die wahrscheinlich konkreter damit befasst ist als wir. Moment, das müsste zentral abrufbar sein. Bleib mal dran.«

Ich lauschte, hörte hektische Tippgeräusche, dann einen tiefen Seufzer. »Na also, da haben wir was«, kam es dieses Mal mit offenbar leerem Mund.

»Und? Sag schon«, drängelte ich.

»Das sieht nicht gut aus.«

»Für wen? Du brauchst mir auch keine geheim zu haltenden Einzelheiten verraten. Gib mir einfach etwas, womit ich arbeiten kann.«

»Einen guten Rat: Halt dich da raus. Das ist nicht irgendeine Sensationsstory über ein paar Verrückte, die eine Konzertbühne gestürmt haben.«

»Sondern?«

»Was da gerade in Arizona abgeht, ist brandgefährlich für jeden, der seine Nase da reinsteckt. Vor allem für einen Typen wie dich.«

»Ein Typ wie ich? Fuck! Von dir habe ich mehr erwartet als so einen Mist«, schnaubte ich. »Das alles hat mir schon mein Mentor gepredigt, aber er überlässt mir immerhin die Story. Ich hätte nicht gedacht, dass so ein rassistischer Bullshit ausgerechnet von dir kommt.«

»Gerade von mir«, gab Carl zurück. »Weil du mein Freund bist und ich nicht möchte, dass du weißen, patriotischen Männern mit glühendem Hass auf alles, was anders aussieht oder tickt, auf die Pelle rückst. Sie werden dir weder Antworten geben noch dir den Hauch einer Chance lassen, unerkannt in ihren Reihen herumzuschnüffeln.«

»Bullshit! Ich kann gut auf mich selbst aufpassen, also, was hast du?«

»Mal dir doch gleich eine Zielscheibe auf deinen roten Dickschädel.«

»Verdammt, Carl, gib mir wenigstens ein paar Namen!«

»Na gut, einen Namen, den die Verantwortlichen bewusst durchsickern lassen wollen, um die Brüder aufzuscheuchen, kann ich dir geben. Er nennt sich Don, vielleicht abgeleitet von Donald. Vielleicht ist das aber auch nur ein Deckname.«

»Sagt mir nichts.«

»Er hält sich im Hintergrund, schickt eher seine Lakaien nach vorne. Einen zweiten Mann haben Kameras erfasst, die von unserem Team in Phoenix ausgewertet wurden. Wir konnten ihn nur identifizieren, weil er ein paar kleinere Delikte auf dem Kerbholz hat.«

»Wie heißt er? Was wisst ihr über den Mann?«

»Malone. Gary Malone. Aber der Mann ist unseres Wissens nur ein kleiner Mitläufer. Der interessante Mann ist Don.«

»Was macht ihn interessant?«

»Dass wir so wenig über ihn wissen. Er ist geschickt darin, seine wahre Identität zu verbergen. Das schafft kein kleiner Mitläufer. Was wir über ihn wissen ist, dass er einer dieser besonders patriotischen Weißen ist, die alles hassen, was nicht dem eigenen Weltbild entspricht. Er ist ein äußerst charismatischer Anführer, dessen strategische Fähigkeiten man nicht unterschätzen sollte. Er gilt als Kopf des neu zusammengewürfelten KKK .«

»Ku-Klux-Klan?«

»Ja. Sie nennen sich nicht mehr so, aber die alten Werte und ihre Motive gelten immer noch, ausgeweitet auf neuere Ziele. Die Bruderschaft verbündet sich aktuell mit anderen rassistisch motivierten Gruppierungen. Statt sich wie früher zu bekämpfen, vereinen sie ihre Kräfte, um Unruhe zu stiften.«

»Was bringt es ihnen, ein Konzert von Timothy zu crashen? Ist es, weil Timothy Blair seine Popularität einsetzt, um für schärfere Waffengesetze, mehr Gleichberechtigung und Frauenrechte zu plädieren?«

»Das dürfte eine treibende Rolle spielen.«

»Was ist mit diesen Parolen für *White Power* auf Flaggen und Shirts? Ich hab sie auf privaten Videos gesehen, gefilmt von Konzertbesuchern, die ihre Handys während des Überfalls in das Gewimmel gehalten haben.«

»*White Power* ist der gemeinsame Schlachtruf verschiedener Gruppierungen. Wir haben zwar eigenes Material, aber würdest du mir schicken, was du hast? Ich könnte es mit unseren Aufnahmen abgleichen und nach weiteren erkennungsdienstlich bereits erfassten Personen suchen.«

»Ich habe nur das Video eines Bloggers, das dieser auf einer Seite des *Chronicle* hochgeladen hat. Achte mal auf die Blondine und das kleine Mädchen auf der Bühne. Ich leite es gerade weiter an dich.«

»Okay, trudelt soeben ein. Augenblick ...«

Angespannt wartete ich Carls Grummeln ab.

»Na schau an, wen haben wir denn da?«, stieß er aus. »Wir haben auch Aufnahmen dieser Szene, aber das Bildmaterial des Bloggers ist brillanter als unseres. Der Mann muss sich dicht an der Bühne aufgehalten haben. Gib mir etwas Zeit zum Auswerten, ja?«

»Wisst ihr mehr über diese Blondine auf der Bühne?«

»Warum fragst du?«, kam es etwas zu knapp.

»Komm, jetzt pack schon aus! Tu nicht so, als hättest du sie nicht auch erkannt.«

»Doch, hab ich. Bist du deshalb hinter der Story her? Weil du Fay wiedererkannt hast? Die kleine Bitch, die nach dem Konzert damals mit dem schönen Tim und nicht mit dir abgezogen ist?«

»Nein, das ist längst vergessen.« Ich versuchte mich an einem gleichmütigen Lachen. »Damals waren wir noch halbe Kinder. Aber hast du dir das kleine Mädchen angesehen, das bei ihr war? Es kann unmöglich zu Fay gehören.«

»Mmh, da irrst du dich, mein Freund. Willst du wissen, wie sie jetzt heißt?«

»Ich versteh nicht. Fay, nehme ich an, wie damals auch schon.«

»Na schön, ich hatte nicht vor, dich mit der Nase drauf zu stoßen, aber da du sie bereits selbst erkannt hast ...«

»Hör auf zu labern, was ist mir ihr?«

»Tja, sitzt du?«

»Verdammt, Carl, lass die Spielchen.«

»Das kleine dunkelhaarige Mädchen ist Angel Malone, Tochter eines gewissen Gary Malone. Wahrscheinlich kommt sie äußerlich mehr nach ihm als nach der Mutter.«

»Malone, wie der kleine Gangster, dessen Name du eben genannt hast? Moment mal, demnach gehört sie zu den Typen, die das Konzert gestürmt haben?«

»Sieht so aus. Und deine unglückliche Jugendliebe ist die vermutlich nicht ganz so ehrenwerte Gattin eines Ganoven.«

»Shit! Aber was macht sie dann auf der Bühne, und das auch noch mit der Kleinen? Im Video hat es den Anschein, als sei sie so etwas wie ein Ehrengast.«

»Tatsache ist, sie ist mit dem Pack, das mit großer Wahrscheinlichkeit für den Überfall verantwortlich ist, verwandt, verschwägert, verheiratet. Entweder hat es die Kleine immer noch faustdick hinter den Ohren oder ...«

»Was, oder?«

»Sie war zufällig da, aus alter Verbundenheit. Oder sie hat den Lockvogel gespielt. Das Material aus Phoenix enthält keine weiteren Informationen zu ihr und ihrer Rolle bei den Überfällen.«

Verwirrt versuchte ich das Gehörte zu sortieren, und brachte nur ein leises »Fuck« zustande.

»Brauchst du noch was?«, fragte Carl.

»Ja, mehr Antworten.«

»Mehr kann ich dir momentan nicht geben.«

»Was ist mit einer Adresse der feinen Familie Malone?«

»Steht bestimmt im Telefonbuch, such sie dir doch selbst raus. Ich werde dir nicht auch noch die Adresse auf dem Silbertablett servieren, damit du in etwas reinplatzt, wovon du dich fernhalten solltest.«

»Und warum sollte ich sie nicht unter einem harmlosen Vorwand besuchen?«

»Mann, Yas ... hast du mir nicht zugehört? Gary Malone ist vermutlich ein Mitläufer, aber ganz sicher ein Sympathisant, ein Typ, der bei deinem Anblick nicht lange nachfragt, wer da so nett an seiner Tür dämliche Fragen stellt.«

»Ich werde weder dämliche Fragen stellen noch plump mit der Tür ins Haus fallen, ich will mich vielleicht nur mal in der Nachbarschaft umhören.«

»Warum? Weil Blondie dich immer noch interessiert?«

»Nein, verdammt noch mal. Ich will wissen, was für eine Scheiße sich in Arizona zusammenbraut, die mir verdammt noch mal Angst macht!«

»Das sollte sie auch. In den Augen der Angreifer gehörst du ebenso wie Timothy zu dem Abschaum, den sie bekämpfen. Und ich habe keine Lust, dich auf der Liste der verschwundenen Personen wiederzufinden.«

»Vermisste Personen?«

»Ja, drei Personen werden seit dem Überfall noch immer

vermisst. Darunter ein Millionärssöhnchen sowie der Fahrer und engste Vertraute von Timothy. Bei der dritten Person handelt es sich um einen Musiklehrer.«

»Wenn du was über sie erfährst ...«

»Erfährt es auch die Presse«, unterbrach Carl mich. »Bis dahin versuch wenigstens, dich bei deinen Recherchen bedeckt zu halten.«

»Versprochen. Und du hast was gut bei mir.«

»Mehr als du in deinem Leben zurückzahlen kannst.« Carls dröhnendes Lachen war so laut, dass meine Ohren noch klingelten, als ich mich von der Parkbank erhob und mein Handy in die Tasche meines Sweaters gleiten ließ. Der Appetit auf einen Snack war mir gründlich vergangen.

ZWÖLF

Verräterisches Video

GARY MALONE

Phoenix, Arizona 2013

AM TAG ZUVOR

»Was ist schiefgelaufen?«, dröhnte Dons Stimme durch den Bus. Augenblicklich trat ein betretenes Schweigen ein.

Nur Gary wandte sich unwillig von der Rotte ab, mit der er ihren Überfall gefeiert hatte. »Wieso schiefgelaufen?«, fragte er perplex. »Lief doch alles wie am Schnürchen.«

»Bist du so blöd oder spielst du das nur? Was sollte der Scheiß mit den Geiseln? Sollen wir sie als Trophäen an die nächsten Bäume aufknüpfen, oder was?«

»Ja! Knüpfen wir sie auf oder veranstalten wir eine Treibjagd auf sie mit ein paar Minuten Vorsprung. Wer sie erlegt, bekommt eine Prämie. Aber erst gönnen wir uns ein bisschen Spaß mit ihnen.«

»Du hast es immer noch nicht kapiert. Das ist kein Spaß, das ist eine Mission, eine Operation mit einem klaren Ziel.«

Gary runzelte die Stirn. »Klar. Operation gelungen, einige Patienten tot. Bisschen Schwund gibt es immer.«

»Idiot«, fuhr Don ihn an, bemühte sich aber, seine Stimme nicht zu erheben. »Wir wollten den Panther und nicht irgendwelche Pappnasen aus seinem Umfeld.«

»Dieser Scheißnigger hat sich aber verpisst!«, beschwerte sich Gary.

»Nicht allein«, meldete sich Roger, der Busfahrer, mit einem höhnischen Lachen von vorne.

»Was heißt das?«, fragte Gary.

»Frag deine Alte!«

Gelächter quittierte den kurzen Ausruf.

»Was ist daran so lustig?« Gary langte es. Er blickte von dem Fahrer zu den Mitgrölenden. »Was hab ihr Hohlköpfe? Hab ich was verpasst?«

»Er fragt, was er verpasst hat, nachdem er sich feige zurückgehalten hat, während wir vorne an der Front unseren Mann gestanden haben.«

Ein warnender Blick von Don brachte den Mann zum Schweigen, worauf dieser dümmlich vor sich hin grinste. Anders als Roger, der den Blick zwischen Straße und Rückspiegel wandern ließ.

»Hast du sie etwa nicht erkannt?«, stichelte er.

»Wen soll ich erkannt haben?«

»Dann will ich nicht derjenige sein, der es dir sagt«, wich Roger aus.

»Was?«, bellten Don und Gary zugleich.

»Na, dein Blondchen und die Kleine waren verdächtig vertraut mit dem Schwa...«

»Noch ein Ton und ich dreh dir deinen Spatzenhals um«, knurrte Gary, stürzte nach vorne, packte den Fahrer am Revers, worauf dieser das Lenkrad verriss. Der Bus brach aus, zusammen mit dem Chaos im Inneren.

»Idiot, willst du uns umbringen?« Don stürzte nach vorn, um das Lenkrad zu übernehmen, während Roger immer noch darum kämpfte, aus Garys Umklammerung zu entkommen.

Der Bus schlitterte auf das Gelände, während weitere Männer eingriffen und Gary von dem Fahrer wegzerrten.

Endlich konnte Roger den Bus langsam ausrollend zum Stehen bringen.

»Zurück auf eure Plätze«, brüllte Don. »Und jetzt zu dir«, wandte er sich an Roger. »Wenn du das nächste Mal am Steuer sitzt, halt einfach die Klappe.«

»Schon gut«, grummelte Roger und griff zum Zündschlüssel.

»Stopp! Zuerst will ich Antworten. Wer ist mit wem vertraut? Raus mit der Sprache.«

Roger zog seine Hand zurück, griff in die Brusttasche seines Hemdes und fingerte ein Handy hervor.

»Was wird das?«, fragte Don ungeduldig.

»Ich zeig es dir, Sekunde.« Er entsperrte das Gerät und öffnete seine Video-App. »Hier, das ist doch Garys Alte, die mit der Kleinen auf der Bühne steht. Wieso bestellt er sie da hin? Wollten wir die Frauen nicht raushalten?«

Don antwortete nicht, nahm ihm das Handy aus der Hand und sah es sich mehrere Male an.

Inzwischen hatte sich auch Gary zu ihnen gesellt und versuchte, einen Blick zu erhaschen, wurde aber unsanft von Don weggeschubst.

»Du wartest!« Er drehte sich so, dass Gary ihm nicht über die Schulter blicken konnte. Dann gab er mit fliegenden Händen einige Befehle in das Smartphone ein, bevor er es Roger zurückgab. »Steck das Ding weg.«

Roger gehorchte schulterzuckend. »Du bist der Boss.«

»Hey, was wird das?«; mischte sich Gary ein.

»Wir müssen reden«, antwortete Don. »Draußen. Mach die Tür auf, Roger«, befahl er.

Roger gehorchte. »Soll ich warten.«

»Ja!«

Gary blickte ihn verwirrt an.

»Mitkommen!« Don schubste ihn vor sich her aus dem Bus. »Weitergehen«, herrschte er ihn an, als er stehen blieb und eine Erklärung verlangte. Sie liefen weiter, tiefer vordringend in das unwirtliche Gelände, in dem lediglich ein paar vertrocknete Büsche darauf hinwiesen, dass es selbst in der Wüste hin und wieder regnete. Nicht im

Sommer und nicht in den letzten drei Tagen, in denen die Temperatur auf 110 Grad Fahrenheit oder 43,3 Grad Celsius angestiegen waren.

»Scheißbackofen«, stöhnte Gary, der in der einen Hand eine geöffnete Bierflasche hielt und mit der anderen seine Augen gegen die flirrende Helligkeit abschirmte.

»Geh weiter. Weg vom Bus. Glaub mir, du willst nicht, dass die Männer mitbekommen, was wir zu bereden haben.«

Wieder packte Don ihn am Shirt, zerrte ihn mit sich, als wäre er eine halbe Portion. Dabei war Gary in Form wie nie, trainierte mehrmals in der Woche und seit er auch zum Boxen ging, konnte ihm so leicht keiner was. Bis auf Don, der ihn nicht nur um einen halben Kopf überragte, er war auch jemand, mit dem man sich besser nicht anlegte.

»Los, da rüber«, befahl er und wies auf eine Felsformation, die etwas Schatten bot.

»Schon gut«, nuschelte Gary und versuchte jetzt nur noch, sein Gleichgewicht zu halten.

»Gut? Nichts ist gut!«, knurrte Don und warf ihm einen wütenden Blick zu, bevor er ihn zuerst losließ und dann aufgebracht von sich schubste. »Du versoffener Versager. Kein Wunder, dass du nicht mitbekommst, wo deine Kleine sich rumtreibt. Du bist nur noch im Delirium. Reiß dich endlich zusammen und sei ein Mann!«

Gary sah ihn aus glasigen Augen an, begriff nichts von dem, was Don ihm vorwarf.

»Es geht um Fay und die Kleine ...«

»Was ist mit ihnen?«

»Hast du es immer noch nicht gerafft? Sie war auf der Bühne, als unsere Leute vorgeprescht sind. Aber davon hast du Memme nichts mitbekommen, hast dich verkrümelt, als es kritisch wurde, und bist erst zum Feiern wieder aufgetaucht.«

Gary schnappte nach Luft, rülpste und wandte sich ab,

bevor er sich in das Gestrüpp erbrach, aus dem sich eine Schlange herauswand und davonschlängelte. »Eine verfluchte Korallenotter«, stellte er fest und würgte erneut.

Minuten später war es Gary immer noch speiübel. Aber er war nüchtern wie seit Tagen nicht mehr. »Gehen wir besser ein paar Schritte«, warnte er und wies auf eine weitere sich schlängelnde Kreatur. »Das sieht nach einem Nest aus.«

Don nickte stumm und folgte ihm. »Mit Schlangen kennst du dich ja offensichtlich aus«, stieß er mit einem absichernden Blick auf den rötlichen Staub aus.

Gary nickte. »Was war das jetzt mit Fay und der Kleinen?«

»Hier, sieh es dir an. Ich habe mir Rogers Aufnahmen aufs Handy geschickt, bevor ich das Video auf seinem Gerät gelöscht habe.« Don öffnete die App, zeigte es ihm, ohne das Gerät aus der Hand zu geben.

Gary blickte mit eingefrorenen Gesichtszügen auf den kurzen Film und versuchte, Don das Gerät zu entwinden.

»Nein!«, herrschte Don ihn an und steckte das Handy zurück in die Hosentasche. »Du hast sie gesehen. Und wenn wir zurück sind, bekomm raus, was sie dort zu suchen hatte. Bis dahin reiß dich zusammen. Lass dir vor den Männern nichts anmerken. Sonst machst du dich nur selbst zum Gespött.«

»Und was soll ich stattdessen tun? Es auf sich beruhen lassen?« Seine Stimme war nur noch ein Grollen.

Don packte ihn an der Schulter, schüttelte ihn. »Hast du nicht zugehört? Du tust nichts! Nicht, so lange wir unterwegs sind, sonst ...«

»Sonst?« Garys ließ achtlos die Flasche fallen, an die er sich in den vergangenen Minuten geklammert hatte, und ballte die Hände zu Fäusten.

»Sonst lass ich dich genau hier zurück oder setz dich unterwegs ab.«

»Das wagst du nicht.«

Don lachte höhnisch. »Du solltest mich besser kennen. Und jetzt entscheide dich. Bleib hier und lass dich von einer dieser giftigen Nattern ins Jenseits befördern, oder komm mit zurück zum Bus und stell dich dem Schlangennest in deinem eigenen Haus.«

Garys Kiefer mahlten, seine Hände waren immer noch zu Fäusten geballt. Dann nickte er mit finsterer Miene. »Ich komme mit.«

Don tätschelte seine Wange. »Guter Junge! Und wenn wir zurück sind, finde heraus, was Fay da auf der Bühne zu suchen hatte. Wenn sie uns nachspioniert und nicht zufällig da war, überlegen wir uns was. Zusammen.«

Gary nickte mit finsterer Miene und schlug Dons Hand von seiner Schulter, um vor ihm zurück zum Bus zu stürmen, wo er sich wortlos auf den hinteren Plätzen niederließ. Als einer der Männer ihm eine Bierflasche reichte, schlug er ihm diese aus der Hand.

Dann blickte er mit verkniffener Miene aus dem Fenster auf die immer öder werdende Landschaft.

Von den drei Geiseln war nur noch eine bei Bewusstsein, als sie mit dem letzten Bus ihrer Kolonne im Trailer Park ankamen. Alle wiesen Wundmale von aufgedrückten brennenden Zigaretten, Messerstiche und Blutergüsse auf. Längst hatte jeder von ihnen diverse Körpersäfte von sich gegeben. Es stank bestialisch nach Urin, Kot und Schweiß, nach aufgestautem Adrenalin vieler Männer.

»Weg da«, befahl Gary einer Gruppe von Maskierten, die sich weiter an den Gefangenen austobten, die gefesselt und an Pfählen fixiert waren. Er schob sich durch die Menge, trat achtlos gegen einen Wassereimer, dessen Inhalt fast augenblicklich von der ausgetrockneten Erde aufgesaugt wurde.

Bei den Gefesselten angekommen, beobachtete er minutenlang, wie die Männer diese weiter mit Tritten attackierten und verhöhnten. »Was soll der Scheiß?«, grummelte er. »Seid ihr zu feige, ihnen den Rest zu geben?«

Er trat vor, holte mit der Faust aus und traf den Gefangenen seitlich am Schädel, worauf dessen Kopf zur Seite flog. Dann riss er einem der Männer eine Knarre aus den Händen, setzte sie an der Schläfe des Bewusstlosen an.

Eine kräftige Hand riss ihn zurück.

»Was!?« Schnaubend wandte er sich zu dem maskierten Angreifer, erhob die Waffe und richtete sie gegen ihn, als die Hand eines zweiten Mannes vorschoss, seinen Arm nach unten drückte und ihn entwaffnete.

»Bist du völlig von Sinnen?«, zischte Don unter der purpurfarbenen Maske, die dem Anführer zustand.

»Warum? Diese Ärsche haben es nicht besser verdient.«

Don winkte verärgert ab. »Wenn du dich abreagieren willst, such dir einen Punchingball oder schlag dich mit den anderen.« Dann wandte er sich an die maskierten Männer in der vorderen Reihe. »Was habt ihr rausbekommen?«

»Der da ist der Leibwächter und Fahrer unseres Zielobjekts«, antwortet der Mann, der Gary zurückgehalten hatte.

»Was macht er hier?«

Der Mann zuckte mit den Achseln. »Er hat sich mit mir angelegt, mir die Maske runtergerissen, mir direkt ins Gesicht gesehen. Hätte ich ihn dalassen sollen?«

»Ich überleg mir was. Und was ist mit den anderen?«

»Fanboys mit krankem Musikgeschmack. Der jüngere heißt Oliver. Er hat was von seinem reichen Dad gefaselt, der bereit wäre, Lösegeld zu zahlen. Egal wie viel.«

Don krauste grübelnd die Stirn, dann schlug er dem Mann anerkennend auf die Schulter. »Gut mitgedacht. Haben wir jemanden, der ein Video drehen kann mit Daddys Liebling?«

»Ich frag Roger.«

»Dann weck den jungen Oliver mal auf und trichtere ihm ein, was er sagen soll.«

»Und das ist?«

»Eine Million Dollar Lösegeld ohne die Cops, andernfalls knöpfen wir uns nach ihm auch den Rest seiner Familie vor. Einen nach dem anderen.«

»Und wenn er doch plaudert?«

»Halten wir unser Versprechen?«

»Was ist mit dem anderen, dem Rotschopf?« Der Mann wies auf den zweiten Ohnmächtigen.

»Er ist wer?«

»High-School-Lehrer für Musik. Hat geheult wie eine Schwuchtel.«

Don zuckte gleichgültig mit den Schultern. »Pech für ihn. Lasst ihn zurück, wenn wir abziehen.«

Gary hatte sich fernab von den anderen Männern niedergelassen und grummelte vor sich hin. Sein Zorn hatte kalten Überlegungen Platz gemacht. Fay brachte das Geld nach Hause, seit ihn seine Sauferei die Fahrlizenz und den Job gekostet hatten. Die paar Kröten, die ihm Don aus der Kasse der Bruderschaft zusteckte, reichten gerade fürs Nötigste. Ohne Fays Einkünfte als Barista in diesem angesagten Coffeeshop, in dem die Leute für einen einfachen Filterkaffee fünf Dollar zahlten, wären sie aufgeschmissen. Sie jetzt auf Verdacht vor die Tür zu setzen, konnte er sich kaum leisten, und so begann er, sich ihren Besuch auf diesem Konzert harmlos zu reden.

Was, wenn sie nur der Musik wegen auf diesem Konzert gewesen war? Mit der Kleinen ...

Warum hat sie mir nichts davon erzählt?, redete ihm seine wütende Stimme ein, während seine Vernunft die Antwort parat hatte. *Weil du Hitzkopf nur wieder ausgeflippt wärst, wie bei allem, was sie eigenständig unternehmen will.*

Warum also darauf herumreiten und sich unnötigen Stress machen? Viel wichtiger war es, herauszufinden, ob sie einen von ihnen erkannt hatte. Klar, sie hatten Masken getragen. Aber was, wenn sie dahinterkam, wo er in all den Nächten und an den Wochenenden gewesen war, in denen er angeblich gearbeitet hatte?

Darüber musste er sich Gedanken machen! Nicht darüber, ob da was gelaufen war mit diesem verfluchten Nigger. Dennoch knirschte er mit den Zähnen, als er sich vorstellte, wie dieser seinen dreckigen Schwanz in sie versenkt hatte. Er sollte ihn kastrieren und den Rest von ihm den Schweinen zum Fraß vorwerfen, angestochen, blutend, und dann zusehen, wie sie ihn zerrissen. »Scheiße«, fluchte er, als er bemerkte, wie er hart wurde, während er den Schreien in seinem Kopf lauschte …

Es dauerte eine Weile, bis ihm bewusst wurde, dass diese real waren und aus unmittelbarer Nähe kamen.

Dons Blick ging ihm durch und durch, als dieser Minuten später zu ihm kam und sich die Hände an einem Handtuch trocken rieb. Erst bei genauerem Hinsehen, bemerkte Gary, die bräunlich-roten Flecken auf dem Tuch.

»Was war da los?«, fragte er irritiert.

»Ich habe hinter dir aufgeräumt. Gnade dir Gott, wenn das noch mal nötig sein sollte.«

»Ich versteh nicht?«

»Roger wird dichthalten. Jetzt bist du dran.«

»War er das?

War das Roger?

Hat er geschrien?«

Don kniff die Augen zu schmalen Schlitzen zusammen.

»Hast du ihn, ist er …?«

Don blickte ihn nur weiter starr an. »Du kennst die Regeln. Und für dich gelten diese jetzt in verschärfter Form. Ab sofort kein Alkohol und lass auch die Finger von dem Zeug, das ihr euch sonst so reinpfeift. Du brauchst einen kühlen Kopf, wenn du wieder zu Hause aufschlägst.«

»Was willst du damit sagen?«

Don hob nur seine rechte Braue. »Was wohl? Überleg dir, wie du dein Haus säuberst, überleg es dir genau.«

»Was meinst du mit säubern?«

»Bring Fay zur Räson oder schmeiß sie raus. Und denk dabei auch mal an die Kleine.«

»Was soll mit ihr sein?«

»Unkraut sollte man ausreißen, bevor es anfängt zu wuchern. Merk dir das.«

»Die Kleine kann nichts dafür, dass ihre Mutter Flausen im Kopf hat. Na schön, sie mag diese Negermusik, aber das ist auch schon alles«, verteidigte Gary sie.

»Nur Flausen? An deiner Stelle würde ich alles tun, um herauszufinden, was sie mit diesem Musikergesocks zu tun hat.«

Gary hob abwehrend die Hand, während er diese Möglichkeit erwog, und spürte, wie ihm die Galle hochkam. Erschrocken verdrängte er Bilder, in denen er Fay ihren langen weißen Hals zudrückte. Es sah aus, als würde er einen nassen Lappen in der Luft wringen. Ihn würgen, bis er dahin war.

»Da läuft nichts!«, knurrte er verspätet. »Das würde sie nicht wagen.«

Die Bilder in seinem Kopf wechselten. Er glaubte zu hören, wie sie nach Luft japste, um Gnade wimmerte, bis ihr Körper in seinen Armen erlahmte. Er sah, wie der Blick ihrer blauen Augen sich veränderte, wie das Leben in ihnen erlosch. Angewidert blickte er auf seine verkrampften Hände, die mit einem Mal nicht mehr zitterten, nur noch kraftvoll weiter zudrückten. Inzwischen traten seine

Knöchel weiß hervor und seine Nägel schlugen ihm ins eigene Fleisch.

Dons wissender Blick feuerte ihn an, signalisierte ihm, was zu tun war.

Hör auf, eine Lusche zu sein.

Jag sie zum Teufel, wenn sie dich auch nur belogen hat.

Bring das Miststück um, wenn da mehr war.

DREIZEHN

Forderungen

LIAM GARCIA/YAS

Salt Lake City 2013

»Wir haben eine Lösegeldforderung«, rief mir John über unsere Tische hinweg zu. »Sie verlangen je eine Million Dollar für Oliver Shoeman und für Ray, den Vertrauten und Fahrer von Timothy.«

»Wann und in welcher Form ist sie eingegangen?«

»Ein Bekennervideo, in dem die gefolterten Geiseln zu sehen sind. Die Lösegeldforderung, gesprochen von Oliver Shoemann, wurde als Tonspur darübergelegt.«

»Und das geben sie uns frei zur Veröffentlichung?«

»Die Verbreitung des Videos in voller Länge ist Teil der genannten Bedingungen für die Freilassung. Es liegt auf unserem Server, du kannst es dir ansehen. Aber nur, wenn du noch nicht gefrühstückt hast. Es ist übel.«

Hastig öffnete ich die Meldung auf meinem Rechner und klickte das Video an, dankbar für Johns Warnung. »Beide Männer bluten aus zahlreichen Wunden, als habe jemand sie regelrecht mit Messern attackiert«, kommentierte ich Minuten später das Band und stutzte, als ich näher auf die kaum noch Lebenden zoomte. »Es sieht aus, als hätten sie die Männer neben allem anderen auch noch mit Widerhaken gefoltert. Oder mit Pfeilen.«

»Gut geraten, der beigefügte Bericht eines Sachverständigen geht gleichfalls von dieser Art von Folter aus. Schau dir auch mal die kreisrunden Verbrennungen an.«

»Zigarettenanzünder oder Zigarren?«

»Vermutlich. Alles typische Foltermethoden.«

»Offenbar glauben Malone und seine Kumpel, dass sie jenseits der Gesetze stehen.«

»Malone?« John blickte auf. »Woher hast du diesen Namen?«

»Eine anonyme Quelle«, schwindelte ich etwas zu hastig und musste mich zusammenreißen, um mir nicht gefrustet auf die Stirn zu klopfen. Dass mir versehentlich der Name eines identifizierten Mitläufers rausgerutscht war, konnte ich John unmöglich gestehen. Nicht ohne Carl in Schwierigkeiten zu bringen.

»Hat deine Quelle noch weitere Einzelheiten preisgegeben?«, fragte John, ohne auf meine vage Antwort einzugehen.

»Es wäre nicht die erste Aktion dieser Art«, antwortete ich und überlegte fieberhaft, was ich im Moment schon weitergeben durfte.

»Okay, lass hören.«

»Die vermutete Tätergruppe hat anfangs, ganz in der Tradition früherer Klan-Aktivitäten, Familienfeste gecrasht, bei öffentlichen Auftritten und Veranstaltungen Farbiger für Angst und Schrecken gesorgt und Patchworkfamilien, die nicht in ihre reinweißen Viertel passten, mit Drohungen und Brandstiftungen vertrieben. Belangt hat man sie dafür nie. Sämtliche Anzeigen wurden als nicht bewiesen oder Bagatellen von den Behörden abgewiesen.«

»Kidnapping und Lösegeldforderungen in Verbindung mit Folter dürften nicht mehr als Bagatelle durchgehen«, sagte John. »Das müsste das FBI alarmieren.«

Hat es bereits, dachte ich und erinnerte mich an die eindringliche Warnung meines Freundes Carl.

»Bereite eine Meldung vor, mit der wir das Video

verbreiten. Mit der üblichen Aufforderung an die Bevölkerung, sich zu melden, wenn sie etwas beobachtet haben.«

»Mach ich, aber eigentlich sind doch die Absender bereits bekannt.«

»Eigentlich«, betonte John. »Und eigentlich hätten sie auch mit den früheren Überfällen nicht davonkommen dürfen. Aber wir sollten den Leuten da draußen vermitteln, dass sie diese Art von Terror nicht hinnehmen müssen, dass sie sich melden sollen und nicht kuschen.«

»Also nicht nur brav das tun, was die Entführer beabsichtigen, sondern sie auch als verachtenswert darstellen?«

»Unbedingt. Lass aber unseren Juristen drüberschauen.« John nickte mit verbissenem Gesichtsausdruck. »Und wenn es dein Ego zulässt, schick die Meldung raus ohne dein Namenskürzel ...«

Ich blickte fragend auf. »Soll ich deins daruntersetzen oder so etwas wie *Black* oder *Red Power*?«

»Denk mal nach, mit wem du es zu tun hast«, warnte John. »Absender sind wir, die Redaktion, keine einzelnen greifbaren Redakteure und schon gar nicht ein Jungredakteur, der auf den Feindeslisten dieser Brüder steht.«

»Und wenn sie als nächstes Ziel unsere Redaktionsräume stürmen?«

»Ihr Operationsgebiet ist Arizona, nicht Utah und Salt Lake City, zumindest bis jetzt.«

Nur zwei Stunden nachdem ich das Erpresservideo online gestellt hatte, zusammen mit einem Kommentar, der die Absender und Erpresser aufs Schärfste verurteilte, schrieb Carl mir eine Kurznachricht.

Die Lösegeldforderung wurde erfüllt. Beide Geiseln sowie die dritte entführte Person gelten weiterhin als vermisst. Wir gehen davon aus, dass sie von den Entführern getötet wurden.

Sind die bekannten Köpfe zur Fahndung ausgeschrieben?

Bislang haben wir keinen juristisch stichhaltigen Beweis, der einen Haftbefehl rechtfertigt.

Frustriert lehnte ich mich in meinem Stuhl zurück. »Sind die jetzt alle geschmiert?«

John warf mir einen fragenden Blick zu. »Neuigkeiten?«

Ich nickte. »Insiderinformationen. Wir bekommen sie in Kürze offiziell.« Ich erklärte ihm, worum es ging.

»Demnach haben sie nichts, außer diesen drei verlorenen Geiseln?«

Ich nickte. »Aber ich habe einen triftigen Grund nach Phoenix zu reisen.«

»Warten wir erst mal ab, ob die Geiseln nicht doch noch auftauchen.«

»Tod oder lebendig, oder was meinst du?«

»Dass sie noch leben, ist unwahrscheinlich, aber wenn es Leichen gibt, kommt rasch Bewegung in die Reihen der Ermittler.«

»Also abwarten und nichts tun? Seit wann ist der *Chronicle* so zaghaft? Ist unser Blatt nicht dafür bekannt, als erstes Medium die großen Geschichten aufzudecken, lange bevor die anderen überhaupt an einer Story dran sind?«

John musterte mich nachdenklich. Schwieg.

»Was ist?«

Er nickte schwer, dann sprang er auf. Stützte sich auf

seinem Schreibtisch auf und starrte mich immer noch an. »Okay.«

»Was, okay?«

»Ich überleg es mir. Warten wir erst einmal ab, ob die Geiseln noch auftauchen. Falls ich deinen Reiseantrag genehmigt bekomme, flieg da runter, aber leg dich nicht gleich mit der Bruderschaft an. Versuch herauszufinden, wie die Leute auf der Straße zu deren Machenschaften stehen, und wenn sie Namen nennen, sei auf der Hut, schau dich allenfalls im Umfeld der Genannten um.«

»Milieustudien, oder was meinst du?«

Johns Kopf eierte hin und her, als würde er den Begriff in seinem Hirn wälzen. »Warum nicht? Fragen wir uns doch mal, in welchem Milieu der KKK, Neonazis, die Proud Boys und ähnliche Verbindungen so erstarken können. Schreib darüber einen Artikel, gesellschaftskritisch, hinterfragend.«

»Das wird heftige Reaktionen provozieren. Aber wird es am Ende auch die Richtigen erreichen und sie zum Nachdenken bringen?«

»Muss ich dir die Grundsätze des Journalismus erklären?«, fragte John genervt.

»Informieren, polarisieren oder was meinst du?«

»Auch das. Aber auch Rückgrat beweisen, Haltung zeigen und etwas bewirken. Locken wir die Brüder aus der Reserve, verärgern wir sie, verunsichern wir sie. Wörter sind eine verdammt gute Waffe, wenn man sie geschickt einsetzt, um es solchen Leuten schwer zu machen, weitere Anhänger zu generieren. Und wenn wir was Konkreteres haben, schreiben wir auch darüber, haben aber redaktionell bereits erstklassige Vorarbeit geleistet«, schlug John vor.

Was er sagte, war vernünftig, vielleicht sogar brillant, aber wollte ich mich wirklich zurückhalten, statt wenigstens Fay wiederzusehen und zumindest auch ihre Sicht der Dinge zu erfragen?

VIERZEHN

Der Fremde

ANGEL MALONE

Phoenix, Arizona 2013

Sie sah ihn kommen und erinnerte sich schlagartig. Das Lied, das sie mit ihm gesungen hatte, klang in ihren Ohren nach, war aber überschattet von den nachfolgenden Ereignissen. Hektische Momente, nachdem maskierte Männer die Bühne gestürmt hatten. Schüsse, Schreie, Gedränge ... sie erinnerte sich, wie der dunkle Mann sie auf den Arm genommen und zusammen mit ihrer Mom in diesen düsteren Raum gedrängt hatte. Mucksmäuschenstill hatte sie sich zusammengekauert, während Mom und der Mann sie beruhigt hatten. Sie solle keine Angst haben.

Neugierig sah sie zu ihm auf.

»Hallo, Angel«, begrüßte er sie und ging, wie auf der Bühne, vor ihr in die Hocke.

»Was machst du hier?«, fragte sie. »Hat Mom dich geschickt? Sie wollte mich heute von der Schule abholen.«

»Das nicht, aber vielleicht warten wir zusammen auf sie.«

»Ich weiß nicht ...«

»Du sollst nicht mit Fremden reden?«

Angel nickte. »Du bist aber nicht fremd. Du bist der

Mann, der mit mir gesungen hat«, plapperte sie und biss sich auf die Unterlippe, als müsse sie nachdenken.

»Das bin ich, und ich kenne deine Mom schon lange. Ich bin übrigens Timothy, oder nenn mich einfach Tim.«

»Meine Mom hat mir deinen Namen verraten«, antwortete Angel und nickte ernst. »Aber Gary haben wir nicht erzählt, dass wir bei dir waren.«

»Gary?«

»Mein Dad.« Sie mied seinen Blick.

»Was ist los, Angel?« Vorsichtig hob er ihr Kinn.

»Gary ist böse auf Mom und mich. Er hat ganz viel kaputt gemacht in der Küche und dann ist er gegangen.«

»Warum das?«

»Ich weiß nicht. Mom hat geweint.«

»Oh, Angel, das tut mir leid. Warum hat deine Mom geweint? Hat er ihr wehgetan?«

Angel presste die Lippen zusammen, überlegte. Und dann sprudelte es aus ihr heraus. Sie erzählte Tim von Betty, die Gary verjagt hatte ... und brach mittendrin ab.

»Was ist, Angel? Warum erzählst du nicht weiter?«

»Das darf ich nicht. Ich darf nicht erzählen, was dann passiert ist.«

»Sagt wer?«

Sie schüttelte stumm den Kopf und spürte wieder, wie es in ihrem Bäuchlein wehtat, wie so oft in den letzten Tagen.

»Hast du Angst? Hat jemand dir und deiner Mom wehgetan?«

Wieder presste sie nur den Mund zusammen, damit sie ja nichts sagte. Dieses Mal hatte Mom ihr ans Herz gelegt, keinem zu erzählen, was passiert war und dass sie weggehen wollten. Mit großen Augen blickte Angel zu Tim auf, der ihr sanft über die Locken strich.

»Arme Kleine. Du musst nichts erzählen. Aber wenn du jemanden brauchst, dem du dein Herz ausschütten willst, oder wenn dich was bedrückt, kannst du es mir ruhig sagen. Ich verrate es auch nicht weiter.«

Verlegen senkte Angel den Blick, weil es ihr furchtbar peinlich war. Wie ein Baby kam sie sich vor, und das ärgerte sie. »Ich darf gar nichts«, murmelte sie. »Dabei bin ich schon groß und geh in die Grundschule. Ich kann sogar schon lesen.«

»Dann bist du ja ein richtiges Supergirl.«

Angel kicherte und vergaß beinahe, was ihr seit Tagen die Luft abschnürte. Sogar ihre Bauchschmerzen waren weg. »Können wir noch mal zu dir kommen und zusammen singen? Das war schön.«

»Natürlich. Ihr seid immer herzlich willkommen.«

»Und die bösen Männer mit den Gewehren?«

»Die kommen nicht wieder. Wir haben jetzt Wachen und richtige Leibwächter, die aufpassen, dass sie nicht mehr kommen und unsere Musik stören.«

»Warum machen sie das?«

»Du meinst, warum sie kommen und auf Menschen schießen?«

Angel nickte.

»Ich weiß es nicht. Vielleicht weil sie dumm sind, weil sie zu viel getrunken haben. Und weil sie nicht mögen, dass ich anders aussehe.«

»Weil du braun bist und groß?«

»Ja, auch das mögen manche nicht.«

»Du bist wie Betty, nur nicht so schwarz. Deine Haut ist braun. Kommt das, weil du ganz viel in der Sonne bist?«

Er lachte. »Nein, ich bin schon so dunkel auf die Welt gekommen.«

»Das sieht schön aus. Aber warum ist das so? Und warum ist Bettys Haut ganz schwarz?«

»Deine kleine Freundin, die Gary aus eurem Garten verjagt hat?«

Wieder biss sich Angel auf die Lippen und überlegte, ob sie ihrem neuen großen Freund wenigstens von den weißen

Geistern erzählen sollte, die das Haus von Betty und ihrer Mom angezündet hatten. Aber dann nickte sie nur und blickte auf das kleine Kästchen, das Tim aus der Tasche seiner Lederjacke zog.

»Was ist das?«

»Ein Geschenk für dich.«

Sie strahlte. »Darf ich es sehen?«

Tim nickte. »Natürlich.« Er öffnete das Kästchen und zeigte Angel die goldene Kette mit dem Medaillon.

»Das ist ein Herz«, staunte sie und ließ es sich umlegen. »Ich habe noch nie so was Schönes gehabt.« Andächtig streichelte sie über den glitzernden Anhänger. »Darf ich ihn Mom zeigen? Nur Mom, nicht Gary?«

»Natürlich. Aber deine Mom scheint sich zu verspäten.«

Angel blickte auf ihre Micky-Uhr, die Fay ihr geschenkt hatte, damit sie immer wusste, wann sie mit ihrer Arbeit fertig war. »Wenn der Zeiger da steht, hat sie frei. Dann kommt sie.«

»Das war vor zehn Minuten. Bestimmt ist ihr was dazwischengekommen und sie verspätet sich. Wollen wir zusammen auf sie warten und so lange zum Eisstand da drüben gehen. Magst du Eis?«

»Au ja!«

»Welche Sorten magst du denn?«

»Erdbeere und Schoko«, plapperte sie freudig. »Und Himbeere. Kann ich die alle probieren?«

»Klar doch, na komm.« Er streckte ihr seine Hand hin, die sie annahm, und es fühlte sich toll an, als er mit ihr zu dem Eisstand schlenderte. Fast, als sei jetzt wieder alles gut.

Doch nichts war gut. Nach dreißig Minuten war immer noch nichts von ihrer Mom zu sehen.

»Mom kommt nicht mehr«, sagte sie verlegen. »Aber ich kenn den Weg und hab einen Schlüssel.«

»Soll ich dich nach Hause bringen?«

»Das geht nicht. Dann sieht Gary dich. Du bist doch ein Geheimnis.«

»Richtig, deine Mom hat ihm ja nicht gesagt, dass wir uns kennen«, ging Tim auf das ein, was sie ihm erzählt hatte. »Aber weißt du was, ich bring dich nur ein Stück. Gerade so weit, dass ich sehen kann, wie du sicher nach Hause kommst.«

Lächelnd ließ sie zu, dass er erneut ihre Hand nahm und sie zu ihrer Straße brachte. An der Kreuzung, die zu ihrer Seitenstraße führte, hielt sie ihn zurück.

»Gary ist da.« Sie wies auf einen alten Pick-up, der schräg geparkt dastand. Die Fahrertür war weit geöffnet, als habe der Fahrer es eilig gehabt, ins Haus zu kommen.

»Du willst allein nach Hause?«, fragte Tim besorgt.

Sie nickte verschämt. »Gary verbrennt dich, wenn er dich sieht«, murmelte sie.

»Was sagst du da?«, fragte Tim.

»Sie machen Feuer ...«, nuschelte sie mit weit aufgerissenen Augen und senkte den Blick.

»Hast du das mal gesehen?«

Angel nickte stumm.

»Du darfst nicht darüber reden, habe ich recht?«

Sie schüttelte den Kopf.

»Oh Gott, Kleine, vor was fürchtest du dich? Erzähl es mir.«

»Ich darf nicht. Ich muss jetzt gehen.« Sie wollte losrennen, aber Tim hielt sie zurück, beugte sich zu ihr hinunter.

»Hör zu, Angel, versprich mir bitte, dass du mich anrufst, wenn etwas nicht in Ordnung ist oder wenn jemand dir oder deiner Mom wehtut. Machst du das? Hier, das ist auch noch für dich.« Er griff in die Tasche und reichte ihr ein Handy.

Angel starrte auf das pinkfarbene Etui, in dem ein richtiges Smartphone steckte. So eins, wie es die Großen hatten, und nicht nur eins zum Spielen.

»Du kannst doch schon telefonieren, oder?«

Sie nickte eifrig, während Tim ihr zeigte, wie sie das Gerät entsperren konnte und zur Telefon-App gelangte.

»Du musst nur die Eins antippen, dann wählt das Handy meine Nummer. Kannst du dir das merken?«

»Ich bin doch schon groß«, beteuerte Angel.

»Genau!« Tim schmunzelte. »Ruf einfach an, wenn was ist oder wenn du mal wieder Lust auf ein Eis hast. ...« Er zögerte, blickte die Straße entlang zu dem achtlos abgestellten Fahrzeug vor Garys Haus. »Ruf sofort an, wenn du Hilfe brauchst.«

Angel nickte, krauste aber verlegen die Stirn.

»Was ist, Angel?«

»Wenn Gary das sieht, nimmt er es mir bestimmt ab«, flüsterte sie so leise, als befürchtete sie, belauscht zu werden.

»Dann verstecken wir das Handy in deinem Rucksack und du holst es nur raus, wenn er nicht da ist. Genau wie dein Halskettchen.«

FÜNFZEHN

Kein Unfall

ANGEL MALONE

Phoenix, Arizona 2013

Angel zwängte sich an dem rostigen Pick-up vorbei, der die Einfahrt versperrte. Dabei blickte sie sich misstrauisch um. Als Dad das letzte Mal seinen Wagen so abgestellt hatte, war das mit Betty und ihrer Mom passiert, er hatte sie aus dem Garten gejagt.

Sie schlang ihre Ärmchen um sich, als würde sie frieren. Dabei war es wieder ein glühend heißer Tag. Die Kälte kam aus ihrem Inneren und sie wäre am liebsten weggelaufen, zurück zu Tim. Aber dann dachte sie an ihre Mom. Sie konnte sie nicht alleinlassen.

Und wenn sie mit Mom zu ihm liefe?

Hatte Mom nicht gesagt, dass sie warten müssten, bis sie einen Ort gefunden hätte, wo sie hinkönnten? Vielleicht kannte Tim so einen Ort?

Sie blickte sich um. Sah, dass er immer noch da stand. Er winkte ihr zu.

Unschlüssig blickte sie zwischen ihm und der offen stehenden Fahrertür hin und her. Ein Gestank von Nikotin, Bier und Schweiß schlug ihr entgegen. Garys Geruch. Immer wenn er so streng roch, war er nicht mehr ihr lieber Dad, der ihr ein Baumhaus und eine Schaukel im Garten baute und stolz auf seine kleine Prinzessin war. Er mutierte zu diesem finsteren Mann, vor dem sie sich fürchtete.

Sie schluckte, spürte, wie sich wieder ein Kloß in ihrem Hals bildete, und sie blickte wieder unschlüssig zurück zu Tim.

Warum war Gary nicht so nett wie er?

Zaghaft erwiderte sie Tims Winken, ließ die Hand aber rasch sinken, nicht, dass Gary sie am Ende beobachtete.

Dann wandte sie sich wieder dem Haus zu, zählte die Schritte auf dem Plattenweg zum Eingang und lauschte. Es war still. Niemand schrie. Das war gut. Entschlossen griff sie nach dem Haustürschlüssel, den sie an einem Band um den Hals trug, um die Türe aufzuschließen, als sie bemerkte, dass diese nur angelehnt war.

Sie stieß die Tür auf. »Mommy?«

Sie blieb stehen, lauschte ins Innere. Niemand antwortete. Als sie über die Schwelle in den Flur trat, bemerkte sie Garys schmutzige Stiefelabdrücke auf den hellen Fliesen. Sie versuchte, daneben zu treten, weiterzugehen, als sie ein leises Wimmern hörte.

Es kam aus der Küche.

Auf Zehenspitzen schlich sie über den Flur, öffnete die Küchentür und dann sah sie sie dort liegen. Ihre Mom. Aus ihrem Kopf floss Blut, ihr Gesicht war wachsbleich.

»Mom«, rief sie, wollte zu ihr stürzen.

»Bleib da weg.« Garys Stimme.

Erschrocken blickte Angel in seine Richtung. Vornübergebeugt saß er auf einem Stuhl, wies mit der Bierflasche in der Hand auf ihre Mom, um deren Kopf sich eine Blutlache ausbreitete. Sie vermischte sich mit unzähligen Scherben, die weit verstreut auf dem hellen Fußboden lagen.

»Hab das nicht gewollt«, nuschelte er. »Sie ist gestürzt, steht nicht mehr auf. Liegt seit Stunden nur blöd da ...«

Angel beachtete ihn nicht, lief zu ihrer Mom, beugte sich über ihren Körper, umfasste ihr bleiches Gesicht. »Mom, sag doch was, Mommy!«

»Ist zwecklos, hab alles versucht. Hab sie angestupst und getreten, die rührt sich nicht mehr. Versuchs mal mit Wasser, schütt es ihr über. Bier hat nichts gebracht …«

»Mom blutet, ruf einen Doktor«, flehte Angel, und streichelte dabei unentwegt die bleichen Wangen der Verletzten.

»Da kann der Doc auch nichts machen«, lallte Gary, nahm einen kräftigen Schluck aus der Flasche und schwenkte sie vor sich her. »Lass sie schlafen, die wacht schon wieder auf.«

»Aber das viele Blut.«

»Wisch es weg.«

»Bitte, Gary, ruf den Doktor«, flehte Angel. »Er muss Mom nähen und verbinden, damit das Loch wieder zuheilt.«

»Was'n für'n Loch?« Gary rülpste ausgiebig, bevor er die Flasche losließ, deren Inhalt sich jetzt gleichfalls über den Boden ausbreitete. Torkelnd erhob er sich, wankte in ihre Richtung, ließ sich schwerfällig neben ihr auf die Knie fallen.

»Oje, ganz schön viel Blut«, lallte er und fuhr mit seinem Zeigefinger in die Lache, um sich dann seine tropfende Fingerspitze anzusehen. »Schweinerei«, nuschelte er. »Muss man alles wegwischen.«

»Bitte, Gary, Mom braucht einen Arzt«, flehte Angel weinerlich. »Mom muss ins Krankenhaus.«

Gary nickte schwer, zerrte Angel grob an ihrem Arm packend von Mom weg und stieß sie von sich, sodass sie mitten in das Blut-Scherbengemisch stürzte.

»Hoppala«, murmelte er. »Pass auf, wo du hinfällst.«

Angel wimmerte vor sich hin und sah ängstlich zwischen ihren blutenden Händen, mit denen sie in die Scherben gestürzt war, und ihrer Mom hin und her.

»Hör auf zu jammern. Steh auf«, artikulierte Gary, jede Silbe betonend. »Und hör genau zu: Sag, Mom ist gestürzt. Ist ausgerutscht und hingefallen. Hörst du?«

Angel nickte mit angstgeweiteten Augen.

»Wiederhol es!«

»Mom ist gestürzt«, wisperte Angel.

»Gut, sag das. Sonst stecken sie mich in den Knast und du kommst ins Heim. Also sags noch mal, laut und deutlich: Mom ist gestürzt!«

»Mom ist gestürzt! ... Und jetzt ruf bitte den Doktor, bitte Gary. Mom darf nicht sterben.«

SECHZEHN

Mom darf nicht sterben

ANGEL MALONE

Phoenix, Arizona 2013

Die Hände des Arztes zitterten, als er Mom untersuchte. »Sie hat eine üble Platzwunde, die genäht werden sollte«, wandte er sich an Gary. »Vermutlich hat sie auch eine Gehirnerschütterung.«

»Kannst du das nicht nähen?«, fragte Gary.

»Bring sie besser in die Klinik, die sollen das genauer untersuchen.«

»Schwachsinn, flick sie einfach wieder zusammen.«

Der Doc fasste sich ins Kreuz als er sich ächzend aufrichtete. »Ich bin nicht mehr im Dienst. Du weißt, was das bedeutet?«

»Was ist mit meiner Mom? Machst du sie wieder gesund?«, fragte Angel den Mann, mit den vielen Runzeln, der gar nicht wie ein Doktor aussah mit seinem verknitterten Hosen-Hemd-Ding, das um ihn herumschlotterte.

Er sah nur kurz zu Angel, dann wandte er sich wieder an Gary. »Wie alt ist die Kleine?«

»Fünf …«

»Nein, schon sechs«, korrigierte Angel eifrig und zeigte dem Mann ihre Fingerchen, so wie sie zählen gelernt hatte.

»Sechs, aha.« Mit gerunzelter Stirn blickte der Doc zu Gary. »Das sollte sie nicht mitbekommen, schick sie weg.«

Gary blickte finster in Angels Richtung. »He, was stehst du da noch rum? Ab in dein Zimmer«, befahl er, als fiele ihm erst jetzt auf, dass sie die ganze Zeit neben ihrer Mom gekauert und ihre Hand gestreichelt hatte.

Angel schüttelte heftig den Kopf. »Ich muss bei Mom bleiben, damit die Engel nicht kommen und sie mitnehmen.«

»Verzapf nicht so einen Schwachsinn, verschwinde, oder ich ...«

Der Arzt gab einen Zischlaut von sich, während Angel sich duckte, als Gary die Hand erhob.

»Mann, reiß dich zusammen und sieh zu, dass das Balg nicht redet«, fuhr der Doktor dazwischen.

»Tschuldigung«, grummelte Gary. »Hab nur die Nerven verloren.« Er wies fahrig mit dem Zeigefinger in Angels Richtung. »Raus hier, verschwinde.«

Vorsichtig erhob sich Angel und ging rückwärts zur Tür, zwischen ihrer Mom und Gary hin und her blickend. Dann hastete sie noch mal zurück, ergriff die knochigen Hände des Doktors und blickte ihn flehend an. »Mach meine Mom wieder gesund, bitte.«

»Schon gut, Kleine. Ich tu, was ich kann«, beteuerte er und stoppte Gary, als dieser sich näherte. »Lass sie, mach es nicht noch schlimmer.«

Angel blickte sehnsüchtig zu ihrer Mom. »Ich bete für dich, Mom. Die ganze Nacht.«

»Ja, ja, mach das. Und jetzt ab, marsch«, knodderte Gary und wies streng in Richtung Tür.

Mit einem ängstlichen Blick auf die Männer gehorchte Angel.

»Und keinen Mucks zu irgendwem«, rief er ihr nach, als sie sich an der Tür noch mal umsah.

Sie nickte stumm, huschte aus dem Zimmer. Dabei ließ sie die Tür einen winzigen Spalt offen stehen. Dann schlich sie auf den ersten Treppenabsatz und beugte sich über das Geländer, um zu lauschen.

Zuerst hörte sie nur ein Tuscheln.

Mit pochendem Herzen streckte sie ihren Kopf vor, um ja kein Wort von dem heftiger werdenden Disput der Männer zu verpassen.

»Das geht dich einen Dreck an«, herrschte Gary den Doktor an. »Kümmer dich um deine eigene Sippschaft und jetzt flick die Alte zusammen. Aber mach es so, dass keiner merkt, dass du nur ein verfluchter Viehdoktor bist.«

»Junge, Junge, du bist ja noch schlimmer drauf, als es dein Alter je war. Und jetzt hock dich hin und geh mir aus dem Licht, damit ich meine Arbeit machen kann.«

»Wehe, du verhunzt das«, knurrte Gary.

»Aus dem Licht, habe ich gesagt ... Ich seh so nichts.«

Angel presste ihre kleinen Fäuste zusammen, als sie an ihre Mom dachte. Was, wenn der alte Mann ihr noch mehr wehtat, wenn er es nicht schaffte und ihre Mom starb?

Sie schluchzte vor Angst und hielt sich hastig den Mund zu. Dann wurde es immer stiller. Ab und zu hörte sie ein Grunzen, dann ein Stühlerücken, bevor Gary wieder losbrüllte.

»Was sind das für dicke Fäden?«

»Halts Maul, Junge, und jetzt lass mich machen. Ich bin immer noch fitter als der Pfuscher, den ihr sonst ruft.«

»Das sagt der Richtige« gab Gary zurück. »Wann warst du eigentlich zum letzten Mal nüchtern?«

»Und wann hörst du endlich auf, Frauen und Kinder zusammenzuschlagen?«, wehrte sich der Doc mit wesentlich leiserer Stimme.

Angel biss sich vor Schreck in den Daumen, gab aber immer noch keinen Mucks von sich. Bang fragte sie sich, ob sie dem Doc trauen durfte.

Ein leises Schrillen ließ sie zusammenzucken. Es kam ganz aus ihrer Nähe, aus ihrem Rucksack. Ein Telefon?

Hastig nahm sie den Rucksack auf, lief damit die letzten Treppenstufen hinauf in ihr Zimmer.

Das musste ihr Handy sein, das Timothy ihr geschenkt hatte.

Gut, dass die lauten Stimmen der Männer alles übertönt hatten. Leise zog sie die Tür hinter sich zu und kramte in dem Rucksack nach dem Gerät.

Es hatte inzwischen aufgehört zu klingeln.

Mit heftigem Herzklopfen nahm sie es aus ihrem Rucksack und entsperrte es, so wie Tim es ihr gezeigt hatte. Ein Bild von einem pochenden Herzen mit Augen ploppte auf. Hinterlegt mit einem Schlaflied, das Mom ihr manchmal vorsang. Das Lied klang jetzt ganz anders. Verträumt schloss sie kurz die Augen, lauschte der tiefen Stimme.

Lächelnd summte sie die Melodie mit, glaubte erneut, Tims warme große Hand in ihrer zu spüren. Viel zu rasch endete der Gesang.

Sie startete das Lied noch einmal ... wieder und wieder ... bis laute Schritte auf der Treppe ertönten.

Erschrocken riss sie die Augen auf, versteckte das Smartphone unter ihrem Kopfkissen, als auch schon die Tür aufgerissen wurde.

SIEBZEHN

Overkill

GARY MALON

Phoenix, Arizona 2013

Dons Augen verengten sich zu Schlitzen, als er Garys Antwort hinterfragte. »Was hast du wirklich herausgefunden?«

Ein Alarmzeichen, das Gary richtig einschätzte. Don nahm ihm die zusammengedichtete Antwort wohl nicht ab. Dennoch wiederholte er stoisch. »Fay hat nicht mitbekommen, wer Blairs Show gecrasht hat. Und selbst wenn, was will sie machen?«

»Was heißt *und selbst wenn?*«

»Was? Wie? Ehm ...«

»Was weiß deine Alte? Rede, Mann!«, fuhr Don ihn an. »Hält sie dicht?«

»Wem sollte sie was sagen?«, wich Gary aus.

»Sag mal, hast du dir jetzt auch noch das letzte Restchen Hirn weggesoffen? Sie war auf der Bühne, hat alles hautnah miterlebt. Wenn die Detectives sie in die Mangel nehmen, sind wir dran. Was hatte sie da überhaupt zu suchen?«

»Mann, was schon? Sie liebt das Gedudel. War ja nicht die Einzige ... da waren Tausende.«

»Und dann holt Blair ausgerechnet deine Frau auf die Bühne? Läuft da was?«

»Willst du damit sagen, dass sie mich bescheißt?« Gary ballte seine Hände zu Fäusten.

»Lass stecken, Kleiner«, meinte Don verächtlich. »Mir ist es scheißegal, mit wem sie rummacht, aber wenn sie uns verrät und mit diesem Pack sympathisiert, ist sie eine Verräterin. Was das bedeutet, muss ich dir kaum vorbeten. Also, bekomm das in den Griff.«

»Wie oft denn noch? So eine ist Fay nicht. Die interessiert es nicht, wofür wir kämpfen. Sie ist wie ein Kind, das die Augen verschließt, damit alles hübsch so bleibt. Unsere nette kleine Familie, unser schönes Häuschen, eine niedliche Tochter – ihr kleines Hausfrauenparadies, mit einem stattlichen Ehemann.«

Dons schallendes Lachen ging Gary durch und durch. Fehlte noch, dass er sich auf die feisten Schenkel klopfte.

»Na gut, kann sein, dass es nicht ganz so rosig ist«, gab Gary zu. »Aber was will sie denn machen?«

»Was sie machen will?« Don spie die Frage mit einem Schwall Speichel heraus.

Angewidert wich Gary einen halben Meter zurück.

»Wenn sie redet, sind wir alle dran! Wie oft hab ich dir geraten, deine Alte in Schach zu halten? Und was machst du? Denkst mit deinem verfluchten Schwanz statt mit deiner Matschbirne. Verdammt! Sorg dafür, dass sie schweigt, oder ...«

»Oder?«, wiederholte Gary verunsichert, während ihm der Schädel dröhnte. Alle diese Fragen hatte er Fay in den letzten Tagen bereits gestellt. Und während Fay schlicht nicht mehr mit ihm redete, war er daran fast erstickt. Irgendwann hatte er alles in einem besänftigenden Alkoholnebel ertränkt und sich seine Antworten zurechtgelegt. Es war nur diese Negermusik, derentwegen Fay auf dem verschissenen Konzert gewesen war. Der Rest war ein saublöder Zufall. Aber wenn Don ihm nicht glaubte, dann konnte er das auch nicht ändern.

Verdammt noch mal, er brauchte jetzt wirklich einen Drink! Schwerfällig stemmte er sich aus dem Stuhl hoch, ging zum Kühlschrank, riss die Tür auf, griff nach einem Bier.

»Stell. Die. Flasche. Zurück!«

Jedes Wort traf Gary wie ein Hammerschlag. Hastig zog er die Hand zurück, ließ die Kühlschranktür zufallen und wandte sich mit hängenden Schultern Don zu.

Unentschlossen blieb er stehen, auch wenn er sich am liebsten mit einem blöden Trick davongestohlen hätte. Dieses Nüchternsein machte ihn zu einem Jammerlappen. Und dabei hatte er Don nicht mal gebeichtet, dass ihm zu Hause längst die Gäule durchgegangen waren und er Fay niedergeschlagen hatte, um endlich was aus ihr herauszuprügeln. Und Dons Verhör machte es noch schlimmer, führte ihm so richtig fett vor Augen, was für ein Loser er war.

Nicht mal meine Alte, nimmt mich noch ernst, schoss es ihm wie ein Echo durch den Kopf, eins, das seine letzten Tage beherrscht hatte. War es da ein Wunder, dass ihm die Gäule durchgingen? Dass er sich fragte, was er überhaupt noch von ihr hatte?

Wenn Fay wenigstens in ihrem gemeinsamen Bett läge und er ihr da zeigen könnte, dass er ein ganzer Kerl war. Aber nein. Sie lag mit ihrer blöden Kopfwunde auf der Couch, auf dem Bett im Gästezimmer oder verkroch sich bei der Kleinen im Kinderzimmer, statt sich um seine Bedürfnisse als Gatte, um den langsam zugemüllten Haushalt und um ihren Job zu kümmern. Was sollte das? Ihre Wunde war doch zugenäht, hatte aufgehört zu bluten. Genau wie die paar Schrammen, die die Kleine abbekommen hatte.

Unbewusst griff er sich an seinen schmerzenden Schritt, versuchte den zunehmenden Druck, den er nicht mal mehr mit den üblichen bezahlten Schlampen loswurde, zu ignorieren.

Dons Blick folgte seiner Bewegung, er verzog den Mund zu einem abfälligen Grinsen. »Hau ab und bring das in Ordnung.«

»Schlappschwanz!« Don blickte auf die Haustür, die Gary mit einem leisen Plopp hinter sich zugeschlagen hatte. Dann schielte er zu dem Drink, in dem sich die Eiswürfel inzwischen aufgelöst hatten. Verärgert schob er das Glas von sich. Das schrille Geräusch, das es auf der Metallfläche verursachte, war nichts gegen das Aufjaulen in seinem Inneren.

Scharf die Luft einziehend, griff er nach einem in Leder gebundenen Buch und schlug eine Stelle auf, die er nuschelnd zitierte. Er griff zu seinem Telefon, wählte eine eingespeicherte Nummer und ließ es klingeln.

Er erwartete nicht, dass sich der Angerufene meldete.

So lief das nicht.

Der Teilnehmer meldete sich nie direkt. Er brauchte einen guten Grund zurückzurufen.

Also gab Don ihm diesen, nachdem sich das Band eingeschaltet hatte. Dann beendete er die Verbindung, blickte auf das Handy, öffnete es, entnahm die SIM-Card, knickte sie in zwei Teile und schnippte sie in das Glas mit dem Hochprozentigen. *So was nennt man wohl Overkill.*

Sich auf die Lehnen seines Stuhls aufstützend, erhob er sich aus seinem Sessel und schlurfte aus dem Zimmer, in dem immer noch der schwere Schweißgeruch seines Besuchers hing. Seine Haushälterin musste hier unten mal gründlich durchlüften und hinter dem Kerl her wischen.

Er tappte durch den Flur, stieg hinauf in den ersten Stock und öffnete die Tür zu den schlichten Räumen, die für seine Brüder tabu und ihm heilig waren. Aufatmend ließ er sich auf den kargen Holzstuhl fallen und schrieb seine nächste Predigt um, dankbar dafür, dass die Bibel in Zweifelsfragen stets die richtige Antwort parat hielt.

Nach zwanzig Minuten schloss er laut rezitierend mit einem Auszug aus dem ersten Korintherbrief, Kapitel 14:

... eure Frauen sollen in den Gemeinden schweigen; denn es ist ihnen nicht gestattet zu reden, sie sollen sich unterordnen, wie es auch das Gesetz sagt.

ACHTZEHN

Auf nach Phoenix

LIAM GARCIA/YAS

Salt Lake City 2013

EINE WOCHE SPÄTER

Eine weitere männliche Geisel wurde in der Sonora-Wüste gefunden. Offenbar hatte man den Mann dort ausgesetzt und zum Sterben zurückgelassen, schrieb mir Carl.

Da ich gerade allein in unserer Redaktionsecke saß, griff ich gleich zum Telefon.

»Yas, du schon wieder?«, meldete er sich nach dem zweiten Klingeln.

»Wer sonst? Kann ich das veröffentlichen oder ist das eine der Geheiminformationen, die noch nicht durchsickern sollen?«

»Die Pressemeldung geht in Kürze raus. Ich verschaff dir nur einen kleinen Zeitvorsprung.«

»Danke! In welchem Zustand war die Leiche?«

»Folterspuren mannigfaltiger Art, die dem Mann ante mortem zugefügt wurden«, antwortete Carl. »Ich kann dir einen Auszug des Berichts zukommen lassen, sowie er verfügbar ist.«

»Aber es ist sicher, dass er nicht umgebracht wurde?«

»Wenn man das Aussetzen eines Schwerverletzten ohne

medizinische Versorgung, ohne Wasser und Nahrung nur als passive Sterbehilfe auslegt, nein. Er lebte noch, als man ihn dort ließ. Wir gehen davon aus, dass ihn die Wüste umgebracht hat. Du kennst das Areal zwischen Yuma und Phoenix. Die Leiche wurde nur wenige Meter von der Interstate 8 entfernt neben einer dieser Riesenkakteen entdeckt. Und das auch nur, weil ein Touristenpärchen glaubte, ein Picknick in der Wüste sei eine interessante Erfahrung.«

»In der Gegend bin ich auch mal gestrandet.«

»Typisch Yas, immer dahin, wo es brenzlig wird.«

»Kann man wörtlich nehmen«, gab ich zu. »Das Gebiet ist ein wahres Schlangennest. Aber das ist nicht das Schlimmste. Da draußen spielen deine Sinne verrückt. Jeder Felsbrocken erschien mir wie ein riesiges Gebirge und meine übliche gute Orientierungsfähigkeit half mir nicht raus aus dem Backofen.«

»Wie bist du entkommen?«

»Mit mehr Glück und Intuition als Verstand«, gab ich zu. »Ich bemerkte irgendwann, dass die Vögel in Scharen aufflogen. Schlangen suchten Unterschlupf und ich hatte das Gefühl, die Luft habe sich verändert. Obwohl der Himmel noch klar war, spürte ich, dass etwas nicht stimmte. Mein Navi plapperte nur immer den gleichen Satz. *Kehren Sie, wenn möglich, um.* Das tat ich, ich fuhr auf meiner kaum noch sichtbaren Fahrspur zurück, als sich der Himmel binnen Minuten zuzog.«

»Bist du etwa querfeldein durch die Gegend gebrettert?«

»Ich wollte mich einfühlen und einen Artikel über die Flüchtlinge schreiben, die beim illegalen Grenzübertritt aus Mexiko kommend die Sonora-Wüste durchqueren. Also quasi nachempfinden, wie es ihnen erging, im nur vermeintlich sicheren Jeep.«

»Ernsthaft? Für einen Artikel kurvst du freiwillig durch die Hölle?«

»Eigentlich hatte ich vor, das Gebiet, in dem die meisten

Toten gefunden worden waren, zu Fuß zu durchqueren. Ich wollte mich einfühlen, wie gesagt.«

»Mann, Yas«, stöhnte es am anderen Ende. »Für einen läppischen Zeitungsartikel?«

»He, meine berühmteren Kollegen haben weit mehr auf sich genommen, um einen Jahrhundertartikel schreiben zu können.«

»Und, wie gings aus?«

»Mit knapper Not schaffte ich den Weg zurück auf die Interstate. Und selbst da traf mich der aufgekommene Staubsturm übelst. Im Jeep war ich einigermaßen geschützt und habe stundenlang ausgeharrt, bis ich wieder etwas sehen und zurückfahren konnte.«

»Von den illegal über die mexikanische Grenze kommenden Flüchtlingen, über die du schreiben wolltest, kann man das oft nicht sagen. Immer mehr scheinen es zu versuchen und immer weniger von ihnen schaffen es lebend durch diese Hölle. Wenn du willst, kann ich dir dazu einiges an Material überlassen.«

»Du meinst, als Hintergrundmaterial zum aktuellen Fall, unbedingt.«

»Ich stell dir was zusammen«, versprach Carl. »Aber so viel kann ich schon jetzt sagen: Von den in der Wüste verendeten Menschen bleiben meist nur bleiche Knochen übrig, sofern diese nicht von Tieren verschleppt und gefressen wurden.«

»Du kennst dich erstaunlich gut aus. Wie kommt das? Du sagtest, dass ihr nicht direkt in den Fall involviert seid.«

»Unsere Zweigstelle in Phoenix überwacht das Grenzgebiet, um den Schleppern das Handwerk zu legen, was mindestens ebenso schwierig ist wie lebend durch die Wüste zu kommen.«

»Hatte unser Mann denn überhaupt eine Chance?«

»Nein. Er war nackt, hatte kein Wasser, keine Vorräte, nicht mal eine billige Decke dabei. Die schweren Verletzungen hatten ihn vermutlich schon zuvor stark dehydriert.

Hätten sie ihn direkt an der Interstate zurückgelassen, wo ab und zu mal ein Fahrzeug vorbeikommt, dann vielleicht.«

»Gibst du mir auch noch seinen Namen?«

»Brian Smith, der Musiklehrer. Familienvater. Er hinterlässt zwei noch nicht mal schulpflichtige Kinder.«

»Hautfarbe?«

»Schwarz!«

Ich schnaubte.

»Stopp«, rief Carl. »Ehe du weiter spekulierst. Ich vermute, er war schlicht ein Zufallsopfer.«

»Aber die Lösegeldforderungen ...«

»Für Brian wurde kein Lösegeld gefordert. Er war wohl die Niete, die seine Entführer mehr aus Versehen mitgenommen hatten. Die Folterspuren an seinem Körper zeigen, dass man ihn wohl verhört und festgestellt hat, dass bei ihm nichts zu holen ist. Der arme Kerl war schlicht zur falschen Zeit vor Ort und wahrscheinlich nicht mal ein Ziel wie Ray oder der Millionärsjunge, der auch nur Pech hatte. Er ist weiß, Sohn vermögender Eltern, sehr christlich eingestellt.«

»Und von den beiden fehlt immer noch jede Spur?«

»Ja, im Moment durchkämmen ortskundige Ranger das Gebiet. Hubschrauber und Drohnen mit Wärmebildkameras scheuchen vermutlich lediglich Flüchtlinge auf. Unser Hostage Rescue Team, das auf Geiselbefreiungen spezialisiert ist, kann leider erst eingreifen, wenn wir einen Standort lokalisiert haben. Ach ja, einen Rat habe ich noch für dich. Sei diplomatisch, wenn du auch nur in einem Nebensatz die Flüchtlinge erwähnst. Das Thema ist ähnlich umstritten wie alles zu den Waffengesetzen.«

»Politische Querelen sind nicht das Thema, hinter dem ich her bin«, unterbrach ich ihn.

»Mit wem redest du da?«, mischte sich John ein, der soeben von der Mittagspause zurückkehrte.

Ich hob stoppend die Hand in seine Richtung. »Moment.«

Dann sprach ich weiter in den Hörer. »Ruf durch, wenn der Bericht da ist. Und danke.«

Dann fasste ich kurz zusammen, was ich soeben erfahren hatte.

»Von wem hast du das?«

Mein Schulterzucken schien John nicht zu befriedigen.

Er zog eine Braue hoch. »Na schön. Ich frag anders. Wie zuverlässig ist deine Quelle?«

»Ich denke, es wird in Kürze eine offizielle Pressemeldung dazu geben, aber ohne die geschilderten Details.«

»Okay. Was ist mit den beiden anderen Geiseln?«

»Bislang keine Spur. Vermutlich durchsuchen sie das Gebiet des Leichenfundortes inzwischen«, wich ich leicht von der konkreten Information ab.

John nickte und musterte mich wieder einmal mit seinem Röntgenblick. Ahnte er, was mir gerade vorschwebte? Ich sah mich erneut auf eigene Faust in der verfluchten Wüste Arizonas. Dieses Mal besser ausgerüstet mit funktionierendem Navi und genug Wasser und Proviant.

»Was brütest du aus?«, unterbrach er prompt meinen Gedankenflug.

»Ich denke, ich sollte mich mal vor Ort umsehen.«

»Mmh, schon klar, dass du das denkst«, antwortete er grinsend. »Ich erinnere dich nur ungern daran, dass das keine One-Man-Show von Yas, dem Rächer der Schwachen und Überfallenen, ist.«

»Keine Sorge, ich werde jeden Schritt brav mit dir absprechen und mir alles genehmigen lassen«, schwindelte ich.

»So und nicht anders«, bestätigte John mit strengem Blick.

»Ich könnte Urlaub nehmen, falls das ein Problem ist«, schlug ich vor. »Wenn ich mit einer satten Story zurückkomme, gewinnt die Redaktion doppelt. Hey, das wäre es mir wert.«

John verdrehte die Augen. »Hör auf zu schleimen. Das nimmt dir eh keiner ab. Buch deinen Flug nach Phoenix, die Reisekosten und deine Story sind genehmigt.«

»Was? Ernsthaft? Ich habe die Story?«

»Zunächst eine Hintergrundstory, wie besprochen«, erinnerte er mich. »Dann sehen wir weiter. Aber schreib zuvor noch eine kurze Meldung zu der dritten Geisel, mit der wir weitere Artikel zum Thema ankündigen können.«

NEUNZEHN

Planänderung

LIAM GARCIA/YAS

Salt Lake City 2013

Zwei Tage später trommelte ich zunehmend nervös auf meine Laptoptasche. »Kennen Sie nicht einen Schleichweg?«, fragte ich den vor sich hin summenden Taxifahrer, der gemächlich dahintuckerte, als wäre das eine Sightseeing-Tour. »Wenn das so weitergeht, verpasse ich meinen Flug.«

Der Mann summte unbeirrt weiter, schlug zum Takt seiner Melodie mit den Fingern aufs Lenkrad.

»He, gehts auch ein bisschen schneller?«, hakte ich nach.

Er gähnte herzhaft, musterte mich im Rückspiegel

»Atmen Sie mal durch, Mister, oder bestellen Sie sich das nächste Mal einen Heli, wenn es so knapp ist.«

»Schon gut«, gab ich nach. »Mein Flug geht in einer Stunde. Sagen Sie mir nur, ob Sie das schaffen oder ob ich zu Fuß schneller da bin.«

»Sie wollen laufen? In Ordnung!« Die Reifen quietschten, als er den Wagen auf den nächsten Abbieger lenkte.

»Hey, fahren Sie mich um Himmels willen einfach zum Airport, wie besprochen«, flehte ich ihn an. »Dann nehme ich halt den nächsten Flug.«

»Na also, geht doch.« Er streckte den Mittelfinger seiner

linken Hand aus dem geöffneten Fenster, als ein Hupkonzert einsetzte, während er viel zu scharf zurück auf die vorige Spur wechselte.

»Ein Blinker hätte es auch getan«, stöhnte ich und schnallte mich an, was ich sonst selten machte, wenn ich auf dem Rücksitz saß. Als ich aufsah, streckte sich mir der Mittelfinger meines Fahrers entgegen.

Na super! Meine Aussichten, ohne Schlägerei noch heute einen Flug nach Phoenix zu erwischen, sanken. Zusammen mit meiner Laune. Zum gefühlt hundertsten Mal blickte ich auf die Uhr. Ein scharfes Wendemanöver des Fahrers wirbelte mich erneut umher.

»Wir nehmen eine Abkürzung«, kam es von vorne. Erstaunt blickte ich in den Rückspiegel, in dem mich ein breit lächelndes Männergesicht mit dunklen Bartstoppeln, umrahmt von schwarzen Locken, angrinste.

»Was wird das?«, fragte ich irritiert.

»Luigi hat es sich überlegt«, verkündete er, auf seine Brust schlagend.

»Luigi?«

Wieder ein Brusttrommeln und ich kapierte.

»Aha?«

»Luigi ist der Beste im Stall.«

»Luigi? Italiener?«, fragte ich verblüfft über diese Kehrtwendung vom summenden zum selbstverliebten Gockel, der sich einen Teufel um das erneut einsetzende Hupkonzert von Verkehrsteilnehmern scherte, denen er den Weg abschnitt.

Während es in meinen Ohren noch von Bremsgeräuschen schrillte, drehte sich Luigi zu mir um, statt auf den Verkehr zu achten.

»Si, Italiano. Zweite Generation in Amerika«, bestätigte er und zog über die nächste Spur, um die Ausfahrt zu nehmen.

Gut neunzig Minuten später hatte ich nicht nur mehrmals tief durchgeatmet, wie es Luigi mir geraten hatte, ich hatte mich auch damit abgefunden, dass ich den Flieger wirklich verpasst hatte.

Grinsend blickte ich auf die Schlüssel zu einem Van mit Vierradantrieb, den ich auf dem Parkdeck finden würde. Ich schulterte meinen Armeerucksack, den ich in einem Secondhandladen für ein paar Dollar erworben hatte, und marschierte los.

Die Wahl meines Gepäcks passte zu meinen geänderten Reiseplänen. Der summende Italiener hatte mich nur fünf Minuten vor Abflug abgesetzt. Zu knapp, um noch rechtzeitig an Bord meiner Maschine zu kommen. Der letzten, in der es heute noch freie Plätze gab.

Inzwischen war ich auf dem angegebenen Parkdeck der Autovermietung angekommen und blickte auf eine Reihe baugleicher Fahrzeuge. Probeweise betätigte ich den Türöffner und lief auf das surrende Echo und mein Mietfahrzeug zu.

ZWANZIG

Fahrt ins Dunkle

LIAM GARCIA/YAS

Unterwegs 2013

Die schnellste Route von Ihrem Standort nach Phoenix, Arizona, via Flagstaff beträgt 663 Meilen. Ihre voraussichtliche Fahrzeit 10 Stunden, 19 Minuten. Möchten Sie eine alternative Route angezeigt bekommen?

»Vielen Dank, aber das möchte ich nicht«, antwortete ich der vermutlich computergenerierten Frauenstimme im Navi. Wer weiß, ob diese ganzen intelligenten Systeme nicht längst so etwas wie ein Bewusstsein oder zumindest ein Übermaß an Daten gesammelt hatten, die es ihnen ermöglichten, Rüpel von einem Gentleman hinterm Steuer zu unterscheiden.

Nach meiner seltsamen Erfahrung mit Luigi, dem Taxifahrer, war ich auf der Hut. Charmant und höflich zu sein, kostete mich ja nichts extra, brachte aber vielleicht ein ebenso entgegenkommendes Echo, was ich im Moment verdammt gut brauchen konnte.

Ich entschied mich für die schnellste Route, die weder einen Abstecher zum Grand Canyon noch zu den zahlreichen anderen Touristenhotspots berücksichtigte. Ich wollte so rasch wie möglich bei der mühsam ermittelten Adresse in Phoenix ankommen.

Carl hatte sich auf mein Betteln hin nicht erweichen lassen, als ich ihm von meiner genehmigten Dienstreise berichtet hatte. »Ich unterstütz dich garantiert nicht dabei, dort aufzutauchen«, hatte er abgelehnt. »Es war ein Fehler, dir den Namen zu nennen, Yas. Und jetzt reit mich nicht rein, indem du dort aufschlägst.«

Natürlich würde ich keiner Menschenseele verraten, woher ich den Tipp hatte, ich hatte nicht mal vor, dort auch nur zu klingeln. Und wenn, dann höchstens wie jemand, der zufällig dort gestrandet war.

Wozu hatte ich mich sonst durch sämtliche modernen Spionageprogramme gewühlt? Weder auf Facebook noch in den offiziellen Verzeichnissen hatte ich auf Anhieb die richtige Familie Malone gefunden. Am Ende hatte ich alle infrage kommenden Nummern angerufen und mich als Vertreter einer Marke für Schulausrüstungen ausgegeben, die Mütter suchte, die Schultaschen für Erstklässler testen wollten.

Als ich Fay Malone endlich erreicht hatte, war sie zuerst skeptisch gewesen. Erst als ich ihr in Aussicht gestellt hatte, dass ihre Tochter auch in den Folgejahren unsere Kollektion an Schulausrüstung kostenlos zur Verfügung gestellt bekäme, gab sie mir zögernd die Adresse für die Lieferung der ersten Taschen, Mäppchen und Stifte.

Mit schlechtem Gewissen hatte ich aufgelegt und erwogen, auf eigene Kosten eine derartige Ausrüstung zu bezahlen und sie anonym zustellen zu lassen. Es aber dann verschoben.

Auch verschoben hatte ich den erbetenen Rückruf bei Carl, der mich mehrfach angesimst hatte, wie ich feststellte, als ich nach rund zehn Stunden Fahrt bei einer kurzen Kaffee- und Tankpause meine Nachrichten checkte. Immerhin las ich zumindest die zuletzt eingegangene Nachricht.

Halte dich von den Malones fern. Inzwischen meldet unsere Niederlassung in Phoenix drei weitere Leichenfunde im gleichen Areal, in dem die Überreste der ersten Geisel geborgen wurden. Es besteht der Verdacht auf Tötung unliebsamer weiterer Zeugen.

Carl

Nimm das ernst!

Ich zögerte, blickte auf die Uhr. Überlegte.

Nein, so kurz vor dem Ziel würde ich nicht aufgeben. Entschlossen gab ich die exakte Adresse der Malones in mein Navi ein.

Das war das Letzte, woran ich mich später erinnern sollte.

EINUNDZWANZIG

Warnung

CARL JOHNSON

FBI-Hauptquartier, Washington, D.C.

KURZ ZUVOR

»Verdammt, Liam, nimm endlich ab!« Zunehmend besorgt blickte Carl auf sein Handy. Seit gut einer Stunde versuchte er, Liam zu erreichen.

Zum zigsten Mal checkte er, ob seine früheren Nachrichten gelesen worden waren. Doch nur die letzte zeigte ihm die entsprechenden Häkchen an.

Warum hatte er nicht mal geantwortet?

Fieberhaft überlegte er, ob er seinen Freund über die sich überschlagenden Meldungen informieren sollte, die sein IT-Kollege aus der Phoenix-Zweigstelle an ihn weitergeleitet hatte. Gleich nach den ersten Nachfragen Liams hatte er diesen gebeten, ihn über neue Entwicklungen vor Ort auf dem Laufenden zu halten.

Brandneu war die Mitteilung, dass ein anonymer Anrufer ein Kapitalverbrechen gemeldet habe und dass zwei Officer des Police Departements auf dem Weg zu der gemeldeten Adresse seien.

Eine Adresse in der Madison Street, dem Wohnhaus der Malones, die er Liam vorenthalten hatte.

Aber er kannte seinen Freund, ahnte, dass ihn nichts davon abhalten würde, diese ausfindig zu machen und zumindest in der Gegend aufzukreuzen. Nervös blickte er auf die Uhr. Wenn Liam gestern wie angekündigt seinen Flug genommen hatte, war er spätabends angekommen. Zu spät, um sich unauffällig dort umzusehen, hoffte er.

Wäre er an Liams Stelle, hätte er das auf den Vormittag verschoben, auf eine Zeit, in der Fay alleine zu Hause war.

Carl raufte sich die Haare. Wie konnte er jetzt noch verhindern, dass Liam mitten in einen frischen Tatort tappte, von dem er vor wenigen Minuten erste Bilder erhalten hatte?

Mit vorgehaltener Hand studierte er die Aufnahmen, die einer der Officers vor Ort gemacht hatte. Die Wohnung glich einem Schlachthaus. Das weibliche Opfer war regelrecht ausgeweidet und zusammen mit der schwer traumatisierten kleinen Tochter zurückgelassen worden, die in ihrem blutigen Nachthemd aussah, als sei sie einem Gruselfilm entsprungen. Laut Bericht habe die Kleine auf ihrer getöteten Mutter gelegen und ihr ein Lied vorgesummt. Nur mit Gewalt habe man sie von der Leiche wegzerren können.

Erneut wählte Carl Liams Handynummer mit seinem privaten Prepaid-Handy. Als sich auch jetzt niemand meldete, rief er im *Chronicle* an und ließ sich mit Liams Mentor John verbinden.

»Ich versuche, Liam Garcia zu erreichen«, teilte er diesem mit und nannte ihm einen erfundenen Namen, als eine Nachricht auf seinem Bildschirm aufpoppte. Ein Update zu seinem aufgerufenen Fall. Er trennte die Verbindung, las die Überschrift.

Tatverdächtiger im Mordfall Malone festgenommen.

Ein Foto zeigte zwei Officers, die einen groß gewachsenen Mann mit langen schwarzen Haaren, die im Nacken zusammengebunden waren, in einen Streifenwagen zerrten. Das Gesicht des Mannes war nur kurz im Profil zu sehen und blutüberströmt, wie seine in Handschellen fixierten Hände und sein ehemals helles Shirt.

»Holy shit!«, entfuhr es Carl. Dann stürmte er aus dem Büro, die erstaunten Blicke seiner Kollegen hinter sich lassend.

ZWEIUNDZWANZIG

Blackout

LIAM GARCIA/YAS

Phoenix, Arizona 2013

Die Handschellen schlossen sich um meine Handgelenke und ich verstand weder, wieso meine Hände blutig waren, noch was die Officers von mir wollten. Einige Satzfetzen der Miranda-Warnung ließen mich aufhorchen.

Meinten die mich?

War ich verhaftet?

Weswegen?

Mein Schädel brummte und immer wieder kämpfte ich darum, nicht das Bewusstsein zu verlieren. Dem unsanften Schubs, mit dem sie mich auf die Rückbank eines Wagens stießen, folgte ein leichter Schlag auf meinen Kopf, der mich davor bewahrte, gegen den Rahmen des Wagens zu krachen.

Mein Blick flackerte, als ich verzögert registrierte, dass ich in einem Polizeiwagen saß, eingezwängt zwischen zwei Männern in Uniform, die mir hasserfüllte Blicke zuwarfen.

»Was soll das?«, nuschelte ich und wunderte mich, wie schleppend meine Stimme klang, wie nur noch verwaschene Laute zu hören waren, die sich immer mehr entfernten. Der dumpfe Druck in meinem Schädel war unerträglich, bis mich erlösende Dunkelheit umgab.

Die Stimmen und Geräusche entfernten sich.

»Der braucht einen Arzt«, hörte ich gerade noch, übertönt von einem ansteigenden Sirenenton.

»Mister, aufwachen!« Die Stimme war eindringlich. Der Griff an meinen Arm unerbittlich. Das Gesicht, das sich über mich beugte, ausdruckslos. »Da haben wir ihn wieder.«

»Wir müssen ihn vernehmen«, hörte ich eine zweite Stimme und sah einen dazugehörenden Mann in Uniform. Langsam erinnerte ich mich. Sie hatten mir Handschellen angelegt.

Warum?

Und woher kam all das Blut?

»Sie haben kurz das Bewusstsein verloren, Mister«, hörte ich. »Sie haben eine Kopfverletzung, die wir verarztet haben.«

Ich versuchte, mir an den Kopf zu fassen, das Gehörte tastend zu bestätigen. Doch ich konnte die Hände nicht heben. Sie wurden festgehalten von Handschellen, die am Bett fixiert zu sein schienen.

»Wieso …?«, stammelte ich, mich in dem kargen Raum umblickend. Drei Männer umringten mich, zwei davon in Uniform, ein dritter trug weiße Kleidung. Der Mann, der sich über mich gebeugt hatte. Ein Arzt?

Er leuchtete mir in die Augen.

Ich blinzelte, brauchte einen Augenblick, bis ich ihn wieder klar sah.

»Vermutlich werden Sie eine Weile heftige Kopfschmerzen haben, Mr. Garcia.«

Garcia? Klar, das war ich. Aber alles andere war mir absolut nicht klar.

Ich nickte dennoch, was einen scharfen Schmerz durch meinen Kopf schießen ließ.

»Im Moment wirken die Schmerzmittel, die wir Ihnen gegeben haben.«

Was redete der da? Mir platzte der Schädel weg. Besser, ich rührte mich nicht.

»Verstehen Sie, was ich Ihnen sage?«

Ich blickte auf zu dem Mann, der mich aufmerksam beobachtete. Unterdrückte den Impuls zu nicken. »Ja, ich habe alles verstanden.« Ich klang immer noch, als hätte ich nächtelang durchgezecht. »Was ist passiert? Warum bin ich verletzt?«

»Das möchte ich von ihnen hören, Garcia«, forderte der Mann in Uniform mich auf. »Was haben Sie in der Madison Street zu suchen gehabt?«

»Madison Street?«

In meinem Kopf blitzen Bilder auf, die ich nicht zuordnen konnte. Ich sah auf ein Display, sah den Straßennamen. Richtig: Madison Street. War ich auf dem Weg dorthin gewesen?

»War ich dort?«, fragte ich. »In der Madison Street?«

»Ich denke, mein Patient ist noch nicht vernehmungsfähig«, mischte sich der Arzt ein. »Verhören Sie ihn später, wenn ich mit meinen Tests durch bin.«

»Dazu haben wir keine Zeit. Wir haben einen Mord aufzuklären und dieser Mann«, ein Zeigefinger fuhr in meine Richtung, »ist der Tat dringend verdächtig.«

»Was für ein Mord?«

»Der Mord an Fay Malone. Wir haben Sie in unmittelbarer Nähe ihres Hauses aufgegriffen, als Sie im Begriff waren zu fliehen. Mann, gestehen Sie endlich! Danach lassen wir Sie Ihren verfluchten Rausch ausschlafen«, schallte es mir entgegen.

»Fay Malone?« Der Name löste weitere Erinnerungsblitze in mir aus. Ich sah eine junge Frau mit taillenlangen hellen Locken. War ich dort gewesen, um sie zu treffen?

Zum ersten Mal blickte ich an mir herunter. Ich trug ein verschmutztes Shirt, meine Hände waren noch immer am

Bett festgekettet. Mein Schädel schmerzte heftiger als zuvor, wieder legte sich ein dunkler Schleier über mich, verhinderte, dass ich weiter forschte.

»Wir haben Ihre Fingerabdrücke zum Abgleich mit denen auf der Tatwaffe genommen«, klärte mich der Officer auf.

Seine Stimme schien von weit her zu kommen. War mal nah, mal fern. Ich versuchte, ihm zu folgen, heftete meinen Blick auf seine Gestalt, obwohl seine Konturen immer wieder verschwammen. Sein Zeigefinger schnellte vor, wies auf meine Hände.

»Und ich schätze, das ist das Blut Ihres Opfers an Ihren Händen und auf Ihrer Kleidung.«

»Opfer? Wer ist tot?«

»Komm Freundchen, lass die Mätzchen, vonwegen ich erinnere mich nicht. Das wird dir wenig helfen. Wir warten nur noch auf den Abgleich mit den Fingerabdrücken und die Blutanalysen. Ich verwette mein Jahresgehalt, dass beides perfekt mit deinen übereinstimmt.«

Ich versuchte, den Kopf zu schütteln, ließ es bleiben, als der Schmerz in meinem Kopf unerträglich wurde. *Ruhig bleiben, nicht bewegen ...*

»Mach es dir und uns leicht, und sag *ja, ich wars*«, forderte der erste Officer mich auf. »Und dann schlaf dich aus«, kam es um einiges freundlicher von dem zweiten Uniformträger, dessen Silhouette immer wieder verschwamm.

Irgendwann verschwand auch diese, zusammen mit meinen Sinnen.

Teil III

Blut an meinen Händen war der einzige Beweis dafür,
dass hinter meinen Albträumen
eine weit grauenvollere Wahrheit steckte,
als mein Verstand wahrhaben wollte.
Ich war schuldig.

Liam Garcia/Yas

DREIUNDZWANZIG

Die Neue

DETECTIVE SAMANTHA PIERCE

Phoenix, Arizona 2013

Schon in den ersten Tagen bekam Detective Samantha Pierce zu spüren, dass ihre Hoffnung auf ein kollegiales Miteinander in der neuen Dienststelle eine Illusion gewesen war. So nett die Vorstellungsrunde auch gelaufen war, bei der alle Kollegen sie willkommen geheißen und das Gespräch mit ihr gesucht hatten, so eisig bis feindlich verhielten sie sich inzwischen. Die Officers im Team mieden sie, Captain Jefferson war zwar zunächst äußerst höflich gewesen, behandelte sie aber inzwischen wie eine Praktikantin.

Sie vermutete, dass es daran lag, dass sie nicht nur weiblich war, sondern auch im Rang über ihren männlichen Kollegen stand, die als Officers noch Uniform trugen. Neben ihrer Ausbildung als Detective im gehobenen Dienst, brachte sie einen Doktortitel in Psychologie mit. Ihr offizieller Titel wies sie als Kriminalpsychologin aus und nach ihrer Stellenbeschreibung sollte sie das Team als Profilerin und Psychologin unterstützen.

Nichts, was bei der eingeschworenen Truppe in der Abteilung für Kapitalverbrechen etwas wert zu sein schien. Selbst der Captain packte ihr zunächst nur uralte Fälle, die noch nicht mal digitalisiert waren, auf den Tisch. Cold Cases, die selbst bei Ermittlungserfolgen zu nichts führen würden, da die zugrunde liegenden Straftraten verjährt waren.

»Lernen Sie erst mal, wie wir vorgehen. Da sind die alten Fälle gutes Anschauungsmaterial«, hatte er sie vertröstet und augenzwinkernd mitgeteilt, dass man sogar ein Einzelbüro für die Frau Doktor eingerichtet habe. »Es fehlen noch Computer und ein paar Einrichtungssachen, aber machen Sie es sich schon mal gemütlich. Für so was braucht ihr Ladies ja immer ein paar Tage. Ein Blümchen, ein paar Bilder und eine eigene Kaffeemaschine, die können Sie von zu Hause mitbringen.«

Dann hatte er ihr den Schlüssel in die Hand gedrückt. »Die Tür am Gangende, gleich neben den Waschräumen, zum Frisch- und Hübschmachen. Halt das, was ihr Mädels so macht.« Wieder ein Augenzwinkern und weg war er gewesen.

Bis heute. Als er in ihr sogenanntes Büro gestürzt war und sich leicht verwundert umgesehen hatte. »Sieht noch etwas kahl aus.«

»Ja, ich habe es nicht so mit Deko und Nippes.«

»Ehm, ja. Aber den Computer haben Sie ja immerhin«, stellte er fest. »Das wird schon.«

»Ja, ein Prachtstück, hat immerhin schon Internet«, antwortete Samantha und klappte beiläufig ihren eigenen Laptop zu, der sich geradezu winzig neben dem Ungetüm ausmachte, das man ihr zugestanden hatte. Es war noch beklebt mit Stickern eines Vorgängers, der offensichtlich ein Faible für die Arizona Diamondbacks gehabt hatte.

»Fein, fein ...«

»Das mit der Kaffeemaschine überleg ich mir, wenn ich eine Wohnung gefunden habe und meine Sachen aus dem Depot holen kann«, sagte sie mit einem süßlichen Lächeln. »Das Apartment, das Sie für mich reserviert hatten, war ja wohl nur als Übergangslösung gedacht. Ich steh nicht so drauf, das Bad im Flur mit vier weiteren Mitbewohnern zu teilen. Ich habe es gern etwas privater. Aber Sie haben recht, das wird schon.« Sie zwinkerte ihm zu.

Jeffersons schien irritiert.

Samantha hasste es, wenn ihr jemand väterlich kam, verbarg ihren Unmut aber gleich wieder hinter einem herzlichen Lächeln und wies auf einen Hocker. »Einen Besucherstuhl habe ich leider noch nicht. Was kann ich für Sie tun, Captain?«

»Sehen Sie sich das an.« Jefferson knallte ihr eine Akte auf den Tisch, entnahm ein Dutzend Tatortfotos, legte sie daneben, bevor er sich krächzend auf dem für ihn viel zu niedrigen Hocker niederließ.

Wortlos fächerte Samantha die Fotos auf, studierte sowohl die Total- als auch die Detailaufnahmen einer offensichtlich erstochenen weiblichen Person. Die Leiche wies zahlreiche Stichwunden auf, doch am markantesten war eine riesige klaffende Wunde im Brustbereich.

Jefferson wies mit dem Zeigefinger darauf. »Das Herz wurde regelrecht gemetzelt, der Täter hat wohl versucht, es zu entnehmen.«

»Ein Chirurg war er jedenfalls nicht«, kommentierte Samantha und betrachtete mit unbewegter Miene die blutigen Fleischfetzen, die auf dem gleichfalls blutdurchtränkten Laken erst bei genauerem Hinsehen erkennbar waren.

»Was meinen Sie damit?«, fragte Jefferson.

»Dass er weder Ahnung von Anatomie noch das Fingerspitzengefühl eines Menschen hat, der sich mit dem Zerlegen von Körperteilen auskennt. Der Person würde ich nicht mal zutrauen, dass sie einen Truthahn fachgerecht zerlegt.«

»Na, da scheint ja jemand Ahnung vom Kochen zu haben.«

»Nicht wirklich, jedenfalls nicht von Fleischgerichten«, murmelte Samantha, während sie die Detailaufnahmen studierte. »Ich denke, dass der Täter auf Droge oder in Rage war, als er auf das Opfer eingestochen hat. Ach ja, ich bin ziemlich sicher, dass der Täter männlich war. Das Töten mit einem Messer braucht sehr viel Kraft und die Art und Weise des Gemetzels weist auf etwas Persönliches hin. Was sind das für Aufnahmen, Captain? Wieder ein Cold Case?«

Jefferson schüttelte den Kopf. »Nein, ein aktueller Fall, und ich will, dass Sie ihn übernehmen.«

»Okay?«, sagte sie überrascht und blätterte die Aufnahmen durch, bis sie auf den Fallnamen stieß. »Fay Malone, die erstochene Mutter, deren kleine Tochter auf ihrem Leichnam aufgefunden wurde?«

»Ja, die Officers Black und Anderson bearbeiten den Fall.«

»Okay, also arbeite ich mit ihnen zusammen?«

»Vorerst möchte ich, dass Sie sich unbeeinflusst vom Kernteam damit beschäftigen.«

Samantha blickte überrascht auf. »Ist das sinnvoll? Sollten wir unsere Kräfte nicht bündeln und uns austauschen?«

»Normalerweise ja, aber ich möchte, dass Sie sich unabhängig von dem, was die Officers herausgefunden haben, ein Urteil bilden. Sie berichten mir direkt. Ach ja, wir haben bereits jemanden verhaftet.«

»Und was soll ich dann noch tun?«, fragte Samantha zunehmend verwirrt. Da bekam sie ihren ersten offiziellen Fall und dann war er schon so gut wie abgeschlossen.

Jefferson sah sich kurz um, sprang auf und zog die Tür, die Samantha gewöhnlich offen ließ, um Luft zu bekommen, hinter sich zu, bevor er sich wieder ihr gegenüber niederließ. »Ich brauch Sie speziell für die Befragung der momentan einzigen Zeugin. Ich weiß nicht, inwieweit Sie schon mit den Einzelheiten vertraut sind ...«

»Ich habe nur am Rand mitbekommen, was die Officers am Tatort vorgefunden haben. Sie saßen in der Kantine am Nachbartisch und haben etwas zu laut darüber gesprochen, dass sie die sechsjährige Tochter von der ermordeten Mutter wegzerren mussten, inklusive aller blutigen Details.«

Jefferson kratzte sich mit verzogener Miene am Schädel. »In der Kantine, sagen Sie?«

»Ja, ich denke, diese Informationen sind zumindest in der Abteilung allen bekannt. Aber was ist mit dem Mädchen, hat jemand bereits mit ihm gesprochen?«

»Das war nicht möglich. Sie hat bisher keinen Satz von sich gegeben.«

»Kein Wunder, wenn sie miterlebt hat, wie ihrer Mutter das angetan wurde.«

»Wir wissen nicht, ob sie den Mord beobachtet hat oder später hinzukam. Es wäre aber hilfreich, das zeitnah herauszufinden.«

»Wo ist sie jetzt?«

»In der Psychiatrie.«

»Was sagen denn die Therapeuten?«

Jefferson seufzte. »Dr. Brown ist eine harte Nuss, sie wollte keinen meiner Männer zu ihr lassen.«

»Und da komme ich ins Spiel?«

»Ja, kriegen Sie das hin?«

»Ich bin Psychologin und habe viel mit traumatisierten Kindern gearbeitet. Ja, aber versprechen Sie sich nicht zu viel, es braucht Zeit. Aber ich übernehme das gerne.«

Jefferson nickte. »Waren Sie nicht auch in Quantigo und haben eine Ausbildung als Profilerin?«

»Ja Sir, das habe ich.«

»Gut, gut. Dann machen Sie sich ein Bild, erstellen Sie ein passendes Täterprofil und teilen Sie mir Ihre Einschätzung mit. Nur mir! Das wars fürs Erste.«

Er sprang auf, wollte gehen.

»Moment, Captain, sollte ich nicht auch mit dem Verhafteten sprechen? Oder hat er etwa schon gestanden?«

»Hat er nicht, noch nicht.«

»Wenn Sie so sicher sind, dass er es war, wozu dann noch ein Täterprofil?«

»Um den Fall wasserdicht abzuschließen. Manchmal muss man eben in umgekehrter Reihenfolge arbeiten, wenn man effektiv sein will.«

Captain Jefferson stand schon im Türrahmen und blickte auf die Uhr, als habe er es eilig.

»Warten Sie, Captain, weiß Dr. Brown, dass ich die Befragung übernehme?«

»Noch nicht. Die Adresse der Klinik und alle Einzelheiten stehen in der Akte, studieren Sie die erst einmal. Wir haben bislang noch keine verbindliche Terminzusage für ein Gespräch mit der Zeugin. Aber ich kümmere mich darum und gebe Ihnen Bescheid.«

VIERUNDZWANZIG

Tacheles

CAPTAIN BILL JEFFERSON

Phoenix, Arizona 2013

Jefferson an seinem Schritt zu erkennen, war leicht. Der Captain ging nicht, er marschierte. Etwas, was auf dem Flur der Klinik umso störender klang. Niemand marschierte hier, nicht mal das Personal, das angehalten war, Schuhwerk zu tragen, das die Kranken nicht erschreckte.

Die Officers, die schon weit über die erlaubte Besuchszeit hinaus am Bett ihres Gefangenen verweilten, scheuchte es jedenfalls auf.

»Der Captain rückt an«, verkündete Anderson und warf einen besorgten Blick zur Tür, die im gleichen Moment auch schon aufgerissen wurde.

»Wie weit seid ihr?« Jefferson beäugte misstrauisch den Mann mit dem auffallenden Kopfverband.

»Wir wissen wer er ist. Er ist ein Journalist aus Salt Lake City. Er hatte eine Visitenkarte vom *Chronicle* in der Hosentasche.«

»Und was hat dieser Pressegeier hier verloren?«

Black zuckte mit den Schultern. »Vielleicht hatte er was am Laufen mit der Ermordeten, was weiß ich?«

»Ja, was weißt du?«, spielte Jefferson die Frage zurück.

»Was hat er gesagt? Oder schläft der Mann hier nur seinen Blutrausch aus?«

»Wir warten immer noch darauf, dass er mal mehr als ein paar Sekunden lang wach und ansprechbar ist«, erklärte Anderson. »Aber lange geht das nicht mehr gut. Sein Arzt hat gedroht, uns aus der Klinik zu werfen, wenn wir seinen Patienten noch mal anbrüllen.«

Prompt schwang die Tür auf. »Hatten wir uns nicht darauf verständigt, dass Sie meinem Patienten Ruhe gönnen?« platzte der Arzt, auf dessen Schild Dr. Daniel Martinez stand, ins Zimmer.

Obwohl jeder der Cops ihn um eine Kopflänge überragte, strahlte der etwa vierzigjährige Arzt, eine Autorität aus, die sogar den Captain kurz verstummen ließ. Mit stechendem Blick nahm Dr. Martinez jeden von ihnen ins Visier. »Was wird das, meine Herren? Statt meinen Patienten in Ruhe zu lassen, holen Sie Verstärkung. Wir sind ein Krankenhaus und kein Knast.«

Captain Jefferson fixierte ihn gleichfalls. »Gutes Stichwort, Dr. Martinez«, sagte er schließlich, ohne seine dröhnende Stimme zu dämpfen. »Genau dahin werden wir Mr. Garcia jetzt überführen und ihn in der Krankenabteilung weiterbehandeln. Machen Sie seine Überweisungspapiere fertig.«

»Einem Transport kann ich aus ärztlicher Sicht nicht zustimmen«, protestierte Martinez. »Er hat eine schwere Kopfverletzung.«

»Was genau?«

»Im Moment gehe ich davon aus, dass er ein mittelschweres bis schweres Schädel-Hirn-Trauma hat. Dieses führt zu Bewusstseinsverlust, Kopfschmerzen, Übelkeit und möglicherweise Gedächtnisverlust. Wir müssen ihn hierbehalten, um Schlimmeres auszuschließen.

»Das interessiert mich nicht. Wann kann er vernünftige Antworten geben?«

»Vielleicht nie, wenn es dauerhaft zu kognitiven Beeinträchtigungen führt. Hinzu kommt, dass wir Schwellungen durch Blutansammlung zwischen Schädel und äußerer Hirnhaut festgestellt haben. Wir versuchen, medikamentös den intrakraniellen Druck zu senken. Gelingt uns das nicht, müssen wir operieren, um den Druck auf das Gehirn zu entlasten. Mr. Garcia ist noch nicht über den Berg. Wer immer da zugeschlagen hat, hat in Kauf genommen, dass er stirbt. Aber das ist ja Ihr Gebiet. Meins ist es, den Mann am Leben zu erhalten und zu verhindern, dass er bleibende Schäden zurückbehält.«

»Bleibende Schäden?«, grummelte Black. »Die hat sein Opfer auch. Die Frau ist tot ... hinterlässt eine kleine Tochter.«

Ein scharfer Blick Jeffersons brachte ihn zum Schweigen. »Wie lange müssen Sie ihn hierbehalten?«, wandte er sich an den Arzt.

»Je nach Verlauf – und wenn keine Operation nötig ist – zwischen zwölf und vierundzwanzig Stunden. Danach muss er dringend weiterbehandelt werden.«

Jefferson nickte. »Danke, Doktor. Wir haben gute Ärzte in der Krankenabteilung des ADC und können auch einen sicheren Transport organisieren.« Er griff nach seinem Handy und wählte eine Nummer. »Können Sie einen begleiteten Krankentransport und die Weiterbehandlung in der Krankenabteilung gewährleisten?«, fragte er, nachdem er seinen Namen und sein Anliegen vorgebracht hatte.

»Eine Kopfverletzung, ich kann Ihnen die Krankenakte zusenden lassen ...« Fragend wandte er sich an Dr. Martinez, der mit einer auffordernden Bewegung nach dem Telefon verlangte. Jefferson reichte sein Handy weiter, lauschte dem Befund, den der Arzt weitergab.

»Mr. Garcia darf in den nächsten Stunden auf keinen Fall transportiert werden«, schloss er und reichte das Telefon zurück an Jefferson, der inzwischen eine steile Unmutsfalte zwischen den Augen hatte.

»Wir brauchen morgen Vormittag einen Kranken-Gefangenen-Transport unter besonderen Sicherheitsbedingungen«, gab er weiter, ungeachtet der Empfehlung des behandelnden Arztes. »Die schriftliche Anweisung schick ich Ihnen noch in der Nacht zu.«

Er steckte das Handy weg, wandte sich an den Arzt. »Sie haben es gehört. Bereiten Sie alles für einen Transport ins Arizona Department of Corrections vor. Meine Männer bleiben über Nacht hier und begleiten den Transport.«

»Nur wenn Sie mir unterschreiben, dass ich dringend von einem Transport abgeraten habe und Sie die Verantwortung für jegliche möglichen Folgen übernehmen«, antwortet Dr. Martinez kühl.

»Black, kannst du so eine Erklärung aufsetzen?«, wandte sich Jefferson an seinen zweiten Officer.

»Nicht nötig«, warf Martinez ein, »das Schreiben werde ich aufsetzen lassen, versehen mit einer rechtssicheren Klausel unserer Juristen.«

»Tun Sie das!«, antwortete Jefferson, griff in seine Brusttasche und entnahm ihr eine angebrochene Packung Pfefferminzdrops, wovon er sich eines direkt aus der Rolle in den Mund schob.

Am nächsten Vormittag

»Schluss mit Kuschelkurs, Sie sind jetzt Gast im ADC, dem Arizona Department of Corrections«, teilte Jefferson seinem Gefangenen mit einem süffisanten Lächeln mit. »Haben Sie das so weit verstanden, Mister Garcia?«

»Ja, und ich wiederhole: Ich habe keine Ahnung, wessen Sie mich beschuldigen.«

»Ah ja, richtig, Ihr Gedächtnisverlust, bedingt durch eine Kopfverletzung, oder was war das noch mal?«

Liam fasste sich vorsichtig an den Schädel, wobei er es gerade mal schaffte, mit den Fingerspitzen den Verband zu ertasten. Weiter reichten die Ketten, mit denen seine Handschellen am Rahmen des Krankenbettes fixiert waren, nicht.

»Können Sie ihm die nicht abnehmen?«, schlug der behandelnde Anstaltsarzt vor.

»Der Mann bleibt gefesselt«, bestimmte Jefferson und präsentierte dem Arzt eine Reihe von Tatortbildern, die Fay Malone in ihrem Blut liegend zeigten. »Wollen Sie diesen Mann ungeschützt behandeln und riskieren, dass eine Ihrer Pflegerinnen so endet?«

Der Arzt zuckte zurück.

»Dachte ich es mir doch«, sagte Jefferson. »Wie gehts Ihrer Frau und den Töchtern, alles wohlauf zu Hause?«

»Danke«, murmelte der Arzt und blickte zwischen den Fotos und seinem Patienten hin und her. »Sie haben recht Captain, wir lassen ihn hier besser in Handschellen und angekettet.«

Jefferson nickte zufrieden. »Können Sie uns jetzt eine Weile allein lassen? Ich habe vertrauliche Fragen an Mister Garcia. Etwa eine Stunde dürfte genügen.«

»Er gehört Ihnen«, stammelte der Arzt. »Aber keine körperlichen Übergriffe, nichts, was mich in Schwierigkeiten bringt.«

»Guter Mann!« Jefferson tätschelte ihm den Arm und sah ihm nach, bevor die Tür hinter ihm ins Schloss fiel. Dann wandte er sich Liam Garcia zu, der das Zwiegespräch aufmerksam verfolgt hatte.

Zu aufmerksam, wie Jefferson fand. Für ihn schien festzustehen, dass der Mann simulierte. Aber das würde ihm gleich vergehen.

Ein Grinsen lag auf seinem Gesicht als er sich auf dem Stuhl neben Garcias Krankenliege niederließ. »So, du Bastard, jetzt reden wir Tacheles!«

FÜNFUNDZWANZIG

Zu viele offene Fragen

DETECTIVE SAMANTHA PIERCE

Phoenix, Arizona 2013

»In mein Büro, Pierce, Black, Anderson«, bellte Jackson durch die Gänge und pochte an die jeweiligen Türen.

Zusammen mit den beiden Officers, marschierte Samantha kurz darauf hinter dem Captain her, den Gang hinunter. Am Ende des Flurs stieß er die Tür zu dem größten Büro auf, das er auch als Besprechungsraum für Teammeetings nutzte.

»Fassen Sie mal zusammen, was wir haben«, wandte er sich an Anderson.

»Einen Mann mit dem Blut des Opfers an den Händen, dessen Fingerabdrücke auf der Mordwaffe und im Haus gesichert wurden. Deutlicher kann man sich kaum als Täter outen.«

»Black?«, wandte sich Jefferson an den zweiten Officer.

»Wie er sagt, wir haben Garcia gleich nach der Tat in der Nähe des Hauses geschnappt. Ohne Papiere, ohne alles.«

»Und ohne Gedächtnis, was der Arzt mit der Art der Kopfverletzung begründet«, ergänzte Black leicht genervt. »Steht alles in den Protokollen.« Er wies auf die vor ihnen ausgebreiteten Papiere.

Samantha warf nur einen kurzen Blick darauf, überprüfte dabei aber lediglich, ob sich diese von den mageren Berichten unterschieden, die Jefferson ihr dagelassen hatte.

»Woher stammt eigentlich diese Kopfverletzung?«, fragte sie nach. »Wurde das nicht nachgefragt oder lediglich noch nicht protokolliert?«

Jefferson nickte ihr zu, wandte seinen Blick auf die beiden Officers.

»Er ist wahrscheinlich gestürzt«, antwortete Black verzögert. »Befragen können wir ihn schlecht, er erinnert sich ja angeblich an nichts.«

»Zeugen, Angehörige, Nachbarn, die etwas beobachtet haben könnten?«, fragte Samantha.

»Nichts«, antworteten beide Officers leicht versetzt. Jefferson schwieg.

»Ich würde gerne mit Mr. Garcia sprechen, um ihn besser einschätzen zu können«, warf Samantha ein. »Vielleicht gelingt es mir, ihm mehr zu entlocken.«

Jefferson nickte. »Okay, sonst noch was?«

»Wieso wurden keine weiteren möglichen Verdächtigen wie Familienmitglieder, Nachbarn, Freunde auf Alibis und Motive hin befragt?«

»Hat keiner was mitbekommen«, antwortete Black.

Samantha warf ihm einen fragenden Blick zu. »Gibt es wenigstens eine Liste der Befragten? Protokolle ihrer Antworten, irgendwas?«

»Wozu?«

Sie verzog keine Miene, griff nur nach ihrem Pad, in das sie eine Notiz eingab, bevor sie wieder aufsah und bemerkte, dass drei Augenpaare sie musterten. Nicht gerade freundlich.

»Gehören diese Spieldinger jetzt schon zur Ausrüstung für Frischlinge?«

»Was war das?« Samantha sah fragend zu Anderson, der nur die Augen verzog. »Ein Scherz, Frau Doktor, nur ein Scherz.«

»Lasst die Kindereien, verdammt noch mal«, ging Jefferson dazwischen.

»Kein Problem«, versicherte Samantha. »Das ist mein privates Pad, ich finde es effektiver als Papier und Bleistift. Damit kann ich so manches Protokoll gleich erfassen, ebenso die noch offenen Fragen.«

»Welche Fragen?« Jefferson sah sie abwartend an.

»Welches Motiv hatte Garcia? Ein völlig Fremder, der überdies keinerlei Beziehungen zu Fay Malone und ihrer Familie hatte, in ihr Haus einzubrechen, sie zu ermorden? Er ist den Protokollen nach nur ein unbekannter Journalist aus Salt Lake City?«

»Vielleicht war er ihr Stecher, so genau scheint Fay Malone es ja mit der ehelichen Treue nicht genommen zu haben«, sagte Black und verzog spöttisch den Mund. »Die war ja auch ganz vorne mit dabei auf der Bühne, als dieser Blair sein Konzert gab ...«

»Das von Maskierten nicht nur überfallen wurde, das war ein Gewaltaufmarsch übelsten Ausmaßes«, ergänzte Samantha. »Es gab Tote, Entführungen, unzählige Verletzte. Was wiederum eine Reihe von möglichen Tätern und Zeugen ins Spiel bringt. Hat jemand versucht, in diesem Personenkreis nach möglichen Zeugen, Tätern, Bekannten zu suchen?«

»Das führt ja wohl ein bisschen zu weit, wir haben den Täter doch längst«, warf Anderson ein.

»Wir sollten unsere Ressourcen nun wirklich nicht verschwenden, wenn etwas so klar ist«, pflichtete Jefferson bei.

»Mit Verlaub, Sir. Mir ist nichts klar«, widersprach Samantha. »Ich sehe hier nur einen Mann mit einer Kopfverletzung, die er sich selbst nicht erklären kann. Dass er am Tatort war, kann unzählige Ursachen haben. Sogar eine, die unmittelbar mit Fay Malones rätselhaftem Auftritt auf der Bühne zu tun haben kann. Vielleicht wollte er sie dazu befragen? Sie interviewen?«

»Und das Blut an seinen Händen? Dass er keine Papiere, nur eine läppische Visitenkarte in der Hosentasche hatte? Kein Handy, kein Ausweis, kein Geld, nichts.«

»Ist er vielleicht überfallen worden? Hat man ihn beraubt? Ihn am Tatort erwischt? Wer hat ihn fast totgeschlagen? Und warum?«

»Na dann fragen Sie ihn doch, wenn Sie glauben, dass er Ihnen außer der faulen Ausrede mit dem Gedächtnisverlust was sagen kann«, kam es spöttisch von Anderson.

»Das werde ich tun, wenn Sie erlauben, Captain«, sagte Samantha ernst in Jeffersons Richtung. »Noch mal zum Motiv. Wieso sollte ein Fremder aus Salt Lake City anreisen und hier eine ihm offensichtlich nicht bekannte Frau ermorden? Noch dazu auf diese bestialische Weise?«

»Vielleicht hat ihn jemand beauftragt.«

»Wer?«, schoss Samantha zurück. »Und warum? Warum ihn? Garcia ist kein Killer, nur ein junger Journalist.«

Jefferson nickte nachdenklich, drehte sich Black und Anderson zu. »Ich brauch alles über den Mann, dreht jeden Stein aus seiner Vergangenheit um. Gute Arbeit, Samantha.«

Samantha nickte nur. »Aber da ist noch was.« Sie blickte auf ihr Pad. »Ich habe mir nach dem Studium der Akte eine Frage notiert. Was, wenn das Szenario anders war? Wenn Garcia ein wichtiger Zeuge und kein Täter ist, wenn er den Mörder gesehen und ihn vielleicht überrascht hat?«

Sie wandte sich an Black und Anderson. »Kann es nicht sein, dass auch Garcia ein Opfer des wahren Täters ist, dass er ihm nur in die Quere gekommen ist?«

»Bisschen zu viel Zufall?«, meinte Black,

Samantha zuckte mit den Schultern. »Nicht mehr Zufall als der Umstand, dass ein Fremder daherkommt und Fay Malone ersticht. Bleibt aber immer noch die Kopfverletzung.«

»Was, wenn er gestürzt ist?«

»Eher unwahrscheinlich, die Verletzungen sind am Hinterkopf und typisch für Schläge, wie sie etwa ein Schürhaken verursacht. Wurde im Haus nach einer Tatwaffe gesucht, die dafür infrage kommt?« Sie blätterte die Bilder durch, sah fragend auf, als niemand antwortete, »Wieso gibt es keine Fotos von dem Zimmer, nur von der Leiche selbst? Fehlen diese Fotos in der Akte?«

»Vielleicht sind sie noch in der Gerichtsmedizin, das da sind unsere Aufnahmen«, kam es zögernd von Black.

Jefferson nickte verbissen. »Überprüft das, Black, Anderson.«

Beide nickten. »Gut, das war hilfreich, Detective Pierce. Danke sehr.« Er nickte ihr zu.

»Das wars? Ich dachte ...«

Jefferson winkte ab. »Alle an die Arbeit, bis auf Sie, Detective. Bleiben Sie noch einen Moment.«

SECHSUNDZWANZIG

Irrungen

DETECTIVE SAMANTHA PIERCE

Phoenix, Arizona 2013

Jefferson blickte zur Tür, wartete, bis sie hinter seinen Männern zugefallen war, bevor er die auf dem Tisch ausgelegten Protokolle zusammenschob und Samantha ansah. »Es ist so weit. Sie können Angel Malone vernehmen. Fragen Sie in der psychiatrischen Klinik nach Dr. Brown. Die Sechsjährige ist unter einem Decknamen eingeliefert worden, um Reporter fernzuhalten. Brown kennt ihre Identität.«

»Sehr gut. In welchem Zustand ist sie? Was sagt Dr. Brown?«

»Ach, ich denke, sie übertreibt, was den Zustand der Zeugin angeht.«

»Aber ich kann mit ihr sprechen?«

»Ja. Sie war nicht begeistert, dass wir darauf bestehen, sie als Zeugin zu befragen. Aber das kriegen Sie schon hin. Sie haben das ja studiert und wissen am ehesten, wie man mit so einem durchgeknallten Kind umgeht.«

»Wenn sie die Ermordung ihrer Mutter miterlebt hat, ist sie wohl eher schwer traumatisiert«, protestierte Samantha. »Aber ich werde alles versuchen, eine Verbindung zu der Kleinen aufzubauen. In dem Zusammenhang wäre es ebenfalls wichtig für mich, auch mit Ihrem Verdächtigen zu spreche. Er muss Angel ja begegnet sein. Vielleicht ist das Mädchen ja auch für ihn so etwas wie eine Schlüsselfigur, die ihm hilft, seine Amnesie zu überwinden.«

»Ich bitte Sie, das mit dem Gedächtnisverlust ist der Klassiker schlechthin. Dass er aufgrund seiner Verletzung benommen war, mag stimmen. Kann sein, dass er kurzzeitig so etwas wie einen Filmriss hatte. Aber inzwischen simuliert er.«

»Das könnte ich leicht in einem Gespräch herausfinden, Captain, lassen Sie mich doch endlich mit ihm sprechen.«

Jefferson winkte ab. »Überlassen Sie den Mann mir und den beiden Officers. Wir kriegen ihn schon noch dazu, sich zu erinnern.«

»Überlegen Sie es sich noch mal«, bat Samantha.

»Na schön, ich lass es mir durch den Kopf gehen, wenn Sie mit der Zeugin so weit sind. Ich brauche die Aussage der Kleinen. Bereiten Sie sie auch gleich auf eine Gegenüberstellung vor. Ich verlasse mich auf Sie und darauf, dass Sie das hinkriegen.«

»Ich tu mein Bestes.«

»Fein, fein. Sorgen Sie dafür, dass die Kleine bei der Gegenüberstellung auf den Richtigen zeigt. Ich will, dass wir die Akte rasch schließen, ehe sich die Presse drauf stürzt und etwas aufbauscht. Sie verstehen, was ich meine?«

»Offen gestanden nicht, Sir.«

»Der Täter ist eine verfluchte Rothaut. Die verdammten Pressetypen stürzen sich gern auf diese Art von Stories und kommen dann mit den üblichen Phrasen von wegen Rassenhass und Polizeiwillkür, das kennt man ja.«

»Sie meinen, der vermeintliche Täter?«

»Ja, ja, von mir aus, der vermeintliche Täter. Auch wenn ich keinen Zweifel habe, dass er es gewesen ist. Er hatte das Blut des Opfers an seinen Händen. Deutlicher gehts kaum. Uns fehlt nur noch sein Geständnis oder die Aussage der

Kleinen. Also beweisen Sie, dass Sie in meine Truppe passen. Haben wir uns verstanden?«

Verwundert musterte Samantha ihren Captain, der wegsah, als sie seinen Blick suchte.

Haben wir uns verstanden? Auf diese im Befehlston vorgebrachte Frage war Samantha ihrem Captain die Antwort schuldig geblieben. Später hatte sie bis tief in die Nacht gegrübelt.

Nach ihrer Einschätzung war die Festnahme des Verdächtigen nachvollziehbar, die beiden Officers Henry Black und Jerry Anderson schienen vorschriftsgemäß gehandelt zu haben. Doch dann wurde es so dünn wie die Akte. Alles, was sie an Fragen in den Raum geworfen hatte, als sie zu viert den Fall besprochen hatten, war immer noch ungeklärt.

War es vielleicht wirklich viel einfacher?

War Garcia schlicht ein Killer, der seinen Kick, seine Erlösung oder die Befriedigung niederer Triebe verfolgte? Oder war es etwas Persönliches, was die Tatsache, dass man Fay Malone das Herz aus dem Leib geschnitten hatte, vermuten ließ?

Die boshaft vorgebrachte Bemerkung über den *Stecher*, die Officer Black eingeworfen hatte, wäre eine Erklärung. Hatte Liam Garcia Fay Malone gekannt? War er vielleicht sogar ein heimlicher Geliebter gewesen? Oder ein abgewiesener Verehrer?

Und Fays Tochter?

Wusste sie womöglich etwas darüber?

Was war mit Gary Malone, Fays Ehemann?

Aber was war dieser Fall dann?

Eine tragische Liebesgeschichte mit tödlichem Ausgang?

Mit dem Bleistift malte Samantha auf ihren Ausdruck neben den Namen Liam Garcia ein Herz und setzte ein

Fragezeichen dahinter. Falls ihre Kollegen sich weiter nur darauf versteiften, ein Geständnis aus Garcia herauszupressen, würden sie nie die Wahrheit oder wenigstens die Hintergründe erfahren.

Sie kaute an der Spitze des Stifts. Eine Marotte, die sie sich nie hatte abgewöhnen können, die immer dann auftrat, wenn sie tief in Gedanken versunken war. Erst als sie den giftigen Geschmack auf ihrer Zunge spürte, legte sie angewidert den Stift weg und trank hastig ein paar Schlucke aus ihrem Kaffeebecher. Das kalt gewordene Getränk schmeckte fast ebenso ekelhaft.

Sie blickte auf die Uhr, es war früher Morgen.

Draußen dämmerte ein weiterer wahrscheinlich glühend heißer Tag herauf.

Sie blickte an sich herab. Wie immer trug sie Jeans, ein inzwischen verschwitztes Shirt und Sportschuhe. Wenn Sie noch eine Dusche abbekommen und sich passend kleiden wollte, war es Zeit für einen Zwischenstopp in ihrem schäbig möblierten Appartement. Sie sollte sich endlich was Besseres suchen.

Später! Später, wenn dieser verfluchte Fall gelöst und ihr brummender Schädel wieder frei war.

SIEBENUNDZWANZIG

Tod in der Psychiatrie

DETECTIVE SAMANTHA PIERCE

Phoenix, Arizona 2013

In der psychiatrischen Klinik angekommen, überprüfte die Empfangsdame akribisch sowohl Samanthas Ausweis als auch den Eintrag in einer Besucherliste, bevor sie einen Pfleger herbeizitierte. »Dylan, bring Detective Pierce zu Dr. Brown, pieps sie notfalls an.«

»Ich bin ihr eben im Zweiten begegnet«, antwortete er und winkte Samantha zu. »Kommen Sie, ich bring Sie zu ihr.« Mit einem Wink dirigiert er sie zu einem Aufzug, der wie in jeder öffentlichen Klinik ungesichert und frei zugänglich war.

Erst nachdem sie im zweiten Geschoss angekommen waren und den Fahrstuhl verlassen hatten, holte er aus seiner Brusttasche eine Karte heraus, die er durch einen seitlich angebrachten Schlitz neben der Glastür führte, worauf sich diese mit einem leisen Summton öffnete. »Ein Sensor erkennt und schließt in den kritischen und geschlossenen Bereichen unserer Klinik die Türen selbsttätig, sowie wir drinnen oder draußen sind«, erklärte er Samantha. »Aber nur mit einem dieser Schlüsselkärtchen.«

»Und wer hat alles so ein wichtiges Kärtchen?«

»Na, alle, die hier nicht eingesperrt sind. Freiwillige

Patienten, Pfleger, Ärzte, Therapeuten, Personal ... ist wie im Knast, nur ein bisschen verrückter.«

»Kennen Sie sich da aus? Im Knast?«

»Was, wie, nein ...« Dylans keckerndes Lachen war unangenehm.

Samantha schluckte die scharfe Bemerkung, die ihr auf der Zunge lag, hinunter. Wer weiß, wann sie noch mal auf die Hilfe des Pflegers angewiesen war.

»Dann bin ich beruhigt«, meinte sie mit einem versöhnlichen Lächeln.

»He he, das können Sie. Ich bin einer von den Guten! ... Ach, da ist sie auch schon, unsere Frau Doktor Brown.« Dylan wies in Richtung einer korpulenten Frau. »Die Lady mit dem grauen Hosenanzug.«

Samantha folgte seinem Fingerzeig.

»Zücken Sie schon mal Ihre Dienstmarke, damit Sie sie nicht gleich rausschmeißt«, riet er schief grinsend. »Ich verschwinde lieber. Sie machen das schon.«

Verblüfft sah Samantha ihm nach. Es schien, als flüchtete Dylan regelrecht vor Dr. Brown.

Wie geraten, hielt sie ihre Dienstmarke parat, als sie auf Dr. Brown zuging, die angestrengt etwas auf ihrem Tablet ablas.

»Detective Samantha Pierce von der Abteilung für Gewaltverbrechen«, stellte sie sich vor und zeigte den Ausweis, in dem Angaben zur Person und zu ihrer Abteilung nebst Bild und Dienstnummer vermerkt waren.

Brown studierte ihren Ausweis, blickte mehrfach zwischen dem darauf abgebildeten Foto und ihr hin und her.

»In Ihrer Obhut befindet sich die sechsjährige Angel Malone, die zu ihrem Schutz unter einem Decknamen aufgenommen wurde.«

»Ja, daran haben wir uns gehalten«, kam es kühl. »Was ist mit ihr?«

»Ich muss dringend mit ihr sprechen, sie ist eine wichtige Zeugin.«

»Sie ist vor allem meine Patientin.«

Samantha atmete tief durch. Das würde keine einfache Nummer werden. Brown glich auf den ersten Blick einem braunfelligen Pitbull. Wie ein Hund dieser Rasse bellte sie wohl erst einmal los, um die Besucherin mit der Polizeimarke abzuwehren.

»Es ist gut, dass Sie sie hier abschirmen«, beteuerte sie mit einem Lächeln. »Aber ich muss mit ihr sprechen.«

»Das hat mir Ihr Captain schon mitgeteilt. Und ich sag Ihnen das Gleiche wie ihm. Jane ist in einem tiefen Schockzustand. Ich lass Sie da nicht rein!«, fügte sie hinzu und verschränkte ihre Arme vor einer stattlichen Brust.

Samantha ersparte sich den Hinweis, dass ihr Besuch genehmigt worden sei. Hier musste sie wohl als Person überzeugen.

Ruhig steckte sie ihre Polizeimarke weg und versuchte ihrem größeren und doppelt so breiten Gegenüber mit hochgerecktem Kinn auch körperlich, Paroli zu bieten. »Ich komme gern wieder mit einer gerichtlichen Verfügung«, schlug sie im weiterhin freundlichen Ton vor.

Dass sie kaum eine Chance hatte, eine solche zu erwirken, wenn das psychische Wohl der Patientin auf dem Spiel stand, wusste sie. Aber wenn sie eins in der Polizeischule und den ersten Tagen auf der vorwiegend männlich besetzten Dienststelle begriffen hatte, dann, dass es nicht drauf ankam, wie groß, stark oder mächtig man war. Es kam darauf an, sich so zu geben, als sei man die Größte, auch wenn man gerade mal einhundertsechzig Zentimeter maß und aussah wie das harmlose Girl von nebenan.

»Sie können mir so viele Polizeimarken und Verfügungen zeigen, wie Sie wollen. Ich lass Sie nicht zu ihr.«, blaffte Dr. Brown zurück. »Kommen Sie wieder, wenn es Jane besser geht. Sie jetzt zu befragen, kann irreparable Schäden verursachen.«

Jane? Jane Doe?

Verspätet fiel Samantha ein, dass Brown sie eben schon mit diesem Namen bezeichnet hatte.

»Sie führen sie unter dem Namen Jane Doe?«, fragte sie nach.

»Anweisung Ihrer Dienststelle. Das ist doch der übliche Name für Personen, deren Identität unbekannt ist, soweit ich informiert bin.«

Samantha atmete tief durch.

Anders als Jefferson ihr versichert hatte, war in der Akte der gewünschte Deckname nicht eingetragen worden. Es klaffte an der betreffenden Stelle eine Lücke im Protokoll, die sich offenbar durchzog. Auch in der Klinik hatte man wohl versäumt, diese fehlende Angabe zu ergänzen.

Aber sie einfach mit dem üblichen Decknamen für Unbekannte hier in der Klinik zu führen, war wie ein Leuchtfeuer, das ebenso auffallend war wie ihr echter Name. Jeder pfiffige Journalist würde sie hier auftreiben. Und nicht nur der.

Samantha überspielte ihren Unmut mit einem verständnisvollen Nicken. »Wir wissen es sehr zu schätzen, Dr. Brown, wie gut Sie sich um Jane kümmern.«

»Ich verrichte nur meine Arbeit«, versicherte Brown. »Und ich werde nichts zulassen, was die psychische Gesundheit meiner Patientin gefährdet.«

»Aus diesem Grund hat man mich und nicht einen unserer männlichen Detectives damit betraut, mit Ihrer Patientin zu sprechen.«

»Und was befähigt Sie dazu, ein schwer traumatisiertes Kind zu befragen?«

»Als Polizeipsychologin bin ich darauf geschult, mit traumatisierten Angehörigen und Opfern zu sprechen. In Janes Fall dient es auch dem Schutz des Kindes, wenn wir rasch erfahren, was es gesehen und erlebt hat.«

»Das sehe ich anders, für eine Konfrontation mit dem Trauma-auslösenden Moment ist es zu früh.«

»Und es könnte rasch zu spät sein«, warf Samantha ein.

»Ich versteh nicht ...«

»Es geht auch darum, das Leben der Kleinen zu schützen. Sie weiß vermutlich, wer ihre Mom umgebracht hat, und könnte den Täter identifizieren. Das weiß er und könnte versuchen, die Kleine zum Schweigen zu bringen.«

»Das gefällt mir nicht.« Brown seufzte ergeben. »Na gut. Fünf Minuten.«

»Danke. Ich versichere Ihnen, dass ich äußerst behutsam vorgehen werde.« Samantha blickte sich suchend um. »Ist Jane hier im Flur untergebracht?«

»Nein, ich bringe Sie. Kommen Sie.«

Samantha eilte ihr nach, als sie durch zwei weitere abgeschlossene Türen voranlief und schließlich in einem langen Flur anhielt, in dem sich vereinzelt Patienten aufhielten, die Samantha stutzen ließen. Aber sie schwieg vorerst, folgte Brown zu einer Tür am Ende des Ganges, an der ein kleines handgeschriebenes Schildchen mit dem Namen Jane Doe. angebracht war. Auffälliger geht es wohl kaum, schoss es ihr durch den Kopf.

Mit einem Handzeichen stoppte Brown sie. »Eins noch, bevor wir da reingehen. Wenn Sie meine Patientin zu sehr aufregen, brechen wir sofort ab.« Sie hob ihren Zeigefinger, richtete ihn streng auf die schmale Gestalt der Polizistin. »Verstanden? Wenn ich Sie stoppe, ist Schluss! Sofort!«

Samantha stöhnte innerlich und war im Nachhinein froh darüber, dass sie sich umgezogen hatte und jetzt einen schmal geschnittenen, dunklen Anzug über einer schlichten Hemdbluse trug und ihre langen braunen Haare zu einem strengen Dutt frisiert hatte. Ihre übergroße Tasche anstelle des üblichen Einsatzrucksackes, den sie bevorzugte, taten ein Übriges. Nur auf ihre Sneakers, die besser für einen schnellen Sprint geeignet waren als normale Schuhe, hatte sie nicht verzichtet.

Nach einem weiteren kritischen Blick über ihre Gestalt

nickte Dr. Brown. »Lassen Sie uns noch kurz besprechen, in welchem Zustand die Kleine ist.«

»Natürlich!«, versicherte Samantha und wich zurück, als ein vor sich hin brabbelnder Patient fast in sie hineinrannte. »Ist es hier immer so geschäftig?« fragte sie. »Was ist das überhaupt für eine Abteilung.«

Brown seufzte. »Das wird Ihnen kaum gefallen. Es ist der Flügel für männliche Straftäter, die lebenslang in psychiatrischer Behandlung verbleiben. Nicht meine erste Wahl. Aber in der Kinderpsychiatrie ist erst in zwei Tagen ein Einzelraum verfügbar.«

»Sie sollten Sie sicherheitshalber verlegen«, riet Samantha eindringlich, als immer mehr Patienten im Flur auftauchten.

»Was soll hier schon passieren? Ihre Tür ist abgeschlossen, niemand kann zu ihr.«

»Und was ist mit dem Servicepersonal?« Samantha wies auf zwei Männer, die mit Servierwagen von Tür zu Tür gingen und vereinzelte geschlossene Türen mit einer der Karten öffneten, die auch der Pfleger Dylan benutzt hatte.

»Irgendwie müssen die Patienten ja ihr Essen bekommen«, antwortete Brown.

»Können Sie nicht sofort eine Verlegung bewirken?«, fragte Samantha zunehmend beunruhigt.

»Wollen Sie andeuten, dass ihr hier jemand etwas antun könnte?«

»Das will ich nicht nur andeuten«, erwiderte Samantha schärfer als beabsichtigt. »Was meinen Sie, warum sie unter falschem Namen eingeliefert wurde?«

»Wie Sie meinen!« Brown schnaubte genervt. »Ich versuch, sie vorübergehend in einem Zweibettzimmer bei den Kindern unterzubringen, bis was Besseres frei wird.« Sie griff nach ihrem Handy, das in der Brusttasche ihres Anzugs steckte, und entfernte sich ein paar Schritte von Samantha, um zu telefonieren.

Samantha sah ihr nach, dann blickte sie sich weiter um.

Die hier untergebrachten Patienten betrachtete Samantha jetzt mit anderen Augen. Straffällig gewordene Psychopathen in Sicherheitsgewahrsam. Mittendrin ein traumatisiertes kleines Mädchen. Ihr Blick glitt zurück zu Dr. Brown, die offensichtlich über das, was sie hörte, verärgert war. Sie runzelte unwillig die Stirn, steckte energisch ihr Handy weg und kam mit hochrotem Kopf wieder zu ihr zurück.

»Alles in Ordnung?«, fragte Samantha.

»Nichts ist in Ordnung«, stieß Brown hervor. »Es hat einen Vorfall in der Kinderpsychiatrie gegeben. Eins der Kinder ist verschwunden. Ein Mädchen. Bis es gefunden ist, bleibt die Station dicht. Tut mir leid, Jane muss vorerst hierbleiben.«

»Wie kann ein Kind verschwinden?«

»Kann es eigentlich nicht«, murmelte Brown. »Es ist das erste Mal in zwanzig Jahren, dass so etwas passiert. Das Mädchen ist kurz vor unserer Kleinen eingeliefert worden. Sie wurde dehydriert und völlig verwahrlost in den Außenbezirken aufgegriffen. Niemand konnte uns sagen, wie sie heißt oder wo sie wohnt. Wir haben sie Jane Doe genannt, wie üblich, wenn wir jemandem keine Identität zuordnen können.«

»Noch eine Jane?«, fragte Samantha irritiert.

»Ja, das hat unsere Planung komplett durcheinandergebracht. Wir haben selten Kinder, die wir nicht identifizieren können.«

»Das muss ich melden, Sekunde«, bat Samantha, griff nach ihrem Handy und wählte die Nummer ihrer Dienststelle, wo sie sich zu Captain Jefferson durchstellen ließ. Kurz schilderte sie den Vorfall. »Angel ist hier nicht sicher«, schloss sie. »Können Sie jemanden abstellen, der unsere Zeugin bewacht? So wie ich die Lage in der Klinik beurteile, ist es ein Leichtes, sie zu finden. Niemand darf zu ihr. Kein Angehöriger, kein verdammter Journalist, kein Ermittler, der sich nicht ausweisen kann. Der Wachhabende bekommt von mir persönlich eine Liste. Ich bleibe bei ihr, bis mich ein zuverlässiger Personenschützer ablöst.«

Dr. Brown hatte mit zunehmend zerknirschtem Gesicht gelauscht. »Was bedeutet das alles? Haben die Kinder etwas miteinander zu tun? Wissen Sie, wer sie sind?«

Samantha winkte ab, beendete hastig das Gespräch. »Öffnen Sie bitte«, forderte sie dann die Therapeutin auf. »Ich muss das Mädchen sehen, das hinter dieser Tür liegt, und mich davon überzeugen, dass es ihm gut geht.«

»Aber ...«

»Sofort«, befahl sie.

Ein leises Summen ertönte.

»Sekunde«, entschuldigte sich Brown mit einem Blick auf ihr Handy. »Die zuständige Pflegerin, die das Verschwinden des Mädchens gemeldet hat, ruft an.«

Samantha nickte ihr zu und stellte sich breitbeinig vor die Tür, als einer der Pfleger mit dem Essenswagen anrollte. »Später!«, bellte sie.

»Ja, mach erst die anderen Zimmer«, bestätigte Dr. Brown in Richtung des Angestellten, bevor sie sich wieder ihrem Telefonat zuwendete.

Der Pfleger hob verärgert die Brauen, rollte weiter mit seinem Essenswagen.

»Verdammt!«, zischte Brown, als sie das Handy wegsteckte und dabei fast die Hosentasche verpasste. Ihre Hände zitterten. Ihr zuvor rosiges Gesicht war aschfahl.

Samantha eilte zu ihr. »Was ist passiert?«

»Sie haben das Mädchen gefunden.«

»Ja und?«

»Diese andere Jane ...«

»Was ist mit ihr?«

»Sie ist tot ...«

ACHTUNDZWANZIG

Erinnerungsblitze

LIAM GARCIA/YAS

Phoenix, Arizona 2013

Das Messer in meiner Hand war blutig, das Bild vor meinen Augen schien aus einem der Schocker zu sein, in die ich versehentlich zappte, um sie gleich wieder wegzudrücken. Mein Bedarf an blutigen Nervenkitzeln war beschränkt auf Recherchen.

Doch die beiden Gestalten waren in meinem Kopf. Nicht vor meinen Augen. Ich konnte nicht zurücktreten, Fotos schießen, Notizen erstellen und später das Grauen schreibend mit der Welt teilen und es auf diese Weise irgendwie ertragen.

Die größere Gestalt war blutüberströmt, wie von einem Schlachter bearbeitet und ausgeweidet, die andere winzig und nur äußerlich unversehrt. Ein kleiner düsterer Engel, der mich aus aufgerissenen blauen Augen, mit übergroßen Pupillen anstarrte. Ich sah, wie sie die Lippen bewegte, den Mund zu Lauten formte und die immer gleichen Worte murmelte, als sei sie eine Puppe, die nur diesen einen Satz kannte.

Ich blinzelte, versuchte, den Lauten zu entfliehen, das Murmeln dieses winzigen Mädchens mit den verklebten dunklen Locken auszublenden, indem ich die geballten

Fäuste auf meine Ohren presste. Ich drückte mit aller Kraft, bis meine Handgelenke schmerzten und ein metallisches Kreischen mich hochschnellen ließ.

Ein flackerndes Licht blendete mich.

»Mr. Garcia, haben Sie Schmerzen?«

Ein fremdes männliches Gesicht beugte sich über mich, leuchtete mir mit einer stabförmigen Lampe in die Augen. »Das sieht gut aus, deutlich besser als vor Stunden. Ich denke, Sie sind wieder voll da. Folgen Sie meinem Finger.«

Ich sah, wie sein Zeigefinger sich bewegte, fokussierte meinen Blick auf den ungewöhnlichen Silberschmuck, den er trug. Eine gewundene Schlange mit winzigen eingearbeiteten Rubinen, vermutlich ein Unikat.

»Ja, so ist es gut. Und noch einmal in die andere Richtung. Bestens. Und jetzt sagen Sie mir Ihren Namen.«

»Yas ... Liam Garcia, und wer sind Sie?«

»Dr. Bishop. Wissen Sie, wo Sie sind?«

»Ich denke, im Krankenhaus? Hatte ich einen Unfall? Ich habe Kopfschmerzen.«

»Sie sind in der Krankenabteilung des *Arizona Department of Corrections*. Man hat Sie gestern aus der Zentralklinik hierher überführt. Wir werden Sie weiterbehandeln, bis Sie für die geplante Gegenüberstellung soweit wiederhergestellt sind, dass Sie aufrecht stehen und gehen können.«

»Welche Gegenüberstellung?«

Dr. Bishop nickte mit zusammengepressten Lippen. »Ich komme gleich wieder. Trinken und essen Sie etwas. Und wenn Sie zur Toilette müssen, drücken Sie den Notknopf seitlich von Ihnen. Sie können ihn auch mit den Fesseln leicht erreichen.«

Ich blickte auf die Handschellen, die mit Ketten am Bettrand fixiert waren. »Wozu das, und warum bin ich hier?«

Misstrauisch beäugte Bishop mich.

»Habe ich was Falsches gesagt?«

»Das nicht, aber allmählich müssten Sie sich daran erinnern, wieso Sie hier gelandet sind. Die Schwellung in Ihrem Schädel, die eine zeitweilige Amnesie hätte hervorrufen können, ist zurückgegangen.«

»Ich versteh nicht. An was soll ich mich erinnern?« Ohne, dass ich es zurückdrängen konnte, waren die Bilder wieder da. Die Gestalten aus meinem Splatter-Kopfkino. Ich konnte sie förmlich riechen, glaubte, sie greifen zu können. Versuchte, der Kleinen tröstend über ihre verklebten Haare zu streicheln. Ich streckte die Hände aus, ein scharfer Schmerz an meinen Handgelenken stoppte mich. Und dann sah ich wieder diese Ketten, hörte ihr Klirren, das mich aus meinem Albtraum gezerrt hatte.

»Lassen Sie das. Sie scheuern sich die Handgelenke wund«, mahnte Bishop.

»Wozu diese Handschellen?«

»Strikte Anweisung von Captain Jefferson, der die Anstaltsleitung über Ihren Fall informiert hat.«

»Mein Fall? Was für ein Fall?«

»Erinnern Sie sich wirklich nicht? Sie wurden verhaftet.«

»Was soll ich getan haben?«

»Bedaure. Ich bin nicht befugt, mit Ihnen darüber zu sprechen. Captain Jefferson wollte benachrichtigt werden, sowie Sie vernehmungsfähig und wach sind. Sind Sie das?«

»Wach ja. Vernehmungsfähig? In welcher Angelegenheit?«

Das Blut an meinen Händen erschreckte mich. Hatte ich mich verletzt? Wann und wobei? Ich stolperte vorwärts, hielt mich an der Kühlerhaube eines Wagens fest, als ich strauchelte, als mir übel wurde.

»Stehen bleiben, Mister ...«

Die Stimme war schrill, hallte wider in meinem Kopf, den ich herumriss, um eine weitere Schmerzenswelle auszulösen. Salzig berührten Tränen meine Lippen, ich konnte sie schmecken, nicht wegwischen, nicht zurückhalten. Konnte nur versuchen, mir meine Lage zu erklären.

War ich nun mitten in einer Horrorszene oder in Handschellen und mit Ketten an eine Liege festgekettet?

Ich sah die Buchstaben ADC, die auf meiner Zudecke aufgedruckt waren. Erinnerte mich an eine Stimme.

Sie sind in einer Einrichtung der Strafvollzugsbehörde, im Arizona Department of Corrections.

Wieso Arizona? Wie war ich hergekommen?

Und vor allem, warum?

Recherchen?

Im Knast?

Wieder dröhnte mein Schädel, wie jedes Mal, wenn ich diesen verfluchten Nebel durchbrechen wollte.

Die blutüberströmten Gestalten in meinem Kopf schienen mich zu verhöhnen, kamen näher, vermischten ihr Blut mit meinem. Winzige verschmutzte Hände reichten mir ein Messer, viel zu groß für die kleinen Hände, die es hielten. Für die winzige Gestalt, die es mir entgegenstreckte.

Ich nahm es ihr weg, umklammerte es, als hinge mein Leben davon ab.

Loslassen, du musst es loslassen!

Ich hörte die leise Stimme. Versuchte es. Es ging nicht. Sie war ein Teil von mir. Klebte an mir wie das Blut auf meinen Händen. Ich wollte schreien, mich befreien, fliehen ... und fiel doch nur wieder in ein tiefes Dunkel, das mich verschluckte.

»Mann, hören Sie auf zu simulieren. Ersparen Sie sich und uns dieses unnütze Hinauszögern. Geben Sie endlich zu, dass sie Fay Malone erstochen haben.«

Jeffersons Stimme war fast väterlich. Ich war versucht, ihr nachzugeben, damit er mich in Ruhe ließ, damit ich endlich ungestört nachforschen konnte, was wirklich geschehen war.

Doch der Captain blieb hocken. Kesselte mich ein mit seiner Körperfülle, bedrängte mich weiter, indem er mir auch noch den Platz auf dieser schmalen Liege nahm.

Ich hielt es kaum aus.

Würde er mich ungestört nachdenken lassen, wenn ich einfach nickte, ihm gab, was er forderte? Ein *Ja*!

»Ja«, begann ich »... ja, es kann sein, dass ich dort war ...«

NEUNUNDZWANZIG

Motivsuche

DETECTIVE SAMANTHA PIERCE

Phoenix, Arizona 2013

»Sue Martin, Chefpathologin«, stellte sich die kleine Person vor und reichte Samantha eine Hand, die zerbrechlich wirkte. Ihr Händedruck hingegen war fest und kraftvoll, genau wie ihr Blick aus nahezu schwarzen Augen, mit denen sie die Besucherin anblickte.

Das war also die berühmte Leiterin der Gerichtsmedizin, vor der sogar Jefferson Respekt zu haben schien. Als er Samantha zu dem Termin in der Gerichtsmedizin geschickt hatte, war er deutlich geworden. Sie solle die Ergebnisse der Obduktion abholen und sich auf keinen Fall von dem chinesischen Drachen einschüchtern lassen.

Samantha brauchte einen Moment, bis sie kapierte, woraus der Captain diese wenig schmeichelhafte Beschreibung ableitete. Sue, deren Alter sie kaum einschätzen konnte, da ihr ungeschminktes Gesicht keinerlei Falten aufwies, hatte vermutlich neben amerikanischen asiatische Wurzeln, auch wenn diese nicht sehr ausgeprägt waren. Lediglich ihr pechschwarzes glattes Haar, das sie in einem schlichten Pferdeschwanz zusammengebunden trug, bestätigte ihre Annahme.

»Hat man Sie vorgewarnt?«, fragte Sue, als Samanthas Blick etwas zu lange auf ihr weilte.

»Captain Jefferson meinte, ich solle mich von Ihnen nicht einschüchtern lassen«, gab sie lächelnd zu.

»Ach das«, Sue lachte. »Hat er Ihnen meinen Spitznamen verraten? Chinesischer Drache.«

Samantha nickte.

»Aber das meinte ich nicht«, sagte Sue, ernst werdend. »Meine Frage galt dem Zustand der kleinen Jane.«

»Ich habe sie kurz gesehen. Ich war am Tatort. Ihr Mörder muss sie irgendwie betäubt und in die Abstellkammer neben ihrem Zimmer gebracht haben, weshalb man sie zunächst nur vermisst hat. Dort hat er sie dann wohl erstochen.« Für einen Moment verdunkelte sich Samanthas Sicht, als sie die Bilder in ihrem Kopf abrief, derentwegen sie in der letzten Nacht kein Auge zugemacht hatte. »Ich habe nur gewartet, bis Ihr Team eintraf, bevor ich wieder zu Angel Malone zurückeilte. Wir gehen davon aus, dass der Anschlag ihr galt und das unbekannte Mädchen nur sterben musste, weil man es mit unserer Zeugin verwechselt hat.«

Sue warf ihr einen erstaunten Blick zu. »Davon war mir nichts bekannt. Sehen sich die Mädchen ähnlich?«

»Beide wurden als Jane Doe in der Psychiatrie aufgenommen. Ursprünglich sollte Angel Malone in Janes Zimmer untergebracht werden. Sie sind vom Typ her ähnlich und gleich alt, soweit ich das beurteilen kann.«

»Wie alt ist Angel?«

»Sechs, gerade geworden.«

Sue nickte nachdenklich. »Auf den ersten Blick wirkt Jane tatsächlich jünger als sie ist. Aber kommen Sie, sehen Sie selbst.« Sie lief voraus durch einen langen Gang. »Ich habe veranlasst, dass sie in den einzigen separaten Untersuchungsraum gebracht wird. Wenigstens im Tod soll dieses arme Geschöpf ein wenig Wertschätzung erfahren.« Sie öffnete eine Metalltür zu einem etwa zwanzig Quadratmeter großen Raum, in dessen Zentrum eine zugedeckte Gestalt lag. Ein muffiger Geruch hing in der Luft, mit einer unverkennbaren Unternote, die selbst die Klimaanlage und der Duft einiger Duftkerzen und Räucherstäbchen nicht überdecken konnte. Ein Operationsraum. Nur dass die Beleuchtung im Moment gedämmt war und hier keine Leben gerettet, sondern nur der Tod untersucht wurde.

Der Anblick der winzigen Gestalt unter dem Tuch schnürte Samantha augenblicklich die Luft ab und sie bemühte sich, ihren Blick zunächst auf den Schreibtisch zu lenken, auf dem neben einem Computer, den duftenden Kerzen und dem Räucherwerk etliche private Bilder und Schreibtischutensilien aufgereiht waren.

»Mein Büro und Arbeitszimmer in einem. Die Räucherstäbchen halten meine Kollegen für eine Marotte«, kommentierte Sue die glühenden Stäbe, die einen leichten Salbeiduft verströmten. »Andere behaupten, ich würde damit nur böse Geister vertreiben. Beides stimmt«, sagte sie mit einem Lächeln. »Aber hauptsächlich entzünde ich Kerzen und Räucherstäbe, weil ich mich selbst nicht zu tief in den Tod und seine hässlichsten Seiten hineinziehen lassen möchte. Dem dient auch meine Musikauswahl. Stört es Sie?«

»Nein, ich finde es tröstlich«, bestätigte Samantha und der Druck auf ihrem Inneren ließ nach, als leise Töne klassischer Musik erklangen. »Darf ich unser Gespräch aufzeichnen. Es ist meine erste Autopsie. Leider nicht mein erstes Opfer im Vorschulalter.«

»Natürlich. Wo waren Sie vorher?«

»In einer Abteilung für jugendliche Straftäter.«

Ein Seitenblick der Chefpathologin traf sie. »Bereit?«

»Ja, soweit man für so etwas jemals bereit sein kann.« Samantha hielt den Atem an, als Sue das Tuch anhob und den inzwischen gewaschenen, bleichen Körper entblößte.

»Janes endgültiges Gebiss ist voll ausgebildet und schon zum Teil heftig von Karies befallen.«

»Haben Sie eine Beurteilung der Wurzeldentintransparenz vorgenommen?«

»Oh, Sie kennen sich aus?«

»Ja, etwas. Aber soweit ich weiß, wird diese Untersuchung eher bei älteren Opfern zur Altersbestimmung angewendet.«

»Richtig. Bei Jane kann ich auch so schon sagen, dass sie älter ist als Ihr Schützling.«

»Wie alt?«

»Mindestens acht, eher neun.«

Samantha betrachtete die Gestalt. »Sie ist extrem dünn.«

»Ja, sie ist unterernährt. Wieso war sie eigentlich nicht in einer Kinderklinik, sondern in der Psychiatrie?«

»Das weiß ich offen gestanden nicht. Ich habe nur erfahren, dass sie kein Wort gesprochen hat, als man sie in einem leer stehenden Haus aufgegriffen hat.«

»Und dann gleich ab in die Psychiatrie?«

»Genau wie Angel. Auch sie wäre woanders besser und sicherer aufgehoben.«

»Darauf wollte ich gerade zu sprechen kommen. Sie erwähnten, dass ihr Mörder sie vermutlich nur verwechselt hat und dass sie das andere Mädchen ...«

»Angel Malone«, ergänzte Samantha. »Ich war da, um sie zu befragen, wobei das der falsche Ausdruck ist. Ich wollte erst einmal versuchen, eine Verbindung zu ihr aufzubauen. Sie spricht nicht, ist extrem traumatisiert.«

»Kein Wunder«, murmelte Sue. »Ich kenne den Fall. Aber worauf ich hinauswollte, ist das Aussehen der Mädchen. Nachdem Sie beide gesehen haben, würden Sie sagen, dass eine Verwechslung trotz des tatsächlichen Altersunterschiedes glaubhaft ist?«

Samantha nickte. »Ja. Hinzu kommen diese verräterischen Namensschilder an den Türen, die beide als Jane Doe auswiesen. Wenn der Mörder die kleine Angel nicht persönlich oder nur vage gekannt hat, ist eine Verwechslung glaubhaft. Beide Mädchen haben wilde, dunkle Locken ... Moment mal, welche Augenfarbe hat Jane?«

»Warum fragen Sie?«

»Angel hat auffallend blaue Augen, was bei dunkelhaarigen Menschen recht ungewöhnlich ist.«

Sue blickte auf. »Dann haben wir noch eine Übereinstimmung.« Sie richtete die Lampe auf die Gesichtspartie und wies auf die geschlossenen Augen. »Janes Augen sind jetzt nicht mehr blau, aber sie waren es. Nach Eintreten des Todes verändert sich die Augenfarbe, blaue Augen werden binnen weniger Stunden dunkel. In Janes Fall wurden bei der ersten Untersuchung am Tatort Fotos gemacht.«

»Sie waren tatsächlich auch blau?«

»Ja, warten Sie, ich habe die Fotos noch auf meinem Schreibtisch.«

Inzwischen hatte Samantha jedes Zeitgefühl verloren und war froh, dass sie die sachlichen Ausführungen während der Obduktion aufgezeichnet hatte, da ihre Gedanken immer wieder weggedriftet waren von diesem toten Mädchen zu Angel, der dieser entsetzliche Tod zugedacht gewesen war.

»Todesursache war vermutlich der Stich ins Herz, die tiefen Stichwunden in den Hals, wurden ihr zuvor beigebracht, vermutlich um zu verhindern, dass sie schrie«, erläuterte Sue indessen ihre Ergebnisse. »Nach den Berichten meines Teams vor Ort, gehe ich davon aus, dass ihr Mörder entweder Schutzkleidung getragen hat, die er abgestreift hat, bevor er den Tatort wieder verließ, oder er hatte Kleidung zum Wechseln dabei. Die Verletzungen, die er Jane zugefügt hat, haben Blutspuren hinterlassen, nicht nur auf den Wänden und dem Boden der Kammer, sondern auch auf dem Angreifer.«

»Können Sie mir in etwa den Todeszeitpunkt sagen?«

»Die Leichenstarre hatte noch nicht eingesetzt, als man sie fand.«

»Demnach lag der Todeszeitpunkt nur ein oder zwei Stunden zurück?«

»Eher eine knappe Stunde, berücksichtigt man, in welchem erbärmlichen Zustand das Mädchen in der Klinik eingeliefert worden war. Sie war laut Krankenakte dehydriert, halb verhungert und in einem desaströsen hygienischen Zustand.« Sue wies auf einige Verkrustungen an dem abgemagerten Körper. »Diese kleinen Wunden stammen vermutlich von Rattenbissen.«

Samanthas Blick wanderte von dem Körper zu dem Gesicht des Mädchens. »Zu dem Zeitpunkt war ich bereits in der Klinik«, sagte sie fast tonlos. »Während ich mit der Therapeutin darum rang, endlich zu Angel vorgelassen zu werden, war Janes Mörder vermutlich noch im Haus.« Sie blickte auf ihre Hände, die in Schutzhandschuhen steckten, und griff zögernd zu dem Wust dunkler Locken, der das inzwischen blaugraue Gesicht umrahmte. »Sie hat wirklich die gleichen Haare wie Angel. Fast borstige Locken.«

Sue warf ihr einen nachdenklichen Blick zu. »Ich habe Janes Haare untersucht. Wussten Sie, dass es neben anderen spezifischen Rassemerkmalen, eine weitere recht zuverlässige Form der Herkunftsforschung gibt?«

»Die Haare?«

»Ja, grob umrissen, gibt es drei ethnische Haartypen. Mein Haar gehört zum mongoliden, also asiatischen Typ, das unterm Mikroskop eine runde Form aufweist und dunkelbraun bis schwarz ist mit einem Durchmesser von 0,09 Millimetern. Ihr Haar ist leicht dem europäisch-skandinavischen Typ zuzuordnen, es ist oval und meist hell bis zu dunkleren Brauntönen. Und jetzt sehen Sie sich Janes schwer zu bändigende Mähne an.«

»Mexikanerin, Spanierin?«

»Nein, obwohl ich das zuerst auch dachte. Janes Haare sind zwar nicht ganz so heftig gekraust wie das Haar der

Schwarzamerikaner, aber es weist eine Mischform auf, geformt wie ein Band und entsprechend gekrümmt.«

»Latinos haben doch auch oft krauses dunkles Haar?«

Sue nickte. »Der Unterschied zeigt sich unterm Mikroskop. Latinohaare sind gut vergleichbar mit europäischem Haar, oval geformt und oft auch lockig bis sehr kraus. Aber unsere Jane hatte vermutlich auch afrikanische Wurzeln, obwohl sie eine helle Hautfarbe, ja sogar blaue Augen hatte. Aber sehen Sie Ihre Lippenform an, die kräftigen Brauen, lange dunkle Wimpern ...«

»Heißt das, sie hat afrikanische Vorfahren?«

»Zumindest in der Ahnenlinie, ja, da bin ich ziemlich sicher, auch wenn noch einige aufwändigere Tests ausstehen, die ich schon beauftragt habe. Ich würde diesem kleinen Mädchen gern seinen richtigen Namen geben, wenigstens das.« Sue strich über die ausgebreiteten Haare, die wie ein dunkler Kranz ein viel zu schmales Gesicht umrahmten. »Sie war eine Schönheit oder hätte zu einer heranwachsen können«, sagte sie leise.

»Genau wie die kleine Angel.«

»Haben Sie ein Foto von ihr?«

»Ja, da ich heute Abend die Akte noch mal studieren wollte, habe ich Bilder dabei, zusammen mit einigen Fotos, die unsere Leute bei der Durchsuchung der Wohnung gesichert haben.« Sie griff in ihre Tasche, entnahm ihr neben den Tatortfotos einige ältere Aufnahmen von Angel aus dem Wohnhaus. Sie fächerte sie auf dem Schreibtisch der Pathologin auf.

Nachdenklich betrachtete Sue die Aufnahmen. »Sie haben recht, man könnte sie für Schwestern halten, was aber wenig sagt. Angel kann zum Beispiel auch Vorfahren mexikanischer Herkunft in ihrer Ahnenlinie haben.«

»Ihre ermordete Mom ist goldblond.«

»Ich weiß, die Kollegen haben sie obduziert. Ich habe die Untersuchung überwacht.«

»Hier ist sie mit ihrer Mom und ihrem Dad zu sehen, er ist tatsächlich dunkelhaarig.«

»Glattes dunkles Haar«, murmelte Sue nachdenklich. »Ist sie denn die leibliche Tochter der Malones?«

»Davon gehe ich aus. In der Akte ist nichts von einer Adoption vermerkt.«

»Haben Sie mit dem Vater gesprochen?«

»Nein, wir konnten ihn bisher nicht erreichen, er scheint verreist zu sein.«

»Er weiß demnach noch nichts von der Tragödie?«

»Nein. Aber Captain Jefferson sucht nicht mal aktiv nach ihm, sie haben ja ihren Täter gefasst. Den vermeintlichen Täter«, fügte sie hinzu.

»Captain Jefferson, aha.«

»Sie scheinen sich nicht zu mögen.«

Sue verzog das Gesicht. »Ist nichts Persönliches. Der Captain hat es nicht so mit Frauen im Berufsleben. Wenn sie zudem nicht blond, brünett und weiß genug sind, wird es schon eng.

»Noch enger wird es wohl, wenn diese Frauen ihre Meinung vertreten.«

Sue schmunzelte. »Das Problem haben viele Männer. Mir scheint aber, je weiter südlich man strandet, desto heftiger wird es. Wenn möglich, schicke ich nur männliche Kollegen zu Jeffersons Tatorten, weshalb ich leider nicht da war, um Jane zu untersuchen.«

»Das ist nicht hilfreich«, murmelte Samantha und sah die Gerichtsmedizinerin prüfend an, während sie sich an Jeffersons Bemerkung über den des Mordes Verdächtigen erinnerte. Liam Garcia sei eine Rothaut, mit zweifelhafter Vergangenheit und Herkunft. War das eine vorgefasste rassistische Anmerkung, die Jefferson womöglich blind für alternative Tatverdächtige machte?

»Ich habe eine vielleicht ungewöhnliche Bitte«, wandte sie sich an Sue.

»Nur zu.«

»Könnten Sie Angels DNA überprüfen, ohne dass es gleich aktenkundig wird? Ich weiß, das ist auch ein Kostenfaktor, aber ich würde es notfalls aus meiner Tasche bezahlen.«

Sue sah sie eindringlich an. »Sie werden sich in dieser Truppe keine Freunde machen.«

»Schon gut, vergessen Sie es«, winkte Samantha ab.

»Stopp, Samantha, ich habe nicht Nein gesagt. Ich mach ein paar Überstunden im Labor, dann ist niemand involviert. Aber ich brauche Haarproben, eine Zahnbürste, einen Abstrich. Proben der Mutter haben wir hier. Was Sie neben den Proben von Angel besorgen müssten, sind Haare, ein Speichelabstrich, Hautschüppchen oder anderes vom Vater. Vielleicht eine Zahnbürste oder am Körper getragene Wäsche. Aber diese Untersuchung müssten wir offiziell wiederholen, wenn es dafür einen triftigen Grund gäbe.«

»Verstehe, ich kümmere mich darum.«

»Wofür brauchen Sie das?« Sue sah sie aufmerksam an.

»Ich suche ein Mordmotiv oder zumindest einen triftigen Grund dafür, dass wir auch in anderen Richtungen ermitteln. Ich mag es nicht, wenn Ermittlungen nach dem Prinzip erfolgen: Hier ist der mögliche Täter und jetzt fahnden wir nach allem, was diese Behauptung stützt, und übersehen, was daran zweifeln lässt.«

Sue seufzte. »Das Prinzip kenne ich zu gut. Hin und wieder schwappen diese Methoden zu uns rüber, dann bin ich froh, dass Körper niemals lügen. Das können nur die Menschen, die bewusst falsch interpretieren oder schlampig untersuchen.«

»Ja, und nur die Lebenden kann man manipulieren«, murmelte Samantha und dachte an die geplante Gegenüberstellung, auf die sie eine Sechsjährige vorbereiten sollte. Nach kurzem Zögern erzählte sie Sue davon.

»Und Sie denken, Liam Garcia war es nicht?«

»Schwer zu sagen. Aber Garcia passt zu gut in ein Wunschtäterprofil, als dass ich wegsehen könnte. Er hat indianische Wurzeln und wurde mit dem Blut des Opfers aufgegriffen. Allerdings hat man ihn vor der Verhaftung fast totgeschlagen.«

Ein leichtes Schmunzeln verbreitete sich auf Sues Gesicht. »Man hat Sie wohl unterschätzt in ihrer neuen Abteilung. Aber seien Sie auf der Hut. Die Jungs sind nicht zimperlich, wenn man sich einfachen Lösungen entgegenstellt. Überprüfen Sie alles dreifach und sichern Sie sich ab, bevor Sie damit nach oben gehen.«

»Danke.«

»Nicht dafür. Wenn Angel tatsächlich das Ziel war, unterstütze ich Sie bei allem. Ich möchte kein weiteres Kind auf meinem Tisch liegen haben.«

Samantha nickte ihr zu. »Ich tue was ich kann, um das zu verhindern.

»Schön, Sie kennengelernt zu haben, Samantha.« Sue zögerte kurz, dann zog sie eine Schublade auf und entnahm ihr ein Visitenkärtchen, auf das sie eine Nummer kritzelte. »Meine private Handynummer, wenn Sie noch Fragen haben oder Ihnen mal nach einem Drink ist.«

DREISSIG

Haarspalterei

DETECTIVE SAMANTHA PIERCE

Phoenix, Arizona 2013

»Haben Sie die kleine Malone endlich so weit?« Captain Jefferson erwischte sie auf dem Flur, nachdem sie in der Asservatenkammer nach Gary Malones Haarproben oder Kleidungsstücken gesucht hatte, die für einen DNA-Test und -Abgleich taugten. Zahnbürsten und Haarbürsten, die im Haus der Familie gesichert worden waren, hatte sie bereits aus den jeweiligen beschrifteten Kartons ausgeliehen, in der Absicht, sie später wieder zurückzubringen.

Offenbar hatte niemand im Ermittlungsteam daran gedacht, diese näher zu untersuchen. Wieso nicht?

Captain Jeffersons ungeduldige Nachfrage verschärfte ihr Misstrauen.

»Was ist, worüber grübeln Sie?«, fragte er, als sie sich Zeit ließ mit der Antwort.

Sie winkte ab. »So einfach ist das nicht, ich muss erst einmal dafür sorgen, dass Angel mir vertraut und überhaupt etwas sagt.«

Jefferson schnaubte. »Wenn mich dieser Drachen, der sie bewacht, vorgelassen hätte, dann hätte ich meine Antworten. Verdammt noch mal, es kann doch nicht so schwer sein, ein kleines Mädchen dazu zu bringen, mit dem Finger auf den Mörder seiner Mutter zu zeigen. Dazu muss es keinen Ton sagen.«

Samantha blickte ihn an. War das sein Ernst?

Besser, sie sprach es nicht aus, versuchte weiter auf eigene Faust das Richtige zu tun.

Sie setzte ein zuversichtliches Lächeln auf. »Ich habe heute Nachmittag einen weiteren Termin mit Angel Malone und gebe mein Bestes«, sagte sie schließlich. »Aber versprechen kann ich nichts.«

Jefferson schwieg, wartete ab.

Geschickt, schoss es Samantha durch den Kopf. Damit erhöhte er den Druck auf sie. Nur dass sie sich davon nicht beeindrucken ließ. Sie hielt seinem Blick stand, verwies ihn auf den Mord an Angels Doppelgängerin und wechselte so das Thema.

»Captain, ich sorge mich wirklich um die Sicherheit der Kleinen. Der oder die Täter oder Mitwisser scheinen erstens noch auf freiem Fuß zu sein und zweitens auch über exzellente Verbindungen zu verfügen.«

»Was wollen Sie damit sagen?«

»Da hat jemand ordentlich Schiss davor, dass unsere Zeugin den Finger auf die Person richtet, die womöglich Garcia niedergeschlagen und ihre Doppelgängerin zum Schweigen gebracht hat. Nur dass Angel noch lebt ... und dieser Jemand kann unmöglich Ihr Verdächtiger Garcia sein. Dem haben Sie Ketten und ein absolut wasserdichtes Alibi verpasst. Wir müssen wirklich gut auf unsere Zeugin aufpassen.«

»Na sie hat doch jetzt ihren Bodyguard und wird rund um die Uhr überwacht.«

»Und was ist mit Liam Garcia? Er ist womöglich auch nur ein Zeuge und kein Täter.«

»Na, dann ist es ja gut, dass er hinter Gittern ist«, spie Jefferson aus, wobei wenige Tropfen Speichel durch die Gegend schossen.

»Captain, ich will nur nicht, dass wir etwas übersehen,

das fällt auf uns alle zurück«, versuchte Samantha ihn zu besänftigen.

Jefferson musterte sie, schien zu überlegen.

»Sie halten Garcia allen Ernstes für ein unschuldiges Opfer?«

»Ich weiß nicht, was er ist, Captain. Ich weiß nur, dass wir etliche Ungereimtheiten und auch Unbekannte auf dem Feld haben, die wir auflösen und entlarven sollten, ehe es noch mehr unschuldige Opfer gibt.«

Jefferson holte Luft, setzte zum Sprechen an.

Samantha kam im zuvor. »Was ist mit Angels Vater, dem Ehemann der Ermordeten? Ist er inzwischen gefunden worden?«

»Gary Malone?«

»Ja, er wird doch gesucht, oder?«

»Er war zum Tatzeitpunkt nicht mal in der Stadt.«

»Ist das nachgewiesen?«

Jefferson warf ihr einen scharfen Blick zu. »Wollen Sie mir allen Ernstes sagen, wie ich meine Ermittlungen zu führen habe, Detective?«

»Natürlich nicht, Sir«, beteuerte Samantha und nickte ihm knapp zu, bevor sie sich davonmachte.

»Ach noch eins, Samantha«, rief Jefferson ihr nach.

Sie wandte sich um. »Captain?«

»Enttäuschen Sie mich nicht, uns rennt die Zeit davon.«

»Wann haben Sie die Gegenüberstellung geplant?«

»Sie haben noch drei Tage.«

»Wie lange wird es dauern, bis die DNA-Ergebnisse verfügbar sind?«, fragte Samantha die Gerichtsmedizinerin, nachdem sie ihr die Proben überreicht hatte.

»Ich versuch, es dazwischen zu schieben«, versprach Sue und sah sie aufmerksam an. »Sie wirken nervös.«

»Verärgert und beunruhigt trifft es eher«, gestand

Samantha. »Der Captain macht Druck bezüglich der Identifizierung seines Verhafteten durch Angel Malone.«

»Verstehe. Und deshalb brauchen Sie meine Ergebnisse rasch, weil Sie meinen, man müsse nach alternativen Tätern und Tatmotiven forschen.«

Samantha stieß die Luft aus. »Kommt hin. Wenn ich eins gelernt habe in meiner früheren Abteilung, dann dies: Die meisten Gewalttaten und Übergriffe passieren innerhalb der Familie und die Motive sind auch dort zu finden.«

»Und Jefferson sucht nicht mal in dieser Richtung?«

»Nein.«

Sue nickte verbissen. »Würde es sich bei dem Opfer um eine Latina, eine Asiatin oder eine Schwarze handeln, hätte er Himmel und Hölle in Bewegung gesetzt, um die Familie des Opfers dafür zur Verantwortung zu ziehen.« Sie blickte Samantha an. »Aber hüten Sie sich besser, derlei allzu offen zu äußern oder gar Kritik an dem mächtigen Captain zu üben, das nimmt er mehr als persönlich.«

»Zu spät«, gestand Samantha. »Meine Diplomatie hört da auf, wo Kollegen oder Vorgesetzte mit ihrem Sturkopf Menschenleben gefährden statt sie zu schützen. Aber so lange ich nichts Konkretes vorweisen kann, wird er seinen Kurs beibehalten. Er hat seinen Täter. Braucht nur eine Zeugenaussage oder sein Geständnis und Klappe zu für Garcia, während die wahren Täter auf freiem Fuß bleiben. Und das macht mir mehr Angst als ein Rüffel meines Captains.«

»Schon mal darüber nachgedacht, dass Sie woanders mehr bewirken könnten?«

Samantha zuckte mit den Schultern. »Ich lasse ungern Ungelöstes hinter mir.«

»Na gut, dann will ich mal mithelfen. Ich beeil mich mit den Untersuchungen und melde mich«, versprach Sue. »Ach ja, ein Untersuchungsergebnis habe ich bereits. Meine Vermutung, dass Jane afrikanische Vorfahren hatte, ist bestätigt. Ihre DNA ist eindeutig. Damit ist zumindest die ethnische Herkunft des unbekannten ermordeten Mädchens offiziell festgestellt. Sie ist ein wunderschönes Mischlingsmädchen, das leider nie hat aufblühen dürfen, wie so viele.«

Samantha sah sie betroffen an, spürte, wie ein Kloß sich in ihrem Hals verdickte. Wenn es um Kinder ging, war sie nie die taffe Ermittlerin gewesen, sie hatte lediglich gelernt, dies zu verbergen. Bei Sue, die ihr gegenüber so offen war, fiel ihr das schwer.

»Es ist kaum auszuhalten«, sagte die Ältere und drückte kurz ihre Hand. »Ich denke, Janes Schicksal ist sogar typisch für mittellose Straßenkids, um die sich keiner schert. Farbige und Mischlingskinder werden nicht mal in Einrichtungen der Jugendhilfe gut betreut. Da ist der Süden unseres so gelobten Landes, in das so viele strömen, um ein besseres Leben zu führen, eine schlechte Wahl.«

»Auch für Fremde, die das Pech haben, unseren Cops am falschen Ort zur falschen Zeit über den Weg zu laufen«, sagte Samantha leise, das Bild von Liam Garcia vor Augen, dessen Gesichtszüge sein indianisches Erbe zeigten.

Sue blickte sie stumm nickend an.

EINUNDDREISSIG

Der ideale Täter

CAPTAIN BILL JEFFERSON,

Phoenix, Arizona 2013

Jeffersons ohnehin leicht gerötetes Gesicht hatte inzwischen eine ungesunde Farbe angenommen. Kurzum, er kochte und seine Leute gingen ihm aus dem Weg.

»Wo ist Detective Pierce schon wieder?« bellte er mit vorgestrecktem Kopf in Blacks und Andersons Doppelbüro.

»Termin in der Kinderpsychiatrie«, antwortete Black und vertiefte sich wieder in seine Unterlagen.

Anderson hingegen sprang auf. Seine Haltung erinnerte an einen militärischen Gruß und ebenso unterwürfig klang auch seine hastig hervorgestoßene Erklärung: »Sir, wenn Sie erlauben, ich denke, die Neue ist zu unerfahren, um das Mädchen gebührend auf die Gegenüberstellung vorzubereiten.«

Jefferson schnellte zu ihm herum. »Wollen Sie andeuten, dass Sie das besser hinkriegen, Officer?«

»Mit Verlaub, ja, Sir.«

Jeffersons bellendes Lachen ließ ihn zusammenzucken.

»Lassen Sie es gut sein, Anderson. Und kriegen Sie bloß keinen Höhenflug, weil Garcia Ihnen und Black geradezu in die Arme gelaufen ist.«

»Die Sache war glasklar«, erwiderte Anderson. »Wenn er die Malone nicht umgebracht hat ...«

»Schon klar, dann fressen Sie den Besen, wie alle Klugscheißer. Aber ich sag Ihnen was: Solange Garcia nicht gesteht oder eindeutig identifiziert wurde, haben wir zu wenig.«

»Opferblut lügt nie, und das hatte er an seinen Händen.«

»Ja, ja«, grummelte Jefferson. »Aber da waren ja wohl noch andere Spuren. Was war das überhaupt mit dem Spruch an der Wand oberhalb der Leiche?«

»Ach das Geschmiere ...« Anderson winkte ab.

»Von dem Sie nicht mal eine Aufnahme gemacht haben. Ich hab es erst jetzt in den Unterlagen der Gerichtsmediziner entdeckt. Das können wir nicht unter den Tisch fallen lassen. Finden Sie gefälligst eine Erklärung dafür.«

»Wir sind dran«, grummelte Black und tauschte mit Anderson einen Blick.

Jefferson nickte. »Sehen Sie zu, dass Sie die Sache wasserdicht bekommen. Andernfalls hängt alles davon ab, ob er gesteht.«

»Redet er sich etwa immer noch mit Gedächtnisverlust heraus?«

»Ja.« Jeffersons Blick war stechend, als er die beiden Officers ins Visier nahm. »Aber vielleicht haben Sie beide Schlaumeier ja eine Idee, wie Sie den Mann zum Reden und Erinnern bringen? Was ist? Vorschläge?«

»Wir knöpfen ihn uns noch mal vor«, versprach Anderson, der immer noch stramm stand. »Wär nicht das erste Mal, dass wir einen sturen Täter zum Singen bringen.«

Black nickte, schien aber eher unentschlossen. »Was ist mit der kleinen Zeugin? Sollen wir nicht doch versuchen, auch mal mit ihr zu reden?«

»Zwecklos, Dr. Brown hat sogar mich abgewiesen. Die ist wie ein verfluchter Terrier und droht im Zweifelsfall mit Klagen, das können wir uns nicht leisten. Überlassen wir das Samantha, sie ist dafür ausgebildet.«

»Ja ja, unsere neue Superwoman mit dem feinen Doktortitel«, grummelte Black.

»Die schläft doch noch mit dem Lehrbuch für ein erfolgreiches Verhör unterm Kopfkissen«, fiel Anderson ein, der sich langsam entspannte und in Blacks Grinsen einfiel.

»Gebt der Kleinen eine Chance. Ihr habt doch auch mal angefangen«, meinte Jefferson gönnerhaft.

»Klar doch. Die kleine Überfliegerin macht das schon«, lästerte Anderson und ließ sich endlich wieder in seinen Stuhl fallen. »Ich habe sie gegoogelt und ein paar Einträge von Kommilitonen gelesen. Offenbar war sie eine richtige Streberin. Da können wir uns glücklich schätzen, sie an unserer Seite zu wissen.«

»Sagt wer?«, fragte Black.

»Unser oberster Dienstherr, Major Briggs, anlässlich einer Rede, in der er die Erfolge unseres Departements aufgezählt und versichert hat, dass wir mit der Einstellung von Detective Pierce endlich auch eine der besten Profilerinnen und Kriminalpsychologinnen im Team hätten.«

»Dann kann doch nichts mehr schiefgehen«, setzte Anderson seine Lästerei fort. »Wir fangen böse Buben wie unseren etwas zu rot geratenen Liam Garcia und Samantha Pierce sorgt dafür, dass sie auch da bleiben, wo wir sie hingebracht haben. Hinter Gittern oder in der Giftspritze endend.«

Jeffersons Laune besserte sich zusehends. Das waren seine Männer. Aber er kannte auch seine Rolle. Jetzt war es an ihm, auch mal wieder den neutralen Vorgesetzten zu mimen, so gern er in das Geläster eingestimmt hätte. Gekünstelt schüttelte er den Kopf. »Keine Vorverurteilungen, Jungs«, verfiel er zumindest in einen vertraulicheren Tonfall. »Lasst so einen Scheiß bloß nicht in der Öffentlichkeit ab. Und kein Wort darüber, dass er eine verdammte Rothaut ist.«

»Brauchen wir nicht zu sagen, das sieht ein Blinder. Und wer weiß, wie viel Dreck schon seine Erzeuger am Stecken hatten. Die haben das Kerlchen ja gleich entsorgt«, ergänzte Anderson.

»Richtig. Wie weit seid ihr mit euren Recherchen?«

»Sieht verdächtig genug aus«, fiel Black ein. »Garcia ist in Heimen aufgewachsen. Nicht nur in einem, scheint wohl ein ziemlich aufmüpfiges Kerlchen gewesen zu sein.«

»Bleibt dran, Jungs. Findet jeden schwarzen Fleck, den er auf seiner Weste hat. Und wenn es nur das Übertreten einer Geschwindigkeitsbegrenzung war. Das wiegt, aber haltet euch zurück mit Bemerkungen über seine ethnische Herkunft.«

»Verstanden, wir sind doch keine Rassisten.«

»Wir verstehen uns«, sagte Jefferson, klopfte mit den Knöcheln kurz auf den Schreibtisch seiner Officers. »Seht zu, dass das alles hieb- und stichfest ist.«

»Also doch keine Fahndung nach weiteren möglichen Verdächtigen, nach Mittätern, keine Verhöre von Familienangehörigen, wie unsere oberschlaue Neue beim Teamgespräch gefordert hat?«

»Umhören solltet ihr euch schon. In den Ermittlungsakten macht es sich besser, wenn wir das nicht vernachlässigen. Aber verschwendet darauf nicht allzu viel Zeit und Ressourcen. Haben wir uns verstanden.«

»Ja, Sir«, bestätigte Anderson.

»Schon klar, wie immer«, nuschelte Black nach einem Schluck Kaffee, der längst kalt war. Angewidert verzog er das Gesicht. »Kriegen wir eigentlich mal eine gescheite Kaffeemaschine? Das Gesöff aus dem alten Automaten schmeckt kalt ekelhafter als Spülwasser.«

Jefferson grinste. »Wenn unsere Erfolgsquote weiter dermaßen positiv ist, bekommen wir auch die bewilligt.«

»Wozu noch mehr Zeit und Ressourcen verschwenden?« Black sah zur Tür, durch die Jefferson vor zwei Minuten verschwunden war. »Wenn wir erst mal sein Geständnis haben, reichen unsere Indizien locker.«

Anderson nickte entschlossen. »Dann los! Holen wir es uns und ersparen wir uns eine Menge Ärger und Überstunden.«

»Was für Ärger?«

»Willst du dich etwa mit den Malones anlegen? Ernsthaft?«

ZWEIUNDDREISSIG

Die Zeugin

DETECTIVE SAMANTHA PIERCE

Phoenix, Arizona 2013

»Officer Black, Sie sind doch Vater von zwei kleinen Mädchen. Worüber würden die sich freuen?«

»Gehts um unsere Zeugin, die kleine Malone?«

»Ja, ich habe heute eine weitere Besuchszeit bei Dr. Brown durchsetzen können und würde ihr gerne etwas schenken.«

»Mmh ... wie wärs mit einer Barbiepuppe? Die passt immer. Oder ein Malbuch, darauf fährt unsere Kleinste total ab. Paar Buntstifte dazu und sie ist erst mal beschäftigt. Aber machen Sie sich mal keine großen Hoffnungen.«

»Inwiefern?«

»Sie wird kaum den Täter zeichnen. Selbst wenn sie es schafft, den Unterschied zwischen einem Kind und einem Erwachsenen herauszuarbeiten, werden ihre Zeichnungen noch stark an Strichmännchen erinnern.«

»Danke, Henry, Sie haben mich da auf eine sehr gute Idee gebracht. Manchmal können auch Kinderzeichnungen Details und Unterschiede aufzeigen. Ich werde es versuchen.«

»Wenn es weiter nichts ist«, brummelte Black und warf

ihr einen Blick zu, den Samantha unter anderen Umständen als freundlich-kollegial gedeutet hätte.

Aber bis die Officers sie als Teammitglied akzeptierten, würde wohl noch Zeit vergehen. Einzig Henry Black war in den letzten Tagen etwas aufgetaut und sie hoffte, dass der Familienvater am ehesten seine starre Haltung aufgeben würde.

Als sie sich an der Tür noch einmal umdrehte, fing sie seinen Blick auf.

»Viel Erfolg, Samantha.«

»Danke, Henry«, entgegnete sie lächelnd, war aber in Gedanken bereits wieder bei Angel, deren abwesender Blick sich in ihr eingebrannt hatte. Bisher hatte die Kleine kaum auf ihre Anwesenheit reagiert, hatte nur ins Leere geschaut, als sei auch von ihr nur noch eine Hülle übrig.

Dass sie dem unbekannten Mädchen, das vermutlich an ihrer Stelle ermordet worden war, ähnlich sah, beschäftigte Samantha weiterhin. Die Suche nach der Identität der ermordeten Jane war auch nach Abschluss aller Tests, bislang erfolglos geblieben. Es schien fast, als sei Jane nur aufgetaucht, um an Angels Stelle ermordet zu werden, was natürlich Unsinn war. Aber weder Samantha noch Sue hatten eine Idee, wie und wo sie noch weitersuchen könnten.

In Gedanken versunken drehte Samantha das in pinkfarbenes Papier eingeschlagene Päckchen, das sie Angel schenken wollte, in ihren Händen und versuchte, sich mental auf das neuerliche Zusammentreffen mit der Kleinen vorzubereiten.

Die Idee mit der Zaubertafel machte ihr Hoffnung, nachdem sie Angel schon einige Male beobachtet hatte, wie sie auf dem Papier, das Dr. Brown ihr dagelassen hatte, Figuren gezeichnet hatte. Meist hatte sie die Zeichnungen vor ihr versteckt. Doch einige Male hatte sie einen Blick darauf werfen können. Das Motiv schien immer wieder das Gleiche zu sein. Eine dunkle, hochgewachsene Gestalt.

War das vielleicht sogar der Täter?

Zimmer dreihundertsiebzehn im dritten Stock, hatte die Empfangsdame ihr mitgeteilt, als sie nach Emma Smith, so Angels neuer Pseudoname, gefragt hatte. »Sie wissen ja Bescheid«, hatte sie nach einem Blick in die Besucherlisten leise hinzugefügt. »Sie müssen sich bei dem Cop in Zivil ausweisen.«

Samantha kannte natürlich den Namen des Cops, der im Moment Dienst hatte. Peter James war ein im Personenschutz geschulter Officer, dem sie von ihrem Handy aus eine Nachricht schrieb.

Ich bin in der Klinik und auf dem Weg nach oben.

Samantha Pierce

»Ich habe Emma eben das Mittagessen reingebracht«, empfing sie der junge Officer. »Sie hat es nicht mal angerührt.«

»Danke, Peter, könnten Sie mich dann reinlassen?«

»Ehm, ich muss das Päckchen erst untersuchen. Darf ich noch mal Ihren Ausweis sehen?«

Lächelnd reichte Samantha ihm beides. Die Anweisung, so penibel vorzugehen, stammte von ihr. »Ist ein Zauberbuch, auf dem sie endlos malen und alles wieder wegwischen kann.«

Peter sah es sich an. »Meine kleine Nichte hat auch so eins, ist ganz verrückt danach.«

Immer noch lächelnd, wartete Samantha geduldig ab, als Peter versuchte, das Geschenk wieder einzupacken. Schließlich nahm sie es ihm ab. »Ich denke, es geht auch so. Ich zeig ihr einfach, wie es funktioniert. Vielleicht wird sie ja neugierig und interessiert sich dafür.«

»Viel Erfolg«, wünschte Peter ihr und öffnete die Tür, um sie ins Innere zu lassen.

Samantha hörte, wie hinter ihr die Tür leise ins Schloss fiel und näherte sich langsam dem kleinen Kindertisch, an dem Angel in einem rosafarbenen Schlafanzug saß. Nach ihrem letzten Besuch hatte sie ihr einige ihrer eigenen Anziehsachen mitgebracht, der Schlafanzug war dabei gewesen.

»Hallo Angel, da bin ich wieder«, sagte sie leise. »Erinnerst du dich? Ich war schon ein paar Mal bei dir. Ich bin Samantha.«

Stumm drehte sich Angel zu ihr um, starrte sie nur an.

»Darf ich?«, fragte Samantha und setzte sich auf den zweiten Stuhl vor dem Tisch, auf dem Angels Mittagessen noch unberührt stand. *Warum habe ich ihr nicht auch was zum Naschen oder wenigstens etwas Obst mitgebracht?*, ärgerte sie sich angesichts der lieblos angerichteten Platte, auf der das zerkochte Gemüse in einer wässrigen Soße mit Fettaugen schwamm. Der Klecks Kartoffelpüree hatte eine leicht grünliche Farbe, was von dem Gemüse kommen mochte. Dazu schwammen drei Fleischklößchen in dem Gemisch.

»Oje, was ist das denn? Das sieht aus wie schon mal gegessen«, rutschte es ihr raus und sie erschrak, als Angel plötzlich den Mund verzog, als müsse sie weinen.

Aber dann sah sie, dass sie kicherte.

»Hast du den blöden Spruch schon mal gehört, Angel?«

Sie nickte. »Das haben die Männer in der Wüste gesagt, wenn das Essen wie Kacka aussah.«

»Warst du oft da? In der Wüste?«

Angel schüttelte den Kopf. »Mom will das nicht ...« Ein Schluchzen erschütterte den kleinen Körper.

Samantha streichelte sanft ihre bebende Schulter, bis sie schniefend hochsah, als würde sie auf etwas warten.

»Ich habe eine Idee, Angel. Wir lassen dieses Kacka-Essen einfach stehen und bestellen was ganz Leckeres

Magst du Kakao mit Marshmallows? Und Kuchen dazu? Schokomuffins oder doch lieber mit Beeren?«

Noch immer schniefend nickte Angel.

Samantha holte ihr Handy heraus und gab die Bestellung an einen Lieferdienst auf.

»Kommt gleich«, versprach sie lächelnd und fischte ein Taschentuch aus ihrer Mappe.

»Mom soll es mir bringen«, nuschelte Angel kaum hörbar.

»Deine Mom kann nicht kommen, Angel«, erklärte Samantha ebenso leise.

»Ist sie noch krank?«

Samantha nickte. »Ja, deshalb bin ich hier. Deine Mom will bestimmt, dass jemand sich um dich kümmert und dafür sorgt, dass du nicht so traurig bist.

Angel nickte ernst.

»Bleibst du bei mir?«

»Ja, ich bleib noch bei dir und ich besuch dich ganz oft.«

»Bleib da, ich hab Angst ...«

»Vor wem, meine Kleine?«

Angel schüttelte den Kopf.

»Vor dem dunklen Mann, den du gezeichnet hast? Fürchtest du dich vor ihm?«

Wieder schüttelte sie den Kopf.

»Hat er euch wehgetan und dir Angst gemacht?«

Angel rührte sich nicht, senkte nur den Blick.

Auch eine halbe Stunde später, nachdem der Kakao und einige bunt dekorierte Muffins vom Lieferdienst abgegeben worden waren, hatte Angel kein Wort mehr über den dunklen Mann verloren. Jedes Mal, wenn Samantha begann, Fragen zu stellen, wich die Kleine ihr aus.

Nur auf der magischen Maltafel zeichnete sie weitere Figuren. Zuerst konnte Samantha wenig erkennen. Doch irgendwann zeichnete Angel zwei große dunkle Gestalten, ähnlich der Figur, die sie auf früheren Zeichnungen gesehen hatte. Doch wieder wischte sie die Zeichnung weg, als Samantha darauf deutete und wissen wollte, wer das sei.

Es klopfte an der Tür.

»Er ist weggelaufen«, nuschelte Angel mit vollem Mund. »Einfach weggelaufen.«

»Genug für heute«, unterbrach Dr. Brown ins Zimmer tretend. »Was ist das denn für eine Sauerei?«, kommentierte sie die Krümel, die überall auf dem Tisch verbreitet waren, und beäugte misstrauisch die Platte, auf der noch die Reste der Muffins und zwei große leere Becher standen. »Na wenigstens hat sie was gegessen«, meinte sie mit einem Seufzer.

»Noch eine Minute, bitte«, flehte Samantha.

Schnaubend blieb Dr. Brown im Zimmer stehen. Tippte auf ihre Uhr.

»Angel, hat der dunkle Mann deiner Mama wehgetan?«, fragte Samantha leise.

»Er hat Mom nicht heil gemacht ...«

Angels Mund verzog sich, schniefend wischte sie sich Tränen und Rotz mit einer Handbewegung ab und blickte nach unten.

Dr. Brown suchte Samanthas Blick »Das war genug für heute, gehen Sie besser.«

Samantha stoppte sie mit einer Handbewegung, umfasste die zuckenden Schultern der Kleinen. »Darf ich morgen wiederkommen, Angel?«

Sie nickte, ohne aufzusehen.

»Malst du mir dann noch ein Bild?« Sie wies auf das magische Malbrettchen. »Und nicht wegwischen, bevor ich da bin, ja?«

Wieder nickte Angel stumm.

»Ich freu mich schon darauf und bring dir wieder was mit, okay?«

Dieses Mal blickte Angel mit tränennassen Augen auf.

»Bringst du Mom mit …? Ich will meine Mom …« Ihre Worte gingen in ein Schluchzen über.

Samantha warf Dr. Brown einen flehenden Blick zu. »Nur noch ein paar Minuten, bitte.«

»Nicht heute«, lehnte sie ab. »Kommen Sie morgen wieder. Und jetzt gehen Sie!«

Im Auto angekommen, notierte sich Samantha die Worte, die sich in ihr Gedächtnis eingebrannt hatten: *Er hat Mom nicht heil gemacht.*

Was bedeutete das? War der dunkle Mann hinzugekommen, nachdem Fay Malone längst niedergestochen worden war? Oder war Angel erst später hinzugekommen und hatte gar den Mörder ihrer Mutter angefleht, ihr zu helfen? Aber was war dann mit dem zweiten dunklen Mann, den sie gezeichnet und hastig weggewischt hatte?

Das Schnarren ihres Handys kündigte eine Nachricht an. Gedankenverloren griff sie danach, öffnete die App, las die Nachricht der Gerichtsmedizinerin.

Angel Malones ethnische Herkunft ist mindestens zu dreißig Prozent afrikanisch. Fay Malone ist eindeutig ihre leibliche Mutter.

Sind Sie sicher, dass die Proben von Gary Malone nicht vertauscht wurden? Er hat Latino-, aber kein afrikanisches Erbgut in seiner DNA.

DREIUNDDREISSIG

Nur eine Finte

CAPTAIN BILL JEFFERSON

Phoenix, Arizona 2013

»Wir können eine Sechsjährige, die nicht mal realisiert hat, dass ihre Mom nie mehr wiederkommt, unmöglich zu einer Gegenüberstellung in ein Gefängnis bringen. Die Kleine ist traumatisiert genug.«

»Das wird nicht nötig sein«, stoppte Jefferson sie mit einer Handbewegung. »Ich habe mit dem Richter vereinbart, dass sie das Ganze über einen Bildschirm verfolgen kann.«

Samantha nickte. »Okay. Aber ich sollte bei ihr sein und alles, was sie sieht, moderieren.«

Jefferson zog die Brauen hoch. »Hoffentlich haben Sie die Zeugin hinreichend vorbereitet. Nicht, dass wir noch Überraschungen erleben.«

»Ich habe eine Beziehung zu Angel herstellen können und es geschafft, mit ihr zu kommunizieren.«

»Aha, also ist sie in der Lage, Anweisungen zu folgen, Fragen zu beantworten, weiß, was zu tun ist?«

»So läuft das nicht, Captain. Sie ist nach wie vor traumatisiert und nicht jemand, der auf Knopfdruck funktioniert. Ich weiß nicht, wie sie reagieren wird. Was den Fall betrifft, kommuniziere ich mit ihr auch mithilfe von Zeichnungen.

Daher weiß ich, dass sie sich zwar erinnert, aber ihr Unterbewusstsein filtert noch stark. Alles, was zu schmerzhaft ist, blendet sie aus.«

»An was erinnert sie sich?«

»Da war wohl ein dunkler Mann, wenn ich ihre Zeichnungen richtig interpretiere.«

»Na also! Da haben wir es doch schon. Liam Garcia ist kein Weißer.«

»Moment, Captain. Ein kleines Kind bezeichnet oder zeichnet auch jeden dunkelhaarigen oder schwarz gekleideten als dunklen Mann.«

»Haarspalterei!«

»Nein, es beschreibt, wie Kinder die Welt wiedergeben. Aber was ich noch bemerkenswerter finde, ist, dass sie nicht ein einziges Mal gesagt hat, dass dieser Mann ihrer Mom wehgetan habe. Er sei nur weggelaufen, ohne ihre Mom heil zu machen ...«

»Heil zu machen?«

»Kinderworte, die beschreiben, dass er sie nicht gesund gemacht, sie nicht geheilt hat, wie sie es vielleicht schon mal bei einem Arztbesuch erlebt hat. Aber hören Sie sich gern die Aufzeichnungen meiner Gespräche an. Sie bleibt bei dieser Version.«

»Wenn sie alles Schreckliche ausblendet, dann betrifft das sicher auch den Mord selbst«, warf Jefferson ein. »Dann reicht es, wenn sie den dunklen Mann identifizieren kann.«

Samantha überlegte, ob sie auch etwas über den zweiten Mann, den Angel im Hintergrund dargestellt hatte, sagen sollte. »Da ist noch was«, begann sie, als Jefferson ungeduldig mit seinem Stift spielte. »Angel hat auch eine Zeichnung mit zwei Männern erstellt. Dem sollten wir nachgehen.«

»Aufgrund einer Kinderzeichnung?«

»Nein, aufgrund der Verletzung, die Garcia erlitten hat. Es steht außer Frage, dass er niedergeschlagen wurde. Die Verletzungen an seinem Kopf kann er sich kaum bei einem

Sturz zugezogen haben, wie es im Protokoll beschrieben ist. Damit ist die Annahme, dass er nicht allein am Tatort war, glaubhaft.«

»Und was sagt sie dazu?«

»Das ist seltsam, es scheint, als wolle sie zumindest einen der Männer schützen. Sie will nicht über ihn reden, zerstört die Zeichnung immer wieder, weigert sich, mich auch nur anzusehen, wenn ich danach frage. Es könnte ein Bekannter, ein Freund, ein Familienangehöriger sein.«

»Damit kommen Sie mir jetzt?«

»Nicht wirklich, Captain. Wir haben zuvor schon darüber gesprochen, dass es nötig ist, sich nicht auf Garcia als alleinigen Täter oder Tatverdächtigen festzulegen. Was ist denn nun mit dem Vater, mit der erweiterten Familie, Nachbarn, Freunden?«

Jefferson winkte ab. »Darum kümmert sich Black inzwischen. Officer Anderson brauch ich bei der Gegenüberstellung.«

»Gut, wie wird das technisch ablaufen?«

»Wir machen es wie besprochen. Angel Malone bekommt die Männer auf einem Monitor präsentiert. Sie kann alle Männer in einer Reihe ansehen, sie treten einzeln vor, drehen sich, sagen etwas. Wir werden den Raum, in dem Angel zusieht, mit Videokameras überwachen, die uns genau ihre Reaktionen wiedergeben. Während der Gegenüberstellung sind Sie mit mir verkabelt und ich gebe Ihnen Anweisungen.«

»Was ist mit Liam Garcia? Sie hatten in Aussicht gestellt, dass ich auch mit ihm sprechen kann.«

»Hatte ich das?«

»Ach, Captain, wie oft denn noch? Ich bin Psychologin, und kann im persönlichen Gespräch allein anhand von nonverbalen Signalen erkennen, inwieweit er eventuell simuliert oder sich tatsächlich nicht erinnert.«

»Das können meine Männer auch, die verhören nicht zum ersten Mal einen störrischen Verdächtigen.«

»Ein Geständnis haben Sie aber immer noch nicht. Oder?«

Jefferson grinste. »So gut wie. Der Kerl hat sich verplappert. Spätestens wenn die Kleine mit dem Finger auf ihn zeigt, haben wir ihn. Und das wird sie! Er war da!«

VIERUNDDREISSIG

Gegenüberstellung

LIAM GARCIA/YAS

Phoenix, Arizona 2013

»Aufstehen, Garcia. Sie haben einen Termin.«

»Ist mein Anwalt gekommen?«

»Was? Nein. Haben Sie denn einen verlangt?«, fragte Anderson, der mit dem Vollzugsbeamten aufgetaucht war.

Ich antwortete nicht, hatte genug damit zu tun, mein Gleichgewicht zu halten, nachdem mir kniend die Fußketten angelegt worden waren.

Zwangsweise hatten wir das Prozedere bereits einmal geübt, bevor ich von der Krankenabteilung in die Einzelzelle geführt worden war, die ab sofort meine neue Heimat sei. Eine Einzelzelle, in der ich wenigstens von den Handschellen befreit war. Wobei befreit das falsche Wort war. Hier drin war alles begrenzt. Meine Sicht nach draußen durch einen winzigen Lichtschacht. Meine Hygiene, für die ich bloß eine winzige Klo-Wasch-Kombi hatte. Meine schmale Liege, auf der nur eine dünne Schaumstoffmatratze lag. Mein Licht, das von einer grellen Leuchtstoffröhre herrührte.

Begrenzt war auch meine Lebenszeit, wie mir die Officers eingetrichtert hatten. Falls ich nicht kooperierte, würde mir die Giftspritze drohen. Noch immer wusste ich nicht, wieso. Die Erinnerungsblitze, die abscheuliche Bilder zeigten, ergaben keinen Sinn. Das Letzte, woran ich mich klar erinnern konnte, war, dass ich mit einem Mietwagen von Salt Lake City aufgebrochen war, und dass Carl mich vor irgendetwas gewarnt hatte.

Carl!

Die Erinnerung an ihn war auch wie ein Blitz. Greller, eindringlicher als die vorigen. Ich musste mit ihm sprechen, dringend. Nicht mit einem Pflichtanwalt, um den ich inzwischen tatsächlich gebeten hatte. Nein, ich musste mit Carl reden. Er würde wissen, was zu tun war.

»Ich muss telefonieren«, forderte ich, kaum, dass wir einige Schritte gegangen waren. Ich schlurfend, der Vollzugsbeamte und Anderson rechts und links von mir. »Ich habe ein Recht auf meinen Anruf«, beharrte ich, als keiner von beiden darauf einging.

»Nicht jetzt, wir bringen Sie jetzt zu einer Gegenüberstellung«, antwortete Anderson dann doch.

»Aber mir steht ein Anruf zu«, beharrte ich vergeblich.

»Ziehen Sie das an«, befahl Officer Anderson etliche Minuten später, nachdem sie mich in einen kleinen schmucklosen Raum geschubst und mir die Handschellen und Fußketten abgenommen hatten. Er wies auf eine Jeans und ein weißes Shirt.

Ich blickte an mir herab, auf die hässliche orangefarbene Kluft, die ich schon jetzt hasste. »Wie läuft das ab? Sind noch weitere Männer anwesend?«, fragte ich, mich an Gegenüberstellungen in einem Dokumentarfilm erinnernd.

»Ja, wir haben neun weitere Männer, die Ihnen in Statur und Alter ähnlich sind, geladen«, erklärte Anderson, während er mir ungeniert zusah, wie ich den Overall abstreifte, in die Jeans schlüpfte und kritisch an mir herabsah. Die Jeans war zu weit und zu kurz.

»Tut mir leid, Markenjeans waren aus.« Jefferson grinste.

»Das ist mir egal, aber die Hose passt nicht.«

»Na und? Das hier wird keine Modenschau.«

»Darum geht es nicht«, protestierte ich. »Darin sehe ich aus wie ein Clown, ich werde herausstechen. Können Sie mir nicht eine passende Hose besorgen?«

»Ziehen Sie halt das Shirt drüber«, meinte Anderson schulterzuckend. »Und jetzt mal etwas zackiger. In fünf Minuten beginnt die Show.«

»Drehen Sie sich nach rechts. Stehen bleiben.«

Ich gehorchte, bemühte mich um einen gleichmütigen Ausdruck, obwohl ausgerechnet jetzt, die Bilder meiner blutbesudelten Hände wieder vor meinem geistigen Auge erschienen. Ich schüttelte mich, versuchte, sie loszuwerden, starrte konzentriert auf meine realen Hände, um mich davon zu überzeugen, dass da kein Blut war, dass ich kein Messer in Händen hielt.

»Nummer sechs, nach vorne schauen!«

Die Stimme war hart, kalt.

Wieder tat ich, was mir befohlen wurde. Dabei versuchte ich, auszublenden, dass vor mir womöglich ein Zeuge stand, der wissen musste, was wirklich geschehen war. Ich spürte, wie sich mein Kehlkopf verengte, wie ich schluckte, ohne etwas dagegen tun zu können. Verflucht, ich verhielt mich wie ein verdammter Killer, für den mich alle zu halten schienen. Aber war ich das wirklich?

»Weitergehen! Nummer sechs, gehen sie weiter ...«

Immer noch wie in Trance, sah ich ein winziges Mädchen, das mich anflehte. *Hilf meiner Mom, du musst sie nähen, musst das Loch zumachen ...*

Das Stimmchen war dünn, klang weinerlich.

»Ich war es nicht«, murmelte ich. »Aber ich habe sie gesehen ...« *So wie sie mich gesehen hat!*

»Was reden Sie da, Mann?«, erklang es in meinem Ohr.

Andersons Worte rauschten an mir vorbei, ebenso wie die gedämpften Stimmen, die aus einem Nebenraum kommen mussten. »Hören Sie, ich muss telefonieren, sofort«, bat ich erneut.

FÜNFUNDDREISSIG

Ich, das Monster?

LIAM GARCIA/YAS

Phoenix, Arizona 2013

Ich ließ das blutige Messer fallen, floh vor dem Stimmchen, den flehenden hellen Augen, den monoton hervorgestoßenen Worten, die keinen Sinn ergaben. *Du musst Mom nähen, Mister. Sie darf nicht sterben. Mach das Loch wieder zu.*

Das Loch? Schwarz und finster zog es mich in die Tiefe in ein Nichts, in dem nur das ferne Echo dieser zarten Stimme nachhallte: ... *Mister, hilf meiner Mom!*

Ich kann nicht, ich kann dir nicht helfen, tönte es in meinem Schädel, nuschelte ich im Halbschlaf, wischte mir die Spucke aus dem Mundwinkel.

Ekel überkam mich. Vor den Bildern. Vor mir selbst.

Was hatte ich getan?

War ich der Schlächter?

Ich, Yas ... Liam Garcia?

Ein Schlächter, der einem kleinen blutbesudelten Engel die Mutter genommen hatte?

Bittere Galle stieg in mir auf. Ich würgte.

Die Szenen in meinem Kopf deckten sich mit den Aufnahmen, die sie mir bei einem der stundenlangen Verhöre auf den Tisch geknallt hatten. Mir, dem Monster, dem die Insassen die Schande nachbrüllten, wenn ich mit

Handschellen und Fußketten durch die Gänge geschleift wurde – zur nächsten Vernehmung, in den vergitterten Hofkäfig, in den sie mich nur allein hineinließen. Zur Dusche, in die ich bisher erst einmal geführt worden war.

Ich war isoliert, geächtet, und das von dem Abschaum der Gesellschaft. Von Mördern, Vergewaltigern, denen ich wohl den Rang des miesesten aller Verbrecher abgelaufen hatte.

In den letzten Tagen hatte ich mein Selbstbild revidieren müssen. War vom investigativen Reporter, der mit Worten gegen das abgrundtief Böse kämpfte, zu einem jener Teufel mutiert, die ich stets zutiefst verachtet und bekämpft hatte.

Ich war jetzt auf der anderen Seite.

Einer der Bösen.

Der pochende Schmerz in meinem Schädel verwandelte sich in eine bohrende Pein, als ich mir eingestand, welches widerliche Wesen bisher in mir geschlummert hatte. Ein Frauenschlächter. Ein verabscheuungswürdiger Killer.

Ich starrte zu meiner Tür, durch deren Schlitz mir die Mahlzeiten reingeschoben wurden. Alle Türen im Gang hatten diesen Schlitz, der bei einigen meiner Mithäftlinge wohl nie geschlossen wurde. Ungehindert konnten sie ihre Hände nach mir ausstrecken, wenn ich an ihnen vorbeigeschleift wurde.

Was hatte mich nur geritten, als ich nach einem Anwalt verlangt hatte? Als ob ein überlasteter Pflichtverteidiger mich von meinen blutigen Händen reinwaschen könne.

Das Bild des Opfers war in meinem Kopf, eingebrannt wie eine stetig nachblutende Wunde. Die blonden Haare verklebt von ihrem Blut. Ihr Körper, nur noch ein Schlachtfeld, auf dem ein Wahnsinniger sich ausgetobt hatte.

Ich?!

Die Zweifel an meiner Schuld schrumpften mit jeder Stunde in diesem Verlies. Ich hatte nie luxuriös gelebt. Schlafsäle und Hinterhofverschläge mein Zuhause genannt. Aber in einem Schacht, in dem ich meine Notdurft verrichtete, hatte ich nie leben und schlafen müssen. Wobei Letzteres nicht wirklich funktionierte. Ich dämmerte allenfalls minutenlang weg, um gleich wieder hochzufahren, aufgeschreckt durch weitere grauenvolle Bilder, und mich jedes Mal zu fragen, wo ich war. Und warum.

Warum konnte ich mich nur nicht daran erinnern, wie ich es getan hatte?

Das würde nach und nach zurückkommen, hatte mich der Arzt bei seiner letzten Untersuchung informiert und mir Schmerzmittel gegen die Kopfschmerzen gegeben. In dem Maße, in dem ich diese loswürde, könne auch meine Erinnerung zurückkehren.

Im Stillen flehte ich darum, dass es nie so weit kommen möge, selbst um den Preis lebenslanger Schmerzen in meinem pochenden Schädel. Folgen einer Kopfverletzung, die offenbar alles, was in den Stunden zuvor passiert war, ausgelöscht hatte. Woher diese rührte, konnte ich ebenso wenig beantworten wie die Frage, warum ich Fay Malone abgeschlachtet hatte und vor dem Schreien und dem Flehen der kleinen Tochter geflohen war.

Die Tränen aus meinen Augenwinkeln vermischten sich mit dem Schweiß. Seit Stunden war die Klimaanlage ausgefallen. Ein bitteres Lachen brach aus meiner Kehle, während ich den wütenden Stimmen der Männer in meinem Flügel lauschte, die immer wieder von Wärtern unterbrochen wurden.

»Wir arbeiten daran, es kann ein paar Stunden dauern«, hörte ich.

Stunden später: »Beruhigt euch Männer, wir haben im gesamten Flügel einen Ausfall, nach der Ursache wird noch gesucht. Seid froh, dass wir euch nicht auch noch das Licht abdrehen, sondern dieses über ein Notstromaggregat sichern. Stellt euch einfach vor, es sei die Hölle, in die ihr zweifelsohne alle einfahren werdet. Ein kleiner Vorgeschmack auf das, was euch erwartet. Kostet es aus. Da, wo ihr hinkommt, wird es um einiges heißer werden.«

Stille.

Sekundenlang.

»Shut up, Folterknechte!«

Ein Aufschrei.

Dann wieder Stille. Ich glaubte bereits, die Flammen der Hölle züngeln zu hören, schloss die Augen, dämmerte weg bis Officer Anderson erschien.

Aus seinen wütend hervorgestoßenen Worten drang zunächst nur eines zu mir durch: *Todeszelle.*

Dann kamen die Befehle:

Gesteh endlich, dann bleibt sie dir erspart.

Gib zu, dass du Fay Malone erstochen und in ihrem Blut zurückgelassen hast.

Zeig Reue, heul von mir aus den Geschworenen im Gerichtssaal was vor und tu so, als ob du es zutiefst bereust.

Sag von mir aus, dass du im Affekt getötet hast, dass die Gäule mit dir durchgegangen sind und du in eine wilde Raserei verfallen bist, in der du nicht mehr Herr deiner Sinne warst.

Plädier auf Totschlag, aber unterzeichne jetzt endlich dein Geständnis, damit wir das hinter uns haben.

»Es ist die einzige Möglichkeit, der Todesspritze zu entgehen«, wiederholte ich den nachgeschobenen Satz. Ich schreckte hoch, wischte mir nicht mal mehr den Schweiß von der Stirn, riss mir nur den hässlichen, durchnässten

Overall vom Leib. Das Orange hatte eine bräunliche Farbe angenommen. War wenigstens nicht mehr so grell, dass es in den Augen brannte, inmitten des tristen Grau in Grau.

Ich hatte gelesen, dass dahinter ein Konzept stecken würde. Das Grau solle beruhigend auf die Insassen wirken. Aber wozu dann diese grellen Anzüge? Orange, die Farbe der untergehenden Sonne?

Dass Anderson sich nicht in meine Zelle traute, sondern mich stets nur in dem hoffentlich videoüberwachten kargen Verhörraum aufsuchte, war nicht wirklich tröstlich. Ob Albträume oder mein realer Knastalltag – es war alles eins. Eine Vorhölle, so wie er es mir prophezeit hatte.

Nur, dass mich auch die installierte Videokamera nicht wirklich schützte.

SECHSUNDDREISSIG

Um jeden Preis

LIAM GARCIA/YAS

Phoenix, Arizona 2013

EINIGE STUNDEN ZUVOR

Aus dem Augenwinkel heraus bekam ich mit, wie Anderson dem Vollzugsbeamten, den ich noch nie gesehen hatte, etwas zusteckte, bevor er sich nickend an einer Schalterleiste zu schaffen machte. Das grüne Licht an der Kamera erlosch.

Bilder von gefolterten Gefangenen, die blutend alles unterschrieben, nur um ihre Pein zu beenden, schossen durch mein Hirn. Das gab es doch nur in Filmen über Kriegsverbrecher, redete ich mir ein. Nicht in einem Bundesgefängnis, nicht mitten in den USA.

Oder doch?

»Müssen die Kameras nicht während eines Verhörs laufen, um eine Vernehmung rechtssicher durchführen zu können?«, protestiere ich.

Anderson schnaubte. »Welches Verhör? Wir unterhalten uns nur inoffiziell. Ein Gespräch unter Freunden. Oder denken Sie etwa, ich will, dass Sie unwissend in die Spritze hineinlaufen?«

»Wovon reden Sie, Mann?«

»Officer Anderson, wenn ich bitten darf.«

»Officer Anderson«, wiederholte ich und sah ihn abwartend an.

»Gut, dann also nur unter uns.« Der Officer, der heute mit hochgekrempelten Hemdsärmeln und einer hellen Baumwollhose wie ein privater Besucher wirkte, zwinkerte mir zu. »Ich habe mir nach Feierabend Ihre Akte noch mal vorgeknöpft, verstehen Sie? In meiner Freizeit. Mir geht Ihr Fall wirklich nah.«

Ich nickte, war auf der Hut. Fragte mich, wieso er allein aufgetaucht war, ohne seinen zweiten Mann, mit dem er bisher stets das bekannte Wechselspielchen zwischen Zuckerbrot und Peitsche durchgezogen hatte, wie in der Parodie eines Fernsehkrimis.

»Also, mal Klartext, mein Lieber. Die Beweise und Indizien gegen Sie sind dermaßen eindeutig, dass ich an Ihrer Stelle alles dafür tun würde, um der Todesstrafe zu entgehen.« Demonstrativ sah er sich um. »Haben Sie das so weit verstanden?«

»Klar und deutlich.«

»Kommen wir zum Wesentlichen, und das sage ich im Guten, weil ich mir vorstellen kann, dass so eine kleine Schlampe einen gestandenen Mann schon mal aus der Fassung bringen kann. Sie hat Sie wohl so richtig in Rage gebracht. Da rutscht einem schon mal die Hand aus. Und wenn es ganz dicke kommt, sieht man auch mal Rot. Ich versteh das, Mann. Wem passiert das nicht mal?«

Ich schüttelte den Kopf. »Ich kann mich an nichts dergleichen erinnern.«

»Ach, kommen Sie, Garcia, lassen wir das Theater.« Er wies auf die tote Kamera. »Was Sie jetzt sagen, ist außerhalb des Protokolls. Also erleichtern Sie einfach Ihr Gewissen und erzählen Sie mir, wie es wirklich war. Und dann überlegen wir uns, wie wir Ihnen die Todesspritze ersparen. Einen Tipp habe ich Ihnen ja schon gegeben: Zeigen Sie tiefe

Reue, das zieht bei den Geschworenen und klappt eigentlich immer.«

»Und dann?«, fragte ich, nur um diesem scheißfreundlichen Gequatsche bald ein Ende zu setzen.

»Dann kassieren Sie ein paar Jahre wegen Totschlags im Affekt und die Sache ist vom Tisch.«

SIEBENUNDDREISSIG

Pfeifers Rolle

LIAM GARCIA/YAS

Phoenix, Arizona 2013

JETZT

Laute Schläge gegen meine Zellentür rissen mich aus meinem Erinnerungskarussell. Grelles Licht vom rund um die Uhr erleuchteten Flur traf auf meine Pupillen. Ich blinzelte, sah den Vollzugsbeamten aus meinem Flügel. Denjenigen von den dreien, der nahezu freundlich und zuvorkommend war, weswegen ich ihm sogar einen Namen verpasst hatte. Ich nannte ihn Pfeifer, was viel besser zu ihm passte als sein Allerweltsname Williams. Der Mann pfiff ständig, klang dabei wie ein Warnsignal, das sein Kommen lange vor seinem Auftauchen ankündigte.

Doch dieses Mal hatte ich ihn nicht gehört.

Anders als sonst, sprang meine Zellentür ohne Vorwarnung mit einem Schrammeln auf und Pfeifer blieb im Eingang stehen.

Die Handschellen, die er bereithielt, klirrten. Wie ein dressiertes Äffchen streckte ich ihm beide Hände hin, sah zu, wie sie sich schlossen. Wartete, dass er mich wie sonst in die Knie zwingen würde, um das Gleiche mit meinen Knöcheln zu vollziehen.

»Keine Fußkettchen heute?«

Er schüttelte den Kopf.

»Darauf verzichten wir heute. Ihr Anwalt ist da recht pingelig. Ich will mir keinen Ärger einhandeln.«

»Mein Anwalt?«

»Ja, er wartet bereits.« Mit einer einladenden Geste ließ Pfeifer mir den Vortritt. Stumm. Verdächtig höflich. Zu höflich, um echt zu sein.

Misstrauisch beäugte ich ihn, wartete auf die böse Pointe.

Hatte er jetzt auch einen Deal mit den Officers gemacht? Kam jetzt die ganz harte Masche, zu der ich nicht Nein sagen konnte, wenn ich in diesem Drecksloch überleben wollte? Zumindest so lange, bis sie mich am Ende doch in die Todeszelle zerrten?

Warum lächelte Pfeifer?

»Was ist?«, fragte ich.

»Genießen Sie es«, meinte er. »Unser VIP-Besucherzimmer bekommt sonst kaum einer meiner Gefangenen zu sehen. Da hat wohl jemand ordentlich was lockergemacht, um Ihren Arsch zu retten.«

»Meinen Arsch retten? Ihn nicht aufreißen?«

»Beruhigen Sie sich. Die Officers haben Ihnen wohl wirklich zugesetzt, was?«

Ich schwieg, alles in mir warnte mich: Falle! Falle! Falle!

»Was passiert hier?«

»Was Gutes, Garcia ... da drin wartet jemand, der es echt draufhat.«

»Wer?«

»Dr. Xavier Morgan ist einer von den ganz Scharfen. Den können sich nur die großen Nummern leisten. Hätte echt nicht gedacht, dass Sie so einer sind.«

ACHTUNDDREISSIG

Der Staranwalt

LIAM GARCIA/YAS

Phoenix, Arizona 2013

Ich zweifelte vor mich hin. Glaubte immer noch nicht, dass ein Staranwalt meinen Fall übernehmen könnte. Schlurfte aus Gewohnheit, als hätte ich die üblichen Ketten an den Füßen, einen Gang entlang, in dem ich noch nicht gewesen war.

Etwas war hier anders.

Ich brauchte ein paar Schritte, Blicke und Atemzüge, bis ich es realisierte. Die Wände waren ordentlich gestrichen, sogar der Geruch war nicht ganz so beißend. Die Farben nicht ganz so duster, als hätten die Maler einen höheren Weißanteil in den Anstrich gemischt.

Es fühlte sich irgendwie weniger grässlich an, war weniger hoffnungslos. Und es machte mich misstrauisch.

»Sie verarschen mich nicht?«, wandte ich mich an Pfeifer, der kurz sein schrilles Konzert unterbrach.

»Ich doch nicht.«

»Ist das wirklich wahr? Anwalt Morgan will mit mir sprechen?«, fragte ich sicherheitshalber nach. Vielleicht hatte ich mich ja verhört. Ich hatte jedenfalls keinen Staranwalt beauftragt. Mein Honorar als Nachwuchsredakteur lag weit unter dem, was Morgan wahrscheinlich an einem halben Tag einstrich.

Pfeifer nickte, grinste, pfiff, grinste noch breiter.

Und wenn es keine Verwechslung war?

Wenn der alte Fuchs, vor dem sich jeder Staatsanwalt fürchtete, so etwas wie ein persönliches Interesse an mir hatte? Weich gekocht wie ich war, ließ ich einen winzigen Hoffnungsschimmer zu.

»Ich warte hier draußen auf Sie. Viel Glück, Garcia!«, raunte es in mein Ohr. Die Tür ging auf. Ich fühlte einen leichten Schubs im Rücken, stolperte in den Raum und dachte nur *Scheiße, die verarschen mich doch*.

Der Mann, der da lässig in einem Stuhl lümmelte und seine silber-beringten Hände auf einer stattlichen Wampe abgelegt hatte, die das zerknitterte Hemd kaum fassen konnte, sollte Morgan sein? Ein Typ mit viel zu breiter Krawatte in einem kitschigen Rosa mit Einhörnern darauf, sollte ein Anwalt sein, vor dem sich angeblich jeder Staatsanwalt fürchtete?

Nie und nimmer!

Okay, wo war hier die versteckte Kamera?

Ich sah mich um, erwartete, dass die Spötter aus allen Löchern hervortraten und sich über mich lustig machten.

Doch nur die hellwachen übergroßen Augen hinter zu dicken Gläsern für Weitsichtige blitzten lebhaft in meine Richtung. Die Mundwinkel des Mannes verzogen sich, während er meine eigene jämmerliche Gestalt in dem unförmigen orangefarbenen Overall musterte. Dann tippte er auf die Einhornkrawatte, die seine Mitte optisch teilte.

»Ist ein Geschenk meiner Tochter. Sie besteht darauf, dass ich die Krawatte immer trage, wenn ich in den Knast muss. Sie meint, das heitere die armen Säcke auf, wenn sie mich zum ersten Mal sehen. Hat es geklappt, Mr. Garcia?«

Ich nickte verdattert, rang mir ein Lächeln ab.

»Ich kann sie abnehmen, wenn es Sie stört«, schlug er grinsend vor, um dann herzlich zu lachen. »Mann, Ihnen kann man die Gedanken im Gesicht ablesen, daran müssen Sie noch arbeiten, Junge. Und jetzt setzen Sie sich endlich.« Er wies auf einen Stuhl.

»Ich finde die Krawatte ... niedlich«, stieß ich aus. »Ist mal was anderes hier drin als immer nur Grau und dieses verfluchte Orange.« Ich wies auf meinen Overall. »Sollte ich je hier rauskommen, werde ich nie mehr diese Farbe tragen.

»Daran erinnere ich Sie noch mal«, antwortete Morgan, schob mir seine Visitenkarte hin und zog aus einer Mappe einige bedruckte Blätter, auf die er jedoch seine Hand legte. »Bevor wir offiziell anfangen, eine Frage: Haben Sie irgendwas gestanden?«

»Nein, ich erinnere mich ja an nichts ...«

»Okay, okay«, unterbrach er mich. »Ich habe die Protokolle gelesen. Erledigen wir zunächst das Amtliche, ehe Sie mir Details anvertrauen. Mit Ihrer Unterschrift beauftragen Sie mich, Sie zu vertreten.«

Ich nickte, begriff immer noch nicht recht, ob ich vor mir einen der bekanntesten Strafverteidiger des Landes oder sein falsches Abbild hatte. »Wie kommen Sie auf mich?«, fragte ich. »Ich kann mir Ihr Honorar nicht leisten.«

»Sagen wir es mal so, Carl Johnson ist so etwas wie ein guter Freund und ich schulde ihm was.«

»Er hat sie beauftragt?«

»Darüber reden wir gleich.« Er tippte auf das Schriftstück, das er mir rübergeschoben hatte, reichte mir einen Stift, der wahrscheinlich vergoldet war, so schwer wog er in meiner Hand.

Benommen unterzeichnete ich.

»Na prima!« Aufatmend nahm er den Stift wieder an sich und steckte ihn zurück in die Brusttasche seines Hemdes. »Damit wäre diese Hürde genommen und wir können offen miteinander reden, da ich als Ihr Anwalt nicht verpflichtet bin, vertrauliche Informationen oder solche, die zu Ihrem Schaden sind, offenzulegen. Haben Sie das verstanden?«

Ich nickte, immer noch misstrauisch.

»Sehr gut, dann lassen Sie uns zunächst alles durchgehen, woran Sie sich erinnern, damit ich weiß, wo ich nachsetzen muss. Bekannt ist mir, dass Sie im Auftrag Ihrer Redaktion unterwegs waren, um über Hintergründe zu dem Überfall auf Blairs Konzert zu recherchieren. Ist das richtig?«

»Ja, daran erinnere ich mich inzwischen wieder.«

»In Ordnung, ich habe Ihre Akte gelesen und im Vorfeld hat mir Carl alles, was Sie besprochen haben, mitgeteilt. Sie kannten demnach den Namen Malone und wussten, dass Gary Malone vermutlich bei dem Überfall auf Blair dabei war. So weit Ihre Verbindung zu Malone, trifft das zu?«

»Ja, das ist korrekt. Ebenso, dass Carl und ich ...« Ich stoppte, sah mich um?

»Dieser Raum ist nicht kameraüberwacht«, kommentierte Morgan meinen suchenden Blick und wies auf ein kleines dunkles Kästchen, das er neben seiner Mappe platziert hatte. »Die Vertraulichkeit zwischen Anwalt und Klient zu wahren, ist zwar vorgeschrieben, aber ich versichere mich gerne selbst, dass das nicht bloße Theorie ist. Alles, was in diesem Raum und zwischen uns besprochen wird, bleibt unter uns.«

»Okay, tatsächlich haben Carl und ich Fay Malone vor vielen Jahren auf einem Konzert getroffen. Es gäbe also eine Verbindung, die mir zur Last gelegt werden könnte. Und da ich mich wirklich nicht an die Tat selbst erinnere, nur daran, dass ich Blut an meinen Händen hatte, als ich festgenommen wurde, kann ich nicht auf Fragen zur Tat und zum Tatort antworten. Ich weiß nur, dass ich eine Kopfwunde hatte ...«

»Darauf kommen wir gleich«, unterbrach mich Morgan mit einem aufmerksamen Blick. »Ich will, dass Sie mir chronologisch alles erzählen. Vom Aufbruch zu Ihrer Dienstreise bis zu dem Punkt, an dem sie nicht weiterwissen.«

»Gut, ich weiß noch, dass ich bei meinem Aufbruch in

Salt Lake City spät dran war und mich mit dem italienischen Taxifahrer gezofft habe, bevor er endlich bereit war, auch einen Schleichweg zu nehmen, um mich noch pünktlich am Flughafen abzusetzen. Dass ich den Flug dennoch um wenige Minuten verpasst habe, hatte mich gezwungen, meine Pläne zu ändern.«

»Haben Sie den nächsten Flug genommen?«

»Nein, ich habe mir noch am Flughafen einen Mietwagen genommen, einen Van mit Vierradantrieb, der geländetauglich ist, weil ich vorhatte, mich auch in der Wüste umzuschauen, in dem Gebiet, in dem die toten Geiseln entdeckt worden waren.«

»Sie sind demnach nicht geflogen?«

»Nein, ich habe mich in das Mietfahrzeug gesetzt, mich mit der Bedienung des Navis beschäftigt und zunächst als Zielort Phoenix eingegeben. Von dort aus wollte ich weiter, je nachdem, was ich dort herausfinden sollte.«

»Verstehe«, sagte Morgan und machte sich Notizen. »Woran erinnern Sie sich als Letztes, bevor Ihr Gedächtnis lückenhaft wird?«

»Ich war hundemüde, als ich in den Außenbezirken von Phoenix ankam und habe auf dem Parkplatz eines Tankshops, einen Coffee-to-go gekauft und ihn im Wagen bei geöffnetem Fenster getrunken. Die Sonne war längst aufgegangen. Ich weiß noch, dass ich auf die Uhr gesehen habe. Es war gerade 9:00 Uhr. Das schien mir noch ein wenig zu früh, um mich unter einem Vorwand in der Nachbarschaft der Malones umzusehen. Also schlürfte ich meinen Kaffee, biss einmal in meinen Bagel, bevor ich das Navi mit der genauen Adresse gefüttert habe.«

»Welche Adresse?«

Ich schloss kurz die Augen, um mich zu konzentrieren und das Bild auf dem Monitor des Navis wiederzugeben. »Zielort: Madison Street, die voraussichtliche Fahrzeit wurde mit dreißig Minuten angezeigt. Das wars.« Ich öffnete die Augen wieder.

Morgan sprang auf, lief kurz im Raum hin und her, fuhr sich durch die kurz geschorenen dunklen Haare, bevor er seinen Stuhl schwungvoll zurückzog und ihn mir zudrehte.

»Und das reicht mir. Nein, es ist perfekt. Wissen Sie was, Liam? Mit den Angaben hätte man Sie niemals verhaften oder gar festhalten dürfen.«

»Wieso nicht?«

Morgan ging nicht mal auf meine Frage ein, stellte mir nur eine Gegenfrage: »Hat man sie überhaupt gefragt, wie sie angereist sind?«

»Nein.«

Jetzt lachte Morgan. »Im Protokoll steht die Ankunftszeit Ihres Fluges. Offenbar hat man zwar überprüft, ob Sie auf eine Maschine gebucht waren, aber nicht, ob Sie auch in der Maschine saßen. Aber das werde ich nachholen, und auch belegen, dass Sie mit einem Mietwagen angereist sind. Aber dazu kommen wir gleich. Zunächst das Erfreuliche: Sie können Fay Malone nicht getötet haben, wenn zutrifft, dass Sie mit einem Fahrzeug angereist und erst in den frühen Morgenstunden in Phoenix eingetroffen sind.«

»Wieso nicht?«

»Dank Carl konnte ich einige wichtige Eckdaten aus der Akte bereits vorab erfahren. Demnach haben die Gerichtsmediziner festgestellt, dass die Todesstarre des Opfers bereits eingesetzt hatte, als sie gegen 11:00 Uhr am Tatort eintrafen. Eine Stunde nachdem die Officers aufgrund eines anonymen Anrufs, die Leiche entdeckt hatten. Um 10:00 Uhr.«

»Ich versteh nicht ganz, wieso mich das entlasten soll.«

»10:00 Uhr«, wiederholte Morgan. »Kurz vorher müssen Sie am Tatort gewesen sein. Nur das ergibt einen Sinn. Da die Officers den Tatort gesichert und dafür gesorgt hatten, dass ein Notarzt die Tochter des Opfers abgeholt hat, blieb Ihnen nur ein kurzes Zeitfenster. Sie müssen zwischen 9:30 und kurz vor 10:00 Uhr da gewesen sein.«

»Verstehe«, antwortete ich, obwohl ich immer noch nicht

kapierte, wie diese Zeitabfolge meinen Kopf aus der Schlinge ziehen sollte.

Morgan sah mich prüfend an. »Sie erinnern sich wohl immer noch nicht daran, was Sie genau vorgefunden haben?«

»Ich habe nur wenige Erinnerungsfetzen, ohne Zusammenhang«, gestand ich.

»Gut, dann helfe ich Ihnen mit dem, was die Gerichtsmediziner zweifelsfrei festgestellt haben, als sie Fay Malones Leiche gegen 11:00 Uhr untersucht haben. Ihr Todeszeitpunkt ist in den Unterlagen festgehalten. Fay Malone starb zwischen 23:00 Uhr am Vortag und 5:00 Uhr in der Früh. Mit etwas Glück war Ihr gemieteter Van mit GPS ausgestattet, wodurch wir exakt belegen können, wann Sie wo waren. Aber selbst wenn nicht, genügen uns die Angaben, die im Mietvertrag festgehalten sind. Zum Todeszeitpunkt waren Sie nicht in Phoenix!«

»Kann man das so genau feststellen?«, fragte ich immer noch skeptisch.

»Ja, Fay Malones Todesstarre hatte bereits eingesetzt, als Sie in Phoenix ankamen. Diese Starre beginnt zuerst bei den kleinen Muskeln am Kopf, den Augenlidern und dem Kiefer, setzt sich fort in Richtung Fingerspitzen und Hals und greift dann über auf die größeren Muskeln. Anhand dieser Abfolge können die Gerichtsmediziner recht exakt den genauen Todeszeitpunkt festlegen, was auch geschehen ist.«

»Wird das als Alibi anerkannt?«

»Machen Sie sich keine Sorgen, das ist wasserdicht. Zusätzlich haben wir noch die Fluggesellschaft und deren Passagierlisten, eventuell sogar eine Kamera bei dem Coffeeshop ...« Morgan winkte ab. »So tief brauchen wir nicht zu graben. Was in den Akten der Polizei erfasst ist, abgeglichen mit der Art und den Zeiten Ihrer Anreise, genügt.«

»Aber ich muss im Haus gewesen sein.«

»Das belegen die gefundenen Fingerabdrücke sowie das Blut an Ihren Händen und Ihrer Kleidung. Ja, Sie waren am Tatort. Aber man kann niemanden zweimal ermorden, Fay war lange tot, bevor Sie ihr Haus betreten haben. Womit wir zu Ihrer Schädelverletzung kommen.«

»Ich erinnere mich nicht, wie es dazu kam.«

»Ich besorge mir die Krankenakten, nehme aber stark an, dass hier kein Sturz, sondern eine Fremdeinwirkung vorliegt. Auch das entlastet Sie.«

»Kann ich den Täter überrascht haben oder jemandem in die Quere gekommen sein?«

»Gut möglich.«

Ich starrte auf meine Hände in den Handschellen. »Ich bin nicht der Schlächter, ich habe sie nicht umgebracht?«

»Nein, Sie haben sie nicht getötet. Aber es ist durchaus möglich, dass Sie sich an ihren Mörder oder einen wichtigen Zeugen erinnern, sowie die Blockade in Ihrem Kopf sich auflöst.«

»Das heißt?«

»Dass ich Sie möglichst schnell aus dem Dunstkreis der oder des Täters rausholen muss, um Ihre Sicherheit zu gewährleisten.«

»Bin ich denn in Gefahr? Hier, hinter Gittern?«

»Liam, hatten Sie in den letzten Tagen Zugang zu den Nachrichten?«

»Nein, ich sitze in einer Einzelzelle.«

»Gut, da sollten Sie auch sicherheitshalber bleiben, bis ich alle Formalitäten erledigt habe und Sie am besten persönlich hier raushole. Bis dahin halten Sie die Füße still, reden Sie mit niemandem darüber, dass Sie ein Alibi haben. Verweigern Sie jede Aussage ohne Ihren Anwalt. Dazu haben Sie das Recht.«

»Wird denn gegen weitere Verdächtige ermittelt?«

»Das werde ich herausfinden. Carl hat in den letzten Tagen ein paar Fäden gezogen und Verbindungen zu einer dem Police Departement nahestehenden Person. Daher weiß ich, dass Fays Tochter unter Polizeischutz steht, seit ein Mädchen, das man mit ihr verwechselt hat, umgebracht wurde. Deshalb nehmen Sie meine Warnung ernst.«

»Der kleine dunkle Engel. Sie war da ...«

»Erinnern Sie sich an sie?«

»Ja, das ist einer der Erinnerungsfetzen, von denen ich sprach. Sie hat mich angefleht, ihrer Mom zu helfen. Aber ich glaube, ich bin geflohen, und dann ist da nur noch diese Schwärze.«

»Diese wird sich auflösen und dann sind Sie ein wichtiger Zeuge.«

»Wie geht es jetzt weiter?«

»Ich sorge dafür, dass man Sie nicht mehr ohne meine Anwesenheit verhört. Sollte es dennoch erfolgen, verweigern Sie jede Aussage. Indessen besorge ich mir auch offiziell Ihre komplette Akte.«

Ich nickte, war zu benommen, um es fassen zu können. »Danke. Und Carl hat Sie wirklich beauftragt? Ich wollte ihn anrufen, hatte aber keine Gelegenheit dazu. Woher wusste er, dass ich hier bin?«

»Er hat sogar versucht, Sie davon abzuhalten, zum Haus der Malones zu fahren. Offenbar wusste er von der anonymen Meldung eines Mordfalls in der Madison Street und hat eins und eins zusammengezählt, nachdem er wusste, dass Ihre Recherche vor Ort genehmigt war. Sie hatten ein mieses Timing.«

»Sieht so aus«, antwortete ich, immer noch völlig perplex.

»Kopf hoch! Halten Sie noch ein paar Tage durch. Ich hole Sie hier raus. Ach ja, bei welcher Gesellschaft haben Sie den Wagen gemietet? Auch das Kennzeichen wäre hilfreich.«

Ich nannte ihm den Namen. »Leider wurde ich ohne Papiere aufgegriffen. Es kann sein, dass ich bestohlen wurde oder sie schlicht verloren habe. Das Gleiche gilt für die Autoschlüssel, meinen Ausweis, alles.«

»Es scheint, als habe da jemand ganze Arbeit geleistet, um den perfekten Mörder ans Messer zu liefern. Aber das korrigieren wir. Ich halte Sie telefonisch auf dem Laufenden und melde mich täglich, bis ich alles zusammen habe und Ihre Entlassung beantragen kann.«

Teil IV

Manchmal gibt es weder ein gutes Ende,
noch Gerechtigkeit oder Gnade für die Opfer.
Sie sind dazu verdammt, lebenslänglich zu leiden, während die
Täter davonkommen. Das werde ich niemals hinnehmen.

Aber ich brauche Hilfe.
Und ich war noch nie gut darin, diese anzunehmen.
Lieber renne ich ungestüm in mein Verderben.

Liam Garcia/Yas

NEUNUNDDREISSIG

Einstweilige Verfügung

LIAM GARCIA/YAS

Phoenix, Arizona 2013

Zurück in meiner Zelle, versuchte ich zu sortieren, was mir widerfahren war. Ich hatte ein Alibi. War demnach unschuldig. Ich konnte es immer noch kaum glauben. Zwickte mich. Zweifelte weiter.

Stundenlang. Tagelang.

Dr. Morgans versprochene Telefonanrufe kamen keinesfalls täglich, waren nichtssagend.

Ausharren, Liam, ich bin dran. ... Es dauert etwas länger als gedacht ... jetzt haben die Behörden erst mal Wochenende. ... Sie wissen ja, wie das ist. Aber wir sind fast so weit ...

Nichts wusste ich! Nichts hatte sich geändert. Ich war immer noch isoliert, meine neuerlich auftauchenden Zweifel und weitere Albträume katapultierten mich in eine noch tiefere Finsternis, gemischt mit unsäglichem Zorn darüber, dass ich wohl nur zur falschen Zeit in etwas hineingestolpert war und nur dazu diente, die wahren Täter davonkommen zu lassen.

Vermutlich wurde nicht mal nach ihnen gesucht. Das machte mich fertig.

Zumindest hatte ich wieder angefangen zu trainieren. Ich machte Liegestütze, bis ich zusammenbrach, stemmte alles, was nicht im Boden verankert war, und trippelte auf der Stelle, um so etwas wie einen Lauf zu simulieren. Dafür schloss ich die Augen, stellte mir vor, welche Route ich lief, und beamte mich nach draußen. Dahin, wo kein ständiges Streiten, Befehle, Flüche und miese Gerüche mich marterten. Manchmal gelang es mir, allem zu entfliehen. Aber nie lange.

Spätestens als es laut an meine Tür hämmerte, war Schluss mit meinem eingebildeten Freigang. Ich hielt inne, lockerte meine Muskeln. Dass Pfeifer oder einer der anderen Aufseher an meine Zellentür pochten, bevor sich die Klappe oder auch mal die Tür öffnete, war nicht ungewöhnlich. Als Letztere mit einem blechernen Geräusch aufflog, war ich bereit für das übliche Prozedere, das jedem Ausflug vorausging. Ich streckte meine Hände vor, wartete darauf, dass sie gefesselt wurden.

Doch Pfeifer blieb stehen. Musterte mich grinsend. Wartete. »Was ist, Mann? Gefällt es Ihnen so gut hier drin, dass Sie nicht rauswollen?«

»Wohin geht es dieses Mal?«, fragte ich. »Hofgang? Duschen? Telefon?«

»Besser, viel besser«, verkündete Pfeifer. »Ihr Anwalt erwartet Sie im Besucherraum.« Er winkte mich nach draußen in den Flur.

»Kein eiserner Fußschmuck? Keine Handschellen? Haben Sie keine Angst, dass ich Ihnen davonlaufen könnte?«

»Brauchen Sie nicht mehr. Und nein, ich habe keine Angst, dass Sie fliehen könnten, jetzt nicht mehr.«

»Wartet mein Anwalt wieder in Ihrem schicken VIP-Raum auf mich?«, fragte ich, hoffend und bangend zugleich. Gab es endlich was Neues? War meine Unschuld bewiesen? Oder hatten sich meine Angaben als unwahr herausgestellt und er vertrat nur noch einen Typen, der die ihm vorgeworfenen Taten wirklich begangen hatte?

»He, Sie Miesepeter, was stimmt nicht mit Ihnen?«, fuhr mich Pfeifer wie immer gut gelaunt an. »Ich hatte wenigstens einen Freudentanz erwartet.«

»Was reden Sie da?«

»Sagen Sie nur, er hat Ihnen nichts gesagt?«

»Was ...?«

»Na, er holt Sie hier raus. Mann, Sie sind frei.«

Ich stieß heftig den Atem aus. »Ich komme raus?«

»Wovon rede ich die ganze Zeit? Los, Beeilung, raus aus der gemütlichen Butze mit drei Mahlzeiten am Tag.«

Ich sah mich noch einmal in der kargen Zelle um, bevor ich jetzt schon zum zweiten Mal nicht schlurfend, nicht eingeschränkt durch Fußketten, die Zelle verließ und auf den langen Flur hinaustrat, der rechts und links von Zellen gesäumt war. Es fühlte sich seltsam an. Ich tänzelte seitwärts, testete eine längere Schrittbreite, als müsste ich das ungehemmte Laufen erst wieder lernen.

»He, Garcia, bleiben Sie besser in der Mitte«, mahnte Pfeifer. »Nehmen Sie nichts entgegen und passen Sie auf, worauf Sie treten.«

Im gleichen Moment flogen auch schon die ersten Gegenstände in meine Richtung. Von Papierfliegern bis hin zu zusammengeknüllten Fetzen, von denen einige bestialisch stanken. Noch schlimmer war der Lärm, der mir entgegenschlug.

»Die Jungs wissen, dass Sie freikommen«, verkündete Pfeifer mit einem beherzten Griff unter seine Uniformjacke.

Misstrauisch blickte ich auf den Stab, den er in den Händen hielt. »Was wird das?«, fragte ich leise.

»Konzentrieren Sie sich einfach darauf, unverletzt durchzukommen«, knurrte Pfeifer, während seine Augen wild umherhuschten. »Die internen Nachrichten sind oft schneller, als die Order an uns Wärter ergehen kann. Wenn einer von euch rauskommt oder in die Isolierzelle für die letzte Spritze marschiert, feiern die Männer auf ihre Art. Also bleiben Sie gefälligst in der Mitte.«

Die Insassen tobten, überschrien sich wechselweise mit guten Wünschen, Flüchen und Bitten an irgendwelche Verbündeten in der Freiheit, denen ich Grüße ausrichten sollte. Es war, als projizierten sie ihre jeweiligen Sehnsüchte oder Hassgefühle auf mich, den Kerl, den sie für einen kurzen Moment als einen der Ihren anerkannt hatten.

Ich versuchte, nicht hinzuhören, mich, wie von Pfeifer geraten von den ausgestreckten Armen fernzuhalten.

Doch das war nicht leicht. Immer wieder schaffte es einer der Gefangenen, Wurfgeschosse durch die Schlitze zu katapultieren. Mal schepperte ein Blechteller auf den Boden, mal traf mich eine gut gezielte, gefüllte Papierkugel.

»Lasst das, Jungs, sonst mach ich dem Spaß ein Ende«, mahnte Pfeifer halbherzig und zog mich mit sich. »Los, wir haben es gleich geschafft«, ermunterte er mich, als ich kurz zögerte.

Nach etlichen weiteren *Geschenken* blieb Pfeifer am Ende des Flurs vor einer Tür stehen. »Los, sagen Sie Ihren Nachbarn adieu und dann ab durch die Mitte.« Umständlich fingerte er nach einem Kärtchen. »Lief ja besser, als ich befürchtet hatte.«

Ich brachte keinen Ton heraus, sah nur zu, wie er die Kennkarte durch einen Schlitz seitlich der Tür zog, worauf es klickte und so etwas wie ein Schließmechanismus aktiviert wurde.

»Das wars, hier sind Sie erst mal raus. Das schaffen nicht viele.« Pfeifer stieß die Tür auf, winkte mich hindurch.

Dann passierte es.

Weit ausgestreckte, haarige Arme schoben sich durch den Schacht der letzten Tür im Gang, Hände packten mich, hielten mich fest.

»Vorsicht«, brüllte Pfeifer viel zu spät.

»Scheißrothaut«, plärrte es mir entgegen. »Wenn du

deine verfluchte Nase noch ein einziges Mal in unsere Angelegenheiten steckst, bist du dran.«

»Schnauze, Malone«, schnarrte Pfeifer, verpasste den rausgestreckten Armen einen Schlag mit dem Stock, an dessen Spitze etwas aufblitzte. Das Ding sah aus wie ein Viehtreiber.

Ich hatte diese Drecksdinger schon einmal im Einsatz erlebt, damals, als ich Undercover in einer dieser riesigen Viehfabriken recherchiert hatte. Nach wenigen Tagen schwor ich mir, nie mehr Fleisch zu essen, schrieb einen Hassartikel auf brutale Viehzüchter und deren illegale Foltermethoden, mit denen sie die ihnen anvertrauten Tiere an empfindlichen Stellen wie Euter, Vulva und Gesicht verletzten.

Der Artikel hatte mir viel Häme, Hassbotschaften, aber auch den Ruf, ein verflucht guter investigativer Nachwuchsjournalist zu sein, eingebracht Eine Art Gesellenstück, das mir den Festvertrag beim *Salt Lake City Chronicle* gesichert hatte.

Wieso mir gerade jetzt dieser Vergleich durch den Kopf schoss, mochte daran liegen, dass es den Eingesperrten kaum besser ging. Das war aber auch die einzige Parallele.

Immerhin hielt der Elektroschocker auch diesen Typen in Schach. Die Hände, die mich festgehalten hatten, ließen mich frei. Nur der Fluch des Mannes traf mich ungefiltert. Irgendwas mit Hurenbock, was im Vergleich zum einleitenden Schimpfwort an mir abprallte.

Hastig zerrte Pfeifer mich weiter, stieß mich in den nächsten Flur, während sich hinter uns die Tür mit einem Schrammeln schloss.

»Shit!«, fuhr Pfeifer mich an. »Hatte ich nicht gesagt, in der Mitte bleiben, wegbleiben von den Türen?« Schnaubend versteckte er den Schocker unter seiner Uniformjacke.

»Ja, haben Sie«, antwortete ich und blickte mich um. »Was war das eben?«, fragte ich.

»Was das war? Ich habe Sie heil da rausgeholt!«

»Nicht die Sache mit dem Schocker«, raunte ich leise, damit kein Mikro und keine Kamera etwas aufzeichnen konnte. »Sie haben den Mann mit Malone angesprochen.«

»Habe ich nicht«, grummelte Pfeifer und schubste mich unsanft weiter.

»Woher wusste der Gefangene, wer ich bin?«

»Hier weiß jeder über jeden Bescheid«, knurrte Pfeifer. »Aber Sie sind ja so gut wie draußen und ich habe einen Rat für Sie: Sorgen Sie dafür, dass Sie hier nie wieder landen. Ist besser für Sie.«

Ich schwieg, musste mich wohl wirklich verhört haben.

In den folgenden Minuten ließ ich mich zu dem Besprechungsraum lotsen, wo Morgan mich erwartete und nach draußen zu einem unscheinbaren Van geleitete, neben dem ein bulliger Zweimetermann wartete.

»Brody Foster«, stellte Morgan ihn vor. »Einer meiner engsten Mitarbeiter, der sich in den letzten Tagen darum gekümmert hat, Ihr Alibi zu untermauern.«

Brody hielt mir die Tür auf. »Glückwunsch, Liam. Wir freuen uns, dass Sie da rausgekommen sind.«

»Danke.« Ich erwiderte seinen festen Händedruck, bevor ich einstieg.

»Dieser Mietwagen ist übrigens von der gleichen Firma, von der Sie auch Ihren Wagen in Salt Lake City hatten«, erläuterte Brody. »Ihr Mietfahrzeug ist inzwischen gesichert und bereits überführt. Laut Fahrtenschreiber stimmen Ihre Angaben und Sie haben das Auto nur eine Querstraße von der Madison Street entfernt geparkt. Ihr Gepäck, Handy, Laptop und Ihre Brieftasche waren noch im Fahrzeug.« Er wies auf einen Karton auf den hinteren Sitzen des Wagens. »Sehen Sie nach, ob nichts fehlt. Ihr Rucksack mit Wechselklamotten und Hygieneartikeln ist im Gepäckraum.«

Ich nickte, während ich auf dem Rücksitz Platz nahm und immer noch versuchte, das Gehörte zu verarbeiten.

»Wie sieht es mit Ihrem Gedächtnis aus?«, fragte Morgan, der vorne Platz nahm und sich anschnallte. Er wandte sich mir zu. »Mich interessiert speziell, ob Sie weitere Erinnerungen an den Tatort haben. Uns ist bei den Aufnahmen ein interessantes Detail aufgefallen.«

»Was denn?«

»Schuhabdrücke, blutige Schuhabdrücke, die nicht zu den Schuhen passen, die Sie tragen oder dabeihatten.«

»Nein, leider nicht. Welche Art von Schuhen?«

»Boots. Die Abdrücke müssen entstanden sein, als jemand sich vom Tatort wegbewegt hat. Vielleicht gehörten sie zu dem Täter, zu dem Mann, der Sie niedergeschlagen hat, sowie den Fingerabdrücken, die von den Kriminaltechnikern gesichert wurden.«

Ich überlegte, schüttelte den Kopf. »Bruchstückhaft erinnere ich mich daran, dass ich unter dem Vorwand einer Panne, bei den Malones oder einem Nachbarn klingeln wollte. Ich wollte fragen, ob ich den Pannendienst anrufen dürfe. Deshalb hatte ich sogar das Handy zurückgelassen ...« Ein Gedanke schoss durch meinen Kopf. »Steht in den Papieren über meine Verhaftung drin, woher die Officer wussten wer ich bin?«

»Warum fragen Sie?«

Morgan warf mir einen stirnrunzelnden Blick zu. »Sie haben Ihnen nicht gesagt, wer Sie sind?«

»Nein, als sie mich aufgegriffen haben, war ich wohl schon kurz davor, zusammenzubrechen. Aber in der Klinik sprach mich der Arzt mit meinem Namen an.«

»Visitenkarte? Etwas anderes, auf dem Ihr Name prangte? Vielleicht ein Presseausweis?«

»Ich weiß es nicht.« Hastig überprüfte ich die von Brody aus dem Mietwagen gesicherten Papiere, mein Gepäck, den Laptop, das Handy. »Es scheint, als hätte ich das alles zurückgelassen.«

»Zumindest das haben Sie richtig gemacht«, murmelte Morgan. »Aber das verdeckte Ermitteln üben wir besser noch mal, bevor Sie in den nächsten frischen Tatort tappen.«

»War wohl nicht durchdacht, aber die Tür stand offen.«

»Was? Reden Sie von der Haustür? Sind Sie sicher?« Morgan fuhr herum.

»Ja! Wogegen ich mich immer noch nicht daran erinnere, wie ich das Haus verlassen habe.«

Morgan nickte schwer. »Möglich, dass Sie Unglücksvogel sogar die Tür hinter sich zugezogen haben. Aber das überprüfen wir auch noch mal. Es scheint, als seien die Protokolle nicht sonderlich detailliert abgefasst, was mich kaum wundert.«

»Sucht man denn wenigstens nach der Person, die mich niedergeschlagen hat?«

»Das hoffe ich doch«, stieß Morgan verbissen aus. »Ich bin leider nicht befugt, weiter zu ermitteln, da mit dem Beweis Ihrer Unschuld und Freilassung mein Mandat erfüllt ist. Lediglich die Summe der Entschädigung, die ich für Sie aushandeln möchte, steht noch aus. Aber darüber reden wir, wenn Sie sicher in Salt Lake City gelandet sind.«

»Ich fliege zurück?«

»Ja, Brody wird Sie begleiten. Ach ja, es gibt eine einstweilige Verfügung, erwirkt von Angehörigen der Ermordeten.«

»Wie bitte?«

»Die Familie verlangt, dass sie dem Haus der Malones fernbleiben. Ich empfehle Ihnen, das ernst zu nehmen und Phoenix in nächster Zeit nicht zu besuchen.«

»Obwohl meine Unschuld bewiesen ist und ich niedergeschlagen wurde?«

»Streng genommen, haben Sie etwas getan, was die Leute im Süden schon früher veranlasst hätte, auf Sie zu schießen. Sie haben unbefugt das Haus der Malones betreten. Ich rate Ihnen, diese Verfügung hinzunehmen und zu beachten. Zu Ihrem eigenen Schutz.«

»Bin ich denn in Gefahr?«

»Schwer zu sagen. Es scheint, als hätten Sie sich allein durch Ihr Auftauchen ein paar Feinde mit verdammt guten Beziehungen gemacht. Das ist das eine. Zum anderen schätze ich, dass es ein paar Individuen gibt, die derzeit stinksauer darüber sind, dass Sie nicht artig das Bauernopfer gespielt haben und sich den Mord haben anhängen lassen.«

»Was, wenn ich den Mörder gesehen habe und mich wieder an ihn erinnern kann?«

»Das hoffe ich stark, zugleich ist es genau das, was der oder die Täter mit Sicherheit fürchten, und auch der Grund dafür, dass Brody Sie begleitet. An Ihrer Stelle würde ich die Story ruhen oder von einem Kollegen übernehmen lassen.«

Alles in mir rebellierte, aber ich nickte und erinnerte mich schlagartig wieder an den Vorfall in meinem Gefängnisflügel. »Da war ein Insasse im Gefängnis, der mir gedroht hat, als ich nach draußen begleitet wurde«, teilte ich Morgan und Brody mit und schilderte kurz, was passiert war.

»Und der Wärter hat den Angreifer mit Malone angesprochen und es danach geleugnet?«, fragte Morgan.

»Ich nickte.«

»Können Sie den Mann beschreiben?«

»Nur seine Hände.« Ich runzelte die Stirn, sah die Szene wieder genau vor mir, wobei mir half, dass ich über ein nahezu fotografisches Gedächtnis verfügte, wenn ich nicht gerade unter einer Amnesie litt. »Da war etwas mit seiner Hand. Sie war kräftig, stark gebräunt, als sei der Mann noch bis vor Kurzem viel an der frischen Luft gewesen.«

»Okay, sonst noch was? Eine Narbe, ein Kennzeichen?«

Ich visualisierte für mich den Moment, sah es wieder vor mir. »Ja! Da war etwas an seinem inneren Handgelenk, eine Zeichnung oder ein Tattoo.«

»Wie sah es aus?«

»Es waren Buchstaben. Ziemlich ungelenk, aber lesbar:

K I G Y. Ich meine, so etwas schon mal gesehen zu haben, weiß aber nicht wo.«

»Das Kürzel und der Erkennungsgruß für *Klansman I Greet You, Klansmitglied, ich grüße dich«,* antwortete Morgan nachdenklich. »Was würden Sie sagen? War es ein Tattoo oder nur aufgemalt?«

»Eher Letzteres, oder aber ein sehr unbeholfenes frisches selbst gestochenes Tattoo.«

»Wie kommen Sie darauf?«

»Die Ränder waren nicht gut definiert, was ebenso auf einen Marker wie auf leicht durchblutete, frische Ränder eines Tattoos hindeuten könnte.«

Morgan wandte sich an Brody. »Was meinst du, lassen sie solche Parolen zu in der Haftanstalt?«

Dieser nickte, das Gesicht weiter konzentriert auf die Ausfahrt Richtung Flughafen gerichtet. »Die lassen noch heftigere Parolen zu ... und nicht nur Parolen.«

»Brody hatte einige Einsätze als Undercover-Mann, unter anderem auch in Haftanstalten, bevor ich ihn als Ermittler für mein Team gewinnen konnte«, erklärte Morgan, an mich gewandt. »Wenn einer sich in den Gepflogenheiten hinter Gittern auskennt, dann er.«

Brody nickte, mich im Rückspiegel ansehend. »In dem Flügel, in dem Sie weggesperrt waren, sind die wahren Anführer der Anstalt eingebuchtet. Gefangene, die da drin wie Bandenführer regieren. Es würde mich nicht wundern, wenn sie den einen oder anderen Wärter unter ihrer Kontrolle haben. Niemand stoppt sie, keiner traut sich, gegen sie vorzugehen. Wärter greifen nur ein, wenn ein Mithäftling oder einer vom Personal angegriffen wird. Und selbst dann ...«

»Müssen die Männer keine Konsequenzen befürchten?«

Brody hob die Schultern. »Was macht es für einen Unterschied, ob man einmal oder dreimal lebenslänglich einsitzt? Respekt haben die Jungs da drin nur vor der Todeszelle, manche nicht mal das.«

Morgan wandte sich wieder zu mir um. »Sie haben Glück gehabt, dass man Sie nicht mit den anderen in die Speisesäle, zum Hofgang oder zu den Duschen gelassen hat. Nach einer rechtskräftigen Verurteilung wäre es Ihnen als Sohn amerikanischer Ureinwohner da drinnen übel ergangen.«

»Im Moment scheinen die Weißen und die Latinos die Führung übernommen zu haben. Das Machtgefüge ist jedoch instabil«, ergänzte Brody. »Zu den erklärten Feinden gehören alle anderen, also auch Sie.«

»Besonders beliebt war ich da drin wohl wirklich nicht«, sagte ich und erinnerte mich an so manches stinkende Geschenk zum Abschied. »Aber was steckt wirklich hinter dem Tattoo, das der Typ auf seiner Hand hatte? Macht ihn das nicht auch zu einem Außenseiter, auf den die anderen losgehen, sowie sich eine Gelegenheit bietet? Im Knast gibt es ja mehr farbige als weiße Männer.«

Brody lachte bitter, während er die Terminals für Inlandflüge ansteuerte. »Tattoos, die draußen als verboten eingestuft sind, dürften da drin wie ein Freifahrtschein sein, der Angst, Schrecken und Respekt verbreitet. Ich habe zu Häftlingen Kontakt gehabt, die sich solche oder andere Clanzeichen selbst eingeritzt haben, um unbehelligt ihre Strafe absitzen zu können oder schlicht zu überleben.«

VIERZIG

Unerwartete Hilfe

LIAM GARCIA/YAS

Salt Lake City 2013

TAGE SPÄTER

»Aufwachen, Yas, es gibt Frühstück«, meldete sich John und wedelte mit einer braunen Tüte sowie einem dampfenden Jumbobecher.

»Kaffee und Muffins?«, fragte ich hoffnungsvoll.

»Ja, wenn du dir schon die Nächte in der Redaktion um die Ohren schlägst, kümmere ich mich wenigstens darum, dass du mir nicht zusammenbrichst.« Neben die Tüte und den Becher klatschte er eine Tasche auf den Tisch. »Dieses Mal hab ich vorgesorgt. Ein frisches Shirt, Wäsche, Duschgel, Rasierzeug und Handtücher, gesponsert von deinem Lieblingsboss. Benutz die Dusche in der Chefetage.«

»Du bist wie ein Vater, danke.«

»Besser, mein Junge. Ich erspar dir die Predigt über ungesundes Leben. Und jetzt los, mach dich frisch, danach wird gefrühstückt. An der Reihenfolge gibt es nichts zu drehen.«

»In Ordnung«, stimmte ich überrumpelt zu und warf einen Blick auf die Uhr. Es war gerade mal 6:00 Uhr. »Was machst du so früh hier? Ist was passiert?«

John grinste. »Sagen wir es mal so, auch meine Nacht war lang. Ich hatte Besuch von einem alten Kollegen, hab ihn gerade zum Flughafen gebracht. Er musste die erste Maschine nach Phoenix erwischen und wir hatten ein interessantes Gespräch. Es ging unter anderem auch um ein paar Gestalten im dortigen Police Departement, die du kennengelernt hast. … Aber geh erst duschen.«

»Das kann warten, um was geht es?«

John grinste. »Na schön. Es scheint, als hättest du da unten eine Freundin, die sich für dich eingesetzt hat. Sagt dir der Name Samantha Pierce was?«

»Befragt haben mich nur Captain Jefferson und die Officers Black und Anderson. Aber der Name Samantha kommt mir irgendwie bekannt vor.«

»Woher?«

»Kann sein, dass ich ihn aufgeschnappt habe.« Krampfhaft durchforstete ich mein immer noch lückenhaftes Gedächtnis, rief mir die Orte der Vernehmung in Erinnerung, blieb an einer Szene hängen, die sich noch in der Krankenabteilung im Knast abgespielt haben musste.

Vor Tagen, Arizona Department of Corrections

Die beiden Officers spielten mal wieder das Verhörspiel, für das sie sich ihre Regeln selbst zurechtlegten, um unbeobachtet von Kameras und unliebsamen Zeugen abwechselnd mit der Todesstrafe, der Hölle oder üblen Attacken im Knast selbst zu drohen, damit ich endlich einen Mord gestand.

Einmal blieben sie sogar über Nacht, um mich nach jedem Aufwachen erneut zu bearbeiten. Es gab da diesen einen Moment, in dem sie mich schlafend wähnten und ungeniert über eine Frau hetzten:

... »Samantha Pierce, unsere Frau Doktor weiß es natürlich besser. Mit ihrem Geschwätz über alternative Täter und deren mögliche Motive macht sie mich echt kirre. Was bildet die sich ein? Kommt wahrscheinlich frisch von der Akademie und macht sich gleich unbeliebt.«

»Nicht beim Captain. Jefferson wird bei ihr handzahm und tut so, als würde er auf ihre Ratschläge hören.«

»Du sagst es, er tut nur so ...«

Heute, Redaktion des Chronicle

»He, Liam? Träumst du?« Johns Stimme riss mich aus meinen Erinnerungen.

»Ja, ich kenne sie, zumindest ihren Namen«, gab ich verspätet zu und fasste das Erlauschte kurz zusammen. »Aber woher hat dein Freund diese Insiderinformationen?«

»Er ist Kriminalreporter und treibt sich mit gespitzten Ohren in einschlägigen Kneipen und Bars herum, in denen die Cops abhängen. Die Jungs haben ihre Stammkneipen. Und es scheint so, als hätten die Officers, die dich verhaftet haben, nicht nur in deiner Gegenwart über die Lady gelästert.«

»Die Jungs, du sagst es«, sprach ich einen Gedanken aus, während mir weitere Phrasen einfielen, die Black und Anderson von sich gegeben hatten, als sie mich ohnmächtig oder schlafend wähnten. »Im Rang steht Samantha Pierce wohl über den weit älteren Officers. Das muss sie gehörig wurmen.«

»Oh ja, vor allem, da sie sich gegen die Mannschaft gestellt und für dich eingesetzt hat. Ich dachte, das solltest du wissen, damit du vielleicht endlich mal wieder schlafen und den ganzen Mist hinter dir lassen kannst. Es ist vorbei, Yas. Und nicht alle Cops sind Drecksäcke.«

Ich schmunzelte. »Wenn sie den Officers, die mich

drankriegen wollten, das Leben schwer gemacht hat, muss sie in Ordnung sein.«

»Das denke ich auch. Und jetzt geh duschen und nimm dir heute frei. Ich brauch hier einen gesunden Liam und kein übernächtigtes Nervenbündel.«

Frei nehmen? Auf keinen Fall. Noch unter der Dusche stehend, grübelte ich weiter. Überlegte, ob ich diese Samantha Pierce nicht einfach anrufen sollte. Wenn sie tatsächlich so isoliert in der Truppe war, würde sie mir vielleicht ein paar Fragen beantworten.

Ich ließ mir Zeit, trocknete mich ab, schlüpfte in die frischen Sachen, die John mir mitgebracht hatte und kam mir schäbig vor. Ich hatte John, der sich wirklich wie ein Vater um mich sorgte, etliches verschwiegen, damit ich weiter an der Story dranbleiben durfte. Unter anderem das Kontaktverbot der Malones und die Drohung des Mannes im Knast. Ebenfalls im Dunkeln gelassen hatte ich ihn über die Gefahr, in der ich als Zeuge schwebte.

Mein Handy klingelte.

Noch in Gedanken, nahm ich das Gespräch von Dr. Morgan entgegen und hörte erst einmal ein Schlürfen und Geschirrklappern und ein genuscheltes »Moment, Liam.«

»Hallo, Dr. Morgan«, meldete ich mich und stellte mir vor, wie mein Anwalt seine Tasse vorsichtig auf einem Unterteller abstellte, natürlich aus feinstem Porzellan und kein umweltfeindlicher Einmalbecher in Jumbogröße, wie John und ich sie bevorzugten.

»Ohne meinen Kaffee bin ich ein halber Mensch«, kam es mit einem tiefen Seufzer. »Kennen Sie das? Ein Schluck und der Morgen ist gerettet? Aber genug der Vorrede. Ich habe gute Nachrichten, Liam. Es geht um Ihre Haftentschädigung. Unsere Forderungen werden vollumfänglich erfüllt. Sie bekommen in den nächsten Tagen ein nettes Sümmchen auf Ihr Konto. Die Summe errechnet sich aus Schmerzensgeld, Honorar-Ausfallkosten und Reisekosten. Auch meine Auslagen und Kosten werden zu hundert Prozent erstattet.«

»Danke, daran habe ich überhaupt nicht mehr gedacht. Und ich habe auch nicht wirklich damit gerechnet, etwas zu bekommen.«

»Sollten Sie aber, das Geld steht Ihnen zu. Auch wenn es nicht gutmachen kann, was Ihnen widerfahren ist. Wie geht es Ihnen denn inzwischen? Folgen Sie meinem Rat und nehmen Sie eine kleine Auszeit?«

»Haben Sie sich mit meinem Boss abgesprochen? Der hat mich auch gerade nach Hause geschickt. Aber nein, das alles lässt mir keine Ruhe. Offengestanden bin ich derzeit fast nur in der Redaktion. Das ist meine Art, zu verarbeiten. Ich recherchiere, bleibe an meiner Story dran.«

»Können Sie sich denn inzwischen wieder an alles erinnern?«

»Leider ist einiges noch unklar. Auch von der Zeit, nach meiner Verhaftung. Aber vielleicht können Sie mir da sogar helfen. Ich habe nur Erinnerungsbruchstücke an die Verhöre und die Personen, die mich wieder und wieder befragt haben.«

»Ich kann es versuchen. Um was oder wen geht es?«

»Ich erinnere mich an eine Kriminalpsychologin im Team von Captain Jefferson. Dr. Samantha Pierce. Wissen Sie, welche Rolle sie bei meiner Verhaftung gespielt hat und wie sie in das Team eingebunden ist?«

»Dr. Pierce, richtig«, murmelte Morgan. »Ich habe ihren Namen aus den Akten. Mit Ihrer Verhaftung hatte sie nichts zu tun, sie ist frisch im Team. Ich weiß nur, dass sie sich um Angel Malone, die Tochter der Ermordeten, gekümmert hat. Gesprochen habe ich nur ein einziges Mal mit ihr, aber die Lady hat mich beeindruckt. Eine taffe junge Frau.«

»Also steht sie gewaltig unter Druck. Was, wenn ein weiterer Anschlag auf ihren Schützling Erfolg hat?«

»Angel Malone wird meines Wissens weiterhin von einem Cop bewacht.«

»Arme Kleine, da kann man nur hoffen, dass der wahre Mörder von Fay Malone bald gefasst wird?«

»Ja, leider bin ich nicht auf dem Laufenden, was die Fahndung angeht, ich weiß nur, dass ihre Leiche freigegeben wurde. Ihre Beerdigung findet in zwei Tagen statt.«

»Das wusste ich nicht. Aber das ist doch eine perfekte Gelegenheit, sich unter die trauernden Gäste zu mischen. Vielleicht bekommt mein müdes Gedächtnis dabei endlich den letzten Schub, damit es wieder funktioniert.«

»Keine gute Idee, Liam. Bleiben Sie Phoenix fern. Wir haben darüber gesprochen, dass Sie, genau wie Angel, auf der Abschussliste des Mörders stehen.«

EINUNDVIERZIG

Verbündete?

LIAM GARCIA/YAS

Salt Lake City 2013

»Sie wundern sich sicher, warum ich mich bei Ihnen melde«, plauderte ich los, als die Gesprächspause zwischen Samantha und mir sich ausdehnte. Die Kriminalpsychologin schien entweder abgelenkt oder wenig begeistert zu sein über meinen Anruf.

»Worum geht es, Mr. Garcia?«, fragte sie kühl.

»Ich habe ein paar Fragen.«

»Das passt jetzt nicht.«

»Ich melde mich gerne später, sagen Sie mir, wann«, schlug ich vor.

»Kleinen Moment, bleiben Sie dran.«

»Okay …«

Ich hörte Stimmen im Hintergrund, Schritte, eine Tür fiel ins Schloss. »So, jetzt können wir reden«, meldete sie sich deutlich entgegenkommender. »Was kann ich für Sie tun, Mr. Garcia?«

»Das weiß ich noch nicht, aber ich habe es sehr bedauert, dass wir uns in Phoenix nie begegnet sind.«

Ein Seufzer. »Ja, da sind wir schon zwei. Aber Sie sind doch frei. Ihr Alibi ist bestätigt und ich könnte mir vorstellen, dass Sie froh sind, alles hinter sich gelassen zu haben.«

»Das bin ich. Aber damit ist die Story, derentwegen ich in Phoenix war, nicht abgeschlossen.«

»Sie arbeiten weiter an Ihrer Story? Worum geht es dabei genau, wenn ich fragen darf?«

»Um die Hintergründe, die dem Überfall auf das Konzert Timothy Blairs zugrunde liegen. Fay Malone und Ihre Tochter Angel waren in Blairs unmittelbarer Nähe auf der Bühne, als maskierte Männer diese stürmten.«

»Waren Sie deshalb in ihrem Haus und am Tatort?«

»Ja, auch wenn ich mich tatsächlich immer noch nicht vollständig daran erinnere. Aber ja, deshalb war ich in Phoenix. Nicht, um eine Frau zu metzeln und mit ihrem Blut an den Händen torkelnd in der Gegend herumzuirren, damit mich Ihre Officers dort aufgabeln.«

»Ja, ich weiß. Da ist einiges nicht ganz so verlaufen, wie es sein sollte. Das mag dem Druck geschuldet sein, der uns zwingt, Ergebnisse zu liefern. Aber ich verstehe, dass Sie wütend sind.«

»Wütend? Nein. Nachdenklich und neugierig auf die wahren Gründe dafür, dass bis jetzt immer noch kein Täter gefunden wurde, trifft es eher. Wird überhaupt noch nach einem Täter gefahndet?«

»Bedaure, dazu darf ich Ihnen nichts sagen. Erinnern Sie sich denn inzwischen an Einzelheiten? Vielleicht sogar an den Täter, an die Person, die Sie niedergeschlagen hat?«

»Leider nein. Laut meiner Ärzte kann es sein, dass ich mein Gedächtnis an diese Minuten nie ganz zurückerlangen werde, ebenso gut sei es möglich, dass alles plötzlich wieder da ist. Ungeachtet dessen bin ich weiter an den Hintergründen interessiert, die möglicherweise mit meinem Fall korrelieren.«

»Können Sie das etwas konkretisieren?«

»Ich habe den Eindruck, dass der Mord an Fay Malone und die Toten infolge des Überfalls auf das Konzert nur Randgeschehen sind, die etwas vertuschen, was weitergedeiht. Etwas ziemlich Großes, in das mächtige Personen verwickelt sind. Es mag Einzeltäter geben, aber sie sind vermutlich nur Teile eines Molochs, an dem noch keine Ermittlung gekratzt hat.«

»Ist das die Story, hinter der Sie her sind?«

»Ja und nein. Ich kann das nicht trennen von den Opfern und konkreten momentanen Bedrohungen. Immer wieder sehe ich vor mir dieses kleine Mädchen mit dem blutigen Messer, das mich flehend ansieht. Wie wollen Sie Angels Sicherheit gewährleisten, wenn die wahren Täter und Hintergründe nicht entlarvt werden? Was, wenn ein zweiter Anschlag dieses Mal sie, und keine Doppelgängerin trifft?«

»Sie wissen davon? Woher?«

»Ich weiß es von meinem Anwalt, und es erschreckt mich bis ins Mark.«

»Mich auch, Mr. Garcia. Und es ist gut, dass Sie nicht mehr in der Stadt sind. Passen Sie auf sich auf.«

»Das tue ich, aber ich wurde bereits niedergeschlagen, wahrscheinlich nicht heftig genug, um mich mundtot zu machen. Indessen läuft da draußen ein Täter frei herum, vielleicht gibt es ein ganzes Komplott, dem Fay im Weg war. Wen trifft es als Nächsten? Mich? Die kleine Angel?«

»Wir bewachen sie.«

»Wie lange noch?«

»Solange sie in der Klinik ist. Danach wird sie in die Obhut eines Verwandten übergeben, der zugesagt hat, für ihre Sicherheit zu sorgen.«

»Jemand aus dem Malone-Clan, ernsthaft?«

»Ja, ein entfernter Verwandter. Der Mann ist Geistlicher. Die zuständigen Behörden haben keine Bedenken.«

»Und Sie? Was denken Sie? Haben Sie auch keine Bedenken?«

»Mr. Garcia, ich kann da leider nichts tun. Ich habe nichts in der Hand.«

»Gut, dann helfe ich Ihnen, wenn Sie im Gegenzug mir helfen.«

»Wie?«

»Gehen Sie ein paar Wochen zurück, besorgen Sie sich alle Unterlagen zu dem Blair-Überfall, bei dem Fay Malone mit der Kleinen auf der Bühne war. Und jetzt kommt die Verbindung, der Sie nachgehen sollten. Fay Malone und Blair waren jahrelang ein Paar. Zumindest eine Person der Malone-Familie ist, meinen Recherchen zufolge, an diesem Überfall beteiligt gewesen und steht in direkter Verbindung zu einer neuen Zelle des KKK.«

»Das ist gut möglich«, sagte Samantha etwas zu leise und räusperte sich.

»Vielleicht sollten wir uns treffen und uns austauschen?«

»Ich kann im Augenblick nicht hier weg und ich denke, es ist besser, wenn Sie in nächster Zeit nicht in Phoenix auftauchen.«

»Und ich denke, es ist eine verdammt gute Idee, genau das zu tun«, erwiderte ich. »Wird Fay Malone nicht in zwei Tagen beigesetzt?«

»Ja, einige Männer von uns werden die Feierlichkeiten überwachen.«

»Es sind also recht viele Leute zur Zeit der Beerdigung auf dem Friedhof. Trauergäste, Ihre Leute, Zaungäste, die stets auftauchen, wenn es was zum Glotzen gibt, Fotografen, Presseleute. Ein Typ, der sich am Rande aufhält und nicht vordrängt, fällt da kaum auf.«

»Kann ich Sie davon abhalten, um Ihrer selbst willen?«

»Nein.«

»Gut, dann treffen wir uns da. Und zwar nach der Beisetzung, wenn die Reihen sich gelichtet und unsere Leute das Gelände verlassen haben. Auf keinen Fall vorher.«

»Danke, Dr. Pierce.«

»Samantha, nennen Sie mich Samantha und notieren Sie sich am besten meine zweite Handynummer.«

ZWEIUNDVIERZIG

Die Toten, die Lebenden

LIAM GARCIA/YAS

Phoenix, Arizona 2013

ZWEI TAGE SPÄTER

Es war ein diesiger Morgen und ungewöhnlich frisch für den Brutofen Phoenix, an den ich mich erinnerte.

Nach meiner Ankunft am Flughafen hatte ich einen unauffälligen Kleinwagen gemietet, wie sie in Massen auf den Straßen der Stadt herumfuhren. Geplant hatte ich genau das, was ich mit Samantha vereinbart hatte, mich unauffällig am Rand des Friedhofs aufzuhalten. Bei ihr melden wollte ich mich erst später.

Dazu hatte ich mich erneut auf die Website ihrer Behörde eingeloggt und in den sozialen Medien nach ihr gesucht. Ich hatte ihr offizielles und einige private Bilder studiert. Samantha war eine natürliche Schönheit, zierlich, klein, braunes Haar, Rehaugen. Mit einer sensiblen Ausstrahlung, die sie wahrscheinlich viel jünger erscheinen ließ. Ihrer Ausbildung und den bereits geleisteten Dienstjahren zufolge musste sie jedoch mindestens dreißig sein, eher ein paar Jahre älter.

Noch am Flughafen zog ich mich um, kleidete mich in die einzigen dunklen Klamotten, die ich besaß. Eine schwarze Baumwollhose, ein dunkles Hemd. Mein Plan, mein Gesicht hinter einer Sonnenbrille zu verbergen, scheiterte an dem ausnahmsweise miesen Wetter, was völlig untypisch für den Spätsommer in Arizona war. Also wechselte ich zu einer zumindest schwarzrandigen Brille mit Fakegläsern, die mir ein strengeres Aussehen verlieh, die mich älter machte und einen nicht allzu aufmerksamen Beobachter ablenken würde von meinen verräterischen langen Haaren, die ich in einem streng geflochtenen Zopf im Nacken zusammengebunden und unters Hemd geschoben hatte.

Sogar ein Blumengebinde aus weißen Rosen und Lilien erstand ich in einem Blumenladen. Etwas Erdiges, das mich an einen anderen Duft erinnerte, triggerte mich augenblicklich. Hinzu kam, dass ich in den letzten zwei Tagen kaum geschlafen hatte und entsprechend anfällig war für meine immer häufiger auftretenden Flashbacks, die mich jetzt schon im halb wachen Zustand heimsuchten. Tief ein- und ausatmend, rettete ich mich noch ins Freie, schaffte es gerade noch in den Wagen.

Als ich die Zieladresse ins Navi eingegeben hatte, passierte es wieder. Meine Sicht verschwamm.

Ich starrte auf eine halb geöffnete Tür, hörte ein leises Wimmern. Im ersten Moment hielt ich es für ein Kätzchen, was auch die geöffnete Tür erklärte.

Ich hatte mich immer wieder um Tierschutzkatzen gekümmert, wusste, dass es gut war, wenn die Freigänger einen Fluchtweg zurück ins Haus hatten und erwartete, gleich eine huschende Katze zu sehen.

Um nicht versehentlich über ein fliehendes Tier zu stolpern, setzte ich meine Füße vorsichtig auf den hellen Boden, auf dem große schmutzige Fußspuren prangten, deren Spitzen nach außen zur Haustür zeigten. Ich vermied es, darauf zu treten, wollte nicht noch mehr Schmutz verbreiten, als das Wimmern plötzlich verstummte, abgelöst von Klagelauten, die mich schaudern ließen.

Ein Gefühl von etwas Unheimlichem überkam mich, warnte mich. Dreh dich um, lauf, lauf einfach weg.

Doch ich konnte nicht umkehren, schlich weiter. Sah eine Tür.

Sie stand einen Spalt offen. Ich stieß sie auf, erstarrte, spürte, wie etwas an mir zerrte. Sah kleine, schmutzige Hände, riesige Augen von einem unnatürlich dunklen Blau, weit aufgerissen. Ein verschmiertes Gesicht, umrahmt von einer Wolke dunkler Locken ...

»Mister, he, Sie müssen weiterfahren, es ist grün ...«

»Was?« Ich blickte in das Gesicht einer Fremden hinter dem geöffneten Seitenfenster eines Kleinwagens, an dem ich viel zu dicht dran war.

»He, sind Sie auf Koks?« Eine Männerstimme, rechts von mir, dann ein schrilles Hupen. Abrupt nahm ich die Hände hoch, die an das Signal am Lenkrad gekommen waren.

Weitere empörte Stimmen.

Drängend, genervt.

Verdammt, wieso stand ich mitten auf der Kreuzung?

Ich schüttelte mich.

Nur weg hier, ehe mich ein Cop erwischte.

Tief Atem holend legte ich die Hände wieder aufs Lenkrad, trat sachte aufs Gas. Der Wagen rollte an, weg von den empörten Stimmen.

»*Ihr Ziel liegt eine Meile vor Ihnen*«, verkündete eine weibliche Stimme. Ich blickte auf das Navi, auf dem der Zentralfriedhof angezeigt wurde.

Ich war auf dem Weg dorthin. Zu Fay Malones Beisetzung. Plötzlich war mir eiskalt und ich verfluchte den Umstand, dass ich weder gefrühstückt noch einen Kaffee getrunken hatte.

Kein Wunder, dass ich Aussetzer hatte.

Es war Zeit, dem dumpfen Brüten Taten entgegenzusetzen. Zu tun, was mich schon viele Male gerettet hatte. Mich tief in die nächste Story vergraben, bis ich alle Puzzleteile in einem Text zusammengefasst hatte, mit dem ich die Menschen da draußen warnen, aufrütteln nachdenklich stimmen konnte und Opfern eine Stimme gab.

Das war ich.

Und nicht das Jammerbündel, das sich mit Albträumen herumplagte.

Himmel, wie pathetisch ich wieder drauf war.

Etwas, was meinen Freund Carl schon immer fasziniert hatte, wenn ich mich wie der letzte Ritter fühlte und einer Story nachjagte. Dass er im Grunde das Gleiche praktizierte, um auf andere Art die Schatten und Schandtaten unserer gemeinsamen Vergangenheit hinter sich zu lassen, verband uns wie Brüder. Wir wussten beide, dass unsere Berufswahl uns vor der Straße, den Gangs und den Narben einer fehlenden Kindheit rettete.

Carl!

Siedend heiß fiel mir ein, dass ich auch ihm mehr als ein Danke schuldete, dafür, dass er mir mal wieder den Arsch gerettet hatte.

Seit Dr. Morgan mich aus dem Knast geholt hatte, hatten wir zwar telefoniert, aber ich hatte wieder einmal mein Versprechen, ihn auf dem Laufenden zu halten, gebrochen.

Wenn Carl wüsste, dass ich gerade auf dem Weg zu einer Beerdigung war, auf der sowohl mein Angreifer als auch Fays Mörder und etliche Anhänger der radikalen Bruderschaft erscheinen konnten, würde er mir die Leviten lesen. Zu Recht.

»Nach dreihundert Metern biegen Sie links ab. Nach fünfzig Metern Ankunft an Ihrem Zielort«, verkündete mein Navi.

Ich nahm den Fuß vom Gas, ging langsam auf Schritttempo herunter, blickte mich nach einem Parkplatz um. Auf dem ausgewiesenen Platz direkt am Friedhof zu parken, gefiel mir nicht. Besser, ich näherte mich zu Fuß. Mein Blick fiel auf die Blumen, die mich auch so als Besucher outen würden.

Nicht zu Ende gedacht, Yas.

Mal wieder.

Und jetzt reiß dich zusammen!

DREIUNDVIERZIG

Ein Mädchen an der Grube

Phoenix, Arizona 2013

Der dunkel gekleidete hochgewachsene Mann, der sich dem Friedhof von der anderen Seite näherte, trug neben einem Hut, ungeachtet des bewölkten Himmels, eine Sonnenbrille. Den Hut hatte er tief ins Gesicht gezogen, den Kragen seines perfekt sitzenden dunklen Sakkos hochgeschlagen. Er sah aus wie einer der mit der Umgebung verschmelzenden Bodyguards. Er war vielleicht ein wenig größer, nicht ganz so bullig und er hatte auch keine Ausbeulungen an seiner Kleidung, die von unter der Jacke getragenen Waffen herrührten.

Anstelle einer Kamera, wie die herumlungernden Journalisten sie vor sich her trugen, um auf Schnappschüsse zu lauern, hielt er ein Blumengebinde eng an sich gedrückt. Fay Malones Bestattung ließ sich sicher mit einigen reißerischen Schlagzeilen an die sensationsheischende Presse verkaufen, auch wenn es schwer schien, die echten Trauergäste von all denen zu unterscheiden, die sie belauerten. Da waren die Cops, die Zaungäste ... vielleicht sogar der Mörder der Hauptperson, deren zerfetzte Überreste zu Grabe getragen wurden.

Hieß es nicht, dass die Täter immer zurückehrten, um auch den letzten Akt auszukosten bis zum bitteren Ende?

So lauerten die einen den anderen auf, beäugten sich misstrauisch, versuchten zu ergründen, wer zu welcher Fraktion gehörte.

Dem hochgewachsenen Mann gelang es erstaunlich gut, sich im Hintergrund zu halten, gerade so weit von den Trauergästen und dem Geistlichen entfernt, dass er das Mädchen beobachten konnte.

Die Kleine trug nur eine schwarze Armbinde im Gegensatz zu dem kärglichen Dutzend Angehöriger, die sich in unmittelbarer Nähe des Grabes aufgestellt hatten.

Dass die Sechsjährige als einzige keine Krokodilstränen weinte, weckte das Interesse der Fotografen, die ihre Objektive auf sie richteten, um ein Bild des angeblich eiskalten Engels zu erhaschen, wie es einige Klatschblätter später schreiben würden.

Ein Name, der sie fortan wie ein Fluch begleiten sollte. Doch davon ahnte dieses kleine Wesen nichts, als es in die dunkle Grube blickte, in der seine Mom jetzt ruhte. Mit müden Bewegungen legte es eine einzelne weiße Rose neben sich. Dann nahm es zuerst seinen Schal ab, schälte sich aus dem Mäntelchen, unter dem es normale bunte Kleidung trug wie alle kleinen Mädchen. Offenbar hatte niemand es für nötig erachtet, ihm eigens für die Beerdigung etwas Passendes zu besorgen.

Mit Schal und Mantel über dem Arm ging die Kleine in die Hocke, griff nach der weißen Rose, hob sie auf und warf sie zusammen mit dem Schal und dem Kindermäntelchen in das dunkle Erdloch.

»Damit du nicht frierst, Mommy«, flüsterte sie.

»Dummes Ding, was machst du da?«, herrschte eine breithüftige Frau sie an, zerrte sie am Arm zurück. »Wie respektlos kann man denn sein?«

Ein Raunen ging durch die kleine Gruppe, von dem der dunkle Mann in seinem Versteck nur Satzfetzen mitbekam. Es schien, als seien sie alle verärgert, ob dieser Störung.

Das Mädchen erstarrte zuerst, dann hämmerte es schrill kreischend auf die Frau ein.

Der Geistliche schien aus dem Takt gebracht zu sein. Mit hochgezogenen Augenbrauen unterbrach er sein monoton dahergesagtes Gebet, nestelte an dem Mikrofon, räusperte sich, was wie ein Donner klang. Genau wie sein *Vaterunser*, das alles Flüstern, Nuscheln und das Geschrei des Mädchens übertönte.

Reglos in seinem Versteck hinter der Eiche ausharrend, beobachtete der Mann das Mädchen, das nun eingequetscht und eingeschüchtert zwischen der resoluten Frau und einem Mann im dunklen Anzug stand.

Dass sich die Objektive der Kameras auf sie richteten, bemerkte die Kleine nicht. Sie starrte ins Leere, als sei auch sie längst in einer anderen Welt.

»Verfluchte Aasgeier.« Wutschnaubend lauschte der Fremde den gehässigen Kommentaren einiger Zuschauer, die sich über die Schwächste hermachten.

»Mir war sie ja nie geheuer«, schnappte er auf.

»Unmöglich, dieses Balg. Nicht eine Träne hat sie geweint.«

»Am besten wäre es, sie käme in ein Heim, wo man ihr Manieren beibringt ...«

»Kein Wunder bei der Mutter ... wie die sich rausgeputzt und unseren Männern den Kopf verdreht hat.«

»Würde mich nicht wundern, wenn Gary die Hutschnur geplatzt ist, die hat ihn doch zum Narren gehalten. ... Sie war nie eine von uns ...«

Der Mann schluckte, betrachtete seine Hände, die er längst zu Fäusten geballt hatte, und hieb mit einem unterdrückten Wutschrei gegen den Baumstamm.

Niemand beachtete ihn.

Die Augen der Lästermäuler hatten ein lohnenderes

Ziel, blickten mit Kopfschütteln, untermalt von Hassreden, auf das kleine Mädchen. Die offizielle Trauerrede schien beendet, die Trauergäste verstreuten sich, eilten zu ihren Autos. Mitten unter ihnen das Mädchen, das Bewachern auf dem Parkplatz entkommen war und beinahe von einem ausparkenden Fahrzeug erfasst worden wäre.

Kreischende Bremsen übertönten das Lästern und vereinzelte laute Aufschreie.

Niemand schien sich danach um die Kleine zu sorgen. Die Zaungäste verstreuten sich, der unglückliche Fahrer gab Gas und verschwand.

Das Mädchen floh zurück auf den Friedhof, als fürchtete es die Blicke. Es verbarg sich in der Nähe des Fremden hinter einem großen Grabstein. Kauerte sich zusammen, bewegte seinen Oberkörper vor und zurück. Dabei summte es ein Lied.

Der Fremde kannte es, fiel leise in ihr Summen ein, näherte sich ihr in gebückter Haltung und ließ sich neben ihr nieder. »Hallo Angel, ich bin bei dir«, flüsterte er und legte sanft einen Arm um ihre Schultern.

»Ich will zu meiner Mommy.«

Vorsichtig sah er sich um.

Inzwischen hatten sich auch die Trauergäste und der Geistliche entfernt. Noch immer schien niemand die Kleine zu suchen. Er nickte ihr zu. »Dann komm, lass uns gemeinsam zu deiner Mom gehen. Wir müssen ihr eine gute Reise zu den Engeln wünschen.«

Er stand auf, wartete, bis sie es ihm gleichtat. Dann streckte er ihr seine große Hand hin, in der ihre Hand fast verschwand. Wies mit der anderen auf ein herzförmiges Blumengebinde aus weißen Rosen, das er auf der Kante einer Grabfassung abgelegt hatte. »Willst du es nehmen? Es ist für deine Mom.«

Angel nickte stumm, ließ es sich reichen, drückte es an sich. Dann gingen sie gemeinsam zu der noch offenen

Grube, die längst von allen verlassen war. Dennoch sah der Mann sich immer wieder um.

Am Grab angekommen, kniete er sich neben Angel, so dass ihre Köpfe auf gleicher Höhe waren. Er blähte seine Nüstern, als der feuchte, dumpfe Geruch von Erde aus der Tiefe drang. Von dem schlichten dunklen Sarg war kaum noch etwas zu sehen. Das Mäntelchen und der Schal, die Angel in die Tiefe geworfen hatte, war nur von wenigen Erdkrumen bedeckt, die der Geistliche und die Trauergäste obendrauf geschaufelt hatten.

»Kannst du was machen, damit Mom da unten nicht so doll friert und nicht so allein ist?«, fragte Angel flehend.

Er nickte. »Wir können beide etwas tun«, sagte er und stimmte den von ihr zuvor gesummten Song an. Sie fiel mit ihrer zarten Kinderstimme ein.

Nachdem das Lied verklungen war, wurde es still.

Nur ein leises Rauschen, das einen nahenden Herbststurm ankündigte, war zu hören.

Der Mann schluckte, wischte sich über die Augen, hauchte: »Dieser Song wird immer der deine sein. Für immer, geliebte Fay.« Dann zog er seine Anzugsjacke aus und legte sie Angel über die bebenden Schultern. »Deine Mom wird weiterleben in uns, weil wir sie lieb haben, und wann immer du ihr nah sein willst, sing unseren Song.«

»Unser Song!«, wiederholte Angel und spiegelte seine Geste, als er seine Hand auf ihre Brust legte.

Noch presste sie mit der anderen Hand das inzwischen zerdrückte Blumenherz an sich.

Der Mann wies darauf. »Magst du es deiner Mommy mitgeben? Sie liebte den Duft von Rosen und er wird sie begleiten, wenn sie jetzt zu den Engeln reist.«

Ernst nickend warf Angel das Blumengebinde in die Tiefe, bevor sie sich wieder dem Mann zuwendete. »Kommst du wieder?«

»So oft ich kann, kleine Angel.«

»Ich mag dich.«

»Und ich hab dich sehr lieb. Pass auf dich auf, mein Engel.«

Stimmen näherten sich. Er blickte hoch, erkannte den Mann, der zuvor nicht mal bemerkt hatte, dass die Kleine davongelaufen war.

»Ich glaube, da sucht dich jemand«, flüsterte er leise. Legte den Zeigefinger auf seinen Mund und nickte ihr zu. »Erzähl keinem von uns.«

Sie schüttelte ernst den Kopf, gab ihm seine Jacke zurück, warf ihm eine Kusshand zu und lief dem Mann entgegen, der nach ihr rief.

VIERUNDVIERZIG

Am Rand des Abgrunds

LIAM GARCIA/YAS

Phoenix, Arizona 2013

Ich näherte mich Fays Grab, als auch der dunkel gekleidete Mann verschwunden war.

Was machte er hier?

Und wieso waren er und die Kleine so vertraut?

Inzwischen war ich am Rand des Abgrundes angekommen und blickte mit glasigen Augen in die Tiefe, in der meine erste unglückliche Liebe ruhte. Das Mädchen mit den goldenen Locken, in das ich mich einst hoffnungslos verliebt hatte, um es im nächsten Moment an den Mann zu verlieren, dessen Geschichte uns auf fatale Weise wieder zusammengebracht hatte.

Sie war schuldlos.

War ein Opfer, wie ihr kleines Mädchen, dessen Mantel jetzt halb verdeckt war von dem Rosengesteck.

Ich brachte es nicht übers Herz, meine hastig im Blumenladen erstandenen Blumen daraufzuwerfen, legte sie zu den Kränzen am Rand der Grube nieder. Ohne Widmung, ohne Schleife. Anonym. Mehr war ich zu ihren Lebzeiten nie gewesen für sie.

»Das war seltsam«, hörte ich eine leise Stimme hinter mir und wandte mich um.

»Samantha Pierce?«

»Ja, ich habe mich bewusst am Rand aufgehalten, war aber mehr als versucht einzugreifen, als diese Leute die Kleine so herumgezerrt haben.«

»Ging mir ähnlich«, sagte ich und merkte, wie belegt meine Stimme klang. »Aber ich fürchtete, dass sie mich erkennen würde. Angel hat mich ja gesehen, als ich im Haus war, hat mich angefleht, ihrer Mom zu helfen.«

»Sie waren der zweite Mann?«

»Welcher zweite Mann?«

»Der zweite Mann auf ihrer Zeichnung, die sie bei einer unserer Sitzungen erstellt hat ... bei der Gegenüberstellung hat sie übrigens nur geweint und sich geweigert, mit dem Finger auf jemanden zu zeigen. Mein Captain hat getobt.«

»Da ist seine Rechnung wohl nicht aufgegangen.«

»Nein. Was ist mit Ihnen, erinnern Sie sich endlich?«

»Ja, bruchstückhaft.«

»Das ist gut. Kommen Sie, gehen wir einen Kaffee trinken.«

Ich schwieg, setzte nur etwas zu hastig meinen Kaffeebecher ab, als Samantha Pierce mir mitteilte, dass Gary Malone unmöglich Angels leiblicher Vater sein könne. Dass sie ein Mischlingskind sei, das nun bei diesem entfernten Verwandten leben würde, nachdem man ihren Vater wegen Wilderei in der Wüste aufgegriffen habe. Er säße derzeit in Untersuchungshaft.

»Moment mal, wo war Gary Malone zum Zeitpunkt der Ermordung?«, fragte ich.

»Auf Pirsch, mit seinen Kameraden.«

»Und das ist sicher?«

Samantha zuckte mit den Schultern. »Er hat ein Alibi, bezeugt von einem Dutzend Männer, die wir nur zufällig auf frischer Tat ertappt haben.«

»Zufällig?«

»Einer der Ranger, die das Gebiet sporadisch durchstreifen, um verirrte Flüchtlinge aufzusammeln, hat Schüsse gehört und gemeldet.«

»Wann war das?«

»Zwei Tage, bevor Sie aus der Haft entlassen wurden.«

»Kann Malone nicht doch zur Tatzeit zu Hause gewesen sein.«

»Dann hätten zwölf Männer ihm ein falsches Alibi gegeben. Sie haben alle beteuert, zusammen gewesen zu sein. Anhand der Beute und der gefundenen Kadaver, die diese Wilderer zurückgelassen hatten, waren sie schon tagelang unterwegs gewesen, was auch den Zeitpunkt der Ermordung Fay Malones abdeckt. Den Männern ging es übrigens mehr um die Jagd als um die Beute. Bei der Geländedurchsuchung wurden etliche halb verendete und verletzte Tiere geborgen.«

»Darf man dort überhaupt jagen?«

»Nur mit entsprechender Lizenz, beschränkt auf bestimmte Tierarten, was vom Arizona Game and Fish Department, streng reguliert und überwacht wird.«

»Wessen wurden die Männer angeklagt?«

Samantha warf mir einen nachdenklichen Blick zu. »Tatsächlich nicht nur der Wilderei.«

»Wessen noch?«, fragte ich, mich an den Mann erinnernd, der mich bei meiner Haftentlassung am Arm gepackt hatte. Konnte es sein, dass das doch Malone gewesen war, auch wenn Pfeifer das geleugnet hatte?

Wieder traf mich ein Blick Samanthas. »Ich habe mich über Sie erkundigt, bei einem guten Bekannten aus einer übergeordneten Behörde, die den Fall übernimmt. Er meinte, ich könne Ihnen vertrauen und sicher sein, dass Sie erst mit bestimmten Informationen an die Öffentlichkeit gehen, wenn wir diese freigeben, und sie auch zurückhalten, wenn das nicht geschieht.«

»Das verspreche ich, selbst wenn mir der Pulitzerpreis

und meine Beförderung damit durch die Lappen gehen. Die Chance gibt es immer mal wieder.« Ich grinste. »Also, was haben die Jungs verbrochen? Haben sie etwa Schießübungen auf eine *Carnegiea gigantea* veranstaltet?«

»Auf was?«

»Lateinischer Name für den Saguaro-Kaktus, Sie wissen schon, diese Giganten mit den verzweigten Auslegern, die wie Arme aussehen.«

Samantha lachte. »Kann sein, dass sie auch davor nicht Halt gemacht haben.« Sie wurde wieder ernst. »Aber deswegen kommt man nicht gleich in unsere wenig gastlichen Einzelzellen, die Sie ja leider auch bewohnen durften. Nein, Malone und seine Kumpel wurden wegen Mordverdachts in mehreren Fällen festgenommen. Nach einem Vergleich der Waffen und Geschosse, die wir in den Leichen von drei Männern, zwei Frauen und drei Kindern gesichert haben, müssen wir davon ausgehen, dass sie auch auf Menschen Jagd gemacht haben.«

»Sie haben Menschen gejagt? Warum? Wer waren diese Menschen?«

»Zwei Weiße und vermutlich die Mitglieder von zwei Flüchtlingsfamilien. Mehr kann ich dazu nicht sagen, der Fall wurde vom FBI übernommen.«

Ich stieß den Atem aus. Konnte es nicht glauben. »Gary Malone hat Jagd auf Menschen gemacht? Auf Flüchtlinge?«

Samantha nickte. »Malone mag zwar ein Alibi haben für die Zeit, in der seine Frau erstochen wurde, für die Morde in der Wüste wird man ihn jedoch zur Rechenschaft ziehen. Ganz gleich, welche einflussreichen Freunde er hat.«

»Verdammt«, fluchte ich. »Ich hätte ihn verdammt gerne im Knast besucht, nachdem er mir dort bereits gedroht hat.«

»Was sagen Sie da? Sind Sie sich etwa begegnet?«

Ich schilderte Samantha die Szene im Flur. Beschrieb ihr auch das Tattoo mit der verräterischen Parole des KKK, die ich am Handgelenk des Mannes gesehen hatte.

»Werden Sie darüber schreiben?«, fragte sie, nachdem sie einige Sekunden geschwiegen hatte.

»In Zusammenhang mit den rassistisch motivierten Überfällen, ja. Über die erschossenen Flüchtlinge, vorerst nein. Ich nehme an, dass es sich dabei um eine laufende Ermittlung handelt.« Ich verschwieg, dass ich darüber mit Carl reden würde.

»Lassen Sie sich alle Fakten besser vorher offiziell bestätigen«, riet sie mir.

»Von Ihnen?«

Sie schüttelte den Kopf. »Ich bin dafür nicht zuständig. Nicht offiziell.«

Ich wurde aufmerksam. *Nicht offiziell.* Fragte aber nicht nach.

»Ich werde eigene Recherchen anstellen und mich mit illegalen Grenzübertritten und den oft tödlich ausgehenden Fluchtversuchen in der Sonora-Wüste beschäftigen.«

»Ja, diese Fluchtversuche enden oft tödlich«, antwortete Samantha mich aufmerksam anblickend. »Viele dieser Menschen, die auf ein besseres Leben hoffen, verhungern, verdursten, verirren sich. Und sie verschwinden oft spurlos. Fatal ist, dass niemand nach ihnen sucht, weil niemand sie vermisst. Darüber zu berichten, könnte den verfluchten Schleppern das Leben schwer machen. Das ist eine wirklich gute und sinnvolle Story. Schreiben Sie darüber. Lassen Sie vom Rest die Finger, das ist zu heiß.«

Ich versuchte in ihrem Blick zu lesen, aber es war schwierig. Die Frau hatte ein Pokerface. Im Gegensatz zu mir.

»Sie könnten rasch ebenso enden wie die von uns geborgenen Flüchtlinge«, warnte sie mich mit immer noch unbewegter Miene. »Und egal, was Sie schreiben oder tun, Sie stehen weiterhin im Fadenkreuz eventueller Bekannter aus dem Umfeld von Malone. Spätestens, wenn Sie sich an den Mann erinnern, der Sie niedergeschlagen und Fay vermutlich ermordet hat. Bewahren Sie sich diesen Teil der Story für eine größere Geschichte auf. Deren Ende ist auch für die Behörden noch offen.«

»Wenn ich das exklusiv bekomme ...«

»War ja klar, dass das jetzt kommt.« Samantha lachte und schob den Becher mit dem Kaffee angewidert von sich, als sie einmal daran genippt hatte. »Ich hasse kalten Kaffee.«

Schmunzelnd bestellte ich zwei frische Becher und ließ auch meinen kaum angerührten Pott zurückgehen.

Wir warteten, bis die Becher vor uns standen. Samantha nippte nur daran, während ich einen kräftigen Schluck nahm und auch den beigefügten Keks knabberte. Meine erste Mahlzeit seit gestern Abend. Allmählich pochte mal wieder mein Schädel, an dem ich immer noch ein Pflaster trug.

Samantha wies darauf. »Noch Schmerzen?«

»Nur manchmal. Und nicht vergleichbar mit dem, was Ihr Schützling durchmacht. Wie geht es denn jetzt weiter mit Angel? Waren das die Leute, die sich um sie kümmern sollten, eben auf dem Friedhof?«

»Die korpulente Frau war die Haushälterin des Pfarrers, der auch die Beerdigung zelebriert hat.«

»Ich versteh nicht.«

»Ich auch nicht und ich befürchte, dass der Pfarrer und seine Haushälterin keine geeigneten Ersatzeltern für Angel sind.«

Erst jetzt kapierte ich es. »Der Typ, der diese Phrasen und ein schäbiges *Vaterunser* heruntergeleiert hat, soll sich um eine Sechsjährige kümmern?«

»Er ist der einzige leibliche Verwandte, der über einen einwandfreien Ruf verfügt«, antwortete Samantha.

»Erinnert sie sich denn inzwischen?«, fragte ich.

»Schwer zu sagen. Es ist, als hätte Angel in ihrem Köpfchen eine Tür, die immer dann zufällt, wenn ich sie auf bestimmte Ereignisse anspreche. Das Blair-Konzert, auf dem sie mit ihrer Mom war, als sich der Überfall ereignete, gehört dazu. Sie hält sich die Ohren zu und schaut weg. Einige Male hat sie auch nur eine Melodie gesummt.«

»So wie eben, als sie mit dem Mann am Grab gekauert hat?«

»Davon habe ich nichts mitbekommen. Ich habe den Einsatz unserer Leute in Zivil überwacht und war nicht immer mit den Augen auf dem Geschehen am Grab. Ich habe nur gesehen, wie die Haushälterin sie herumgezerrt und später ein dunkel gekleideter Angehöriger sie zum Wagen gebracht hat.«

Ich überlegte, sollte ich ihr mehr von dem anderen Mann erzählen, mit dem Angel so vertraut gewesen war? Vergeblich versuchte ich, mich genauer an sein Aussehen zu erinnern. Doch ich hatte seine dunkel gekleidete Gestalt nie von vorne, nicht mal im Profil gesehen. Aber ich ahnte, wer er gewesen sein könnte.

Bis heute weiß ich nicht, warum ich Samantha nichts erzählt habe von meinem Verdacht. Irgend etwas ließ mich zögern. Was, wenn sie nur ein raffiniertes Spiel mit mir inszenierte? Was, wenn sie nur herausfinden wollte, ob ich mich nicht doch noch erinnerte?

»Sie hat wahrscheinlich nur ein Kinderlied gesummt«, erklärte ich, als sie mich abwartend ansah. »Ich kenn mich mit Kindern nicht wirklich aus. Machen Kinder das nicht so, wenn sie sich selbst beruhigen wollen? Wie ein Kätzchen, das schnurrt, um sich selbst im Schmerz so etwas wie eine winzige Wohlfühloase zu schaffen?«

Ein erstaunter Blick traf mich.

»Entschuldigen Sie, das war ein dummer Vergleich«, wich ich aus. »Aber sie sagten eben, dass Gary nicht ihr leiblicher Vater sein könne. Ist sie vielleicht adoptiert?«

»Fay Malone ist eindeutig ihre leibliche Mutter. Von ihrem Erzeuger hat sie jedoch einen Anteil afrikanischer Erbanlagen, vermutlich das stark gekrauste dunkle Haar und die eher bronzene Hautfarbe.«

»Sie hat blaue Augen.«

»Ja, das kommt vor, wenn auch selten. Voraussetzung ist wohl, dass der männliche Part in seiner Erblinie auch hellhäutige Vorfahren hat. So hat es mir die Gerichtsmedizinerin erklärt, die einige Untersuchungen durchgeführt hat. Wir haben diese bisher zurückgehalten, um dem kleinen Mädchen nicht noch mehr Probleme zu bereiten. Ihr Aussehen ist hell genug, um auch als Latina zu gelten, was wiederum zu Gary Malones Vorfahren passt.«

Ich brauchte einen Moment, um mein Bild zusammenzufügen. Dann nickte ich unbewusst und erkannte, was die ganze Zeit vor meinen Augen gewesen war. Aber ich schwieg abermals. Auch das nur zum Teil aus Misstrauen. Aber da war auch ein ungeheuerlicher Verdacht, dem ich erst nachgehen wollte. Darüber zu schreiben verbot sich von selbst.

FÜNFUNDVIERZIG

Nur Tote schweigen

GARY MALONE

Phoenix, Arizona 2013

Das ständige Pfeifen des Gefängniswärters ging Gary immer mehr auf den Sack. Nicht nur, dass die Töne schräg waren und immer dann erklangen, wenn er mal endlich weggedämmert war, sie kündigten auch an, dass was Unangenehmes bevorstand. Der Wärter würde ihn wieder mal in den Flur zerren, zu einer Vernehmung schleifen, zu irgendeiner Schikane, auf die er gut verzichten konnte. Abgesehen davon, passte ihm die momentane Auszeit gut in den Kram, nachdem da draußen alles aus dem Ruder gelaufen war. Die paar Monate wegen Wilderei würde er locker auf der linken Arschbacke absitzen und dann Gnade allen, die indessen Mist gebaut hatten. Er kicherte, als er sich daran erinnerte, wie er seinen Kopf noch in letzter Sekunde aus dem Schlamassel gezogen hatte.

Das Einzige, was ihm zu schaffen machte, war der Umstand, dass er in einem Flügel für die ganz harten Jungs eingebuchtet worden war.

Hatten sie im normalen Vollzug mal wieder nichts frei für einen Kerl, der sich nur mal ausgetobt hatte? Oder hing diese Kacke mit allem zusammen, was die Jungs in seinem Flügel sich zuriefen? Abgeschnitten von dem, was da draußen ablief, hatte er nur Sprachfetzen, aus denen er sich so nach und nach zusammenreimte, was passiert war.

Er wusste, dass irgendwer sich an Fay ausgetobt, sie getötet hatte und dafür der falsche Typ eingebuchtet worden war. Dieser Scheißer, den sie freigelassen hatten. Diese verfluchte Rothaut, die hinter ihnen her geschnüffelt hatte!

Ja, er hatte sich davongemacht, weil er es einfach nicht mehr zu Hause ausgehalten hatte und ihm Fays Getue und die kleine Rotznase auf den Keks gegangen waren. Aber er hatte sie verdammt noch mal nicht abgemurkst. Jedenfalls konnte er sich nicht daran erinnern. Da waren ein paar Löcher in seinem Gedächtnis, die er partout nicht gestopft bekam.

Aber sie umbringen?

Die konnten doch nicht ernsthaft glauben, dass er was damit zu tun hatte? Oder war es die andere Geschichte?

Nein, unmöglich, beruhigte er sich. Es war ja nicht das erste Mal, dass sie auf der Pirsch gewesen waren. Das bisschen Wild, das es dabei auch erwischt hatte, war Tarnung genug.

Die stampfenden Schritte kamen näher, das Pfeifen dieses Kerls lauter. Gary schluckte sein *Shut up* gerade noch herunter, sammelte sich die Spucke lieber, um sie einem der Mithäftlinge in einem unbeobachteten Moment entgegenzuschleudern. Er hatte ja sonst keinen Spaß.

Ruhig wartete er ab. Zählte bis drei, wettete mit sich selbst, dass er und keiner seiner Mitinsassen dieses Mal rausmusste. Grinste, als die Schritte vor seiner Tür anhielten, als das Schloss knirschte, die Tür aufgesperrt und geöffnet wurde.

»Malone, Ihr Anwalt ist da.«

»Na dann«, gab er nuschelnd zurück. Die Spucke in seinem Mund reichte inzwischen für eine ordentliche Dusche. Er streckte dem Wärter die Hände entgegen, wartete geduldig, bis seine Handschellen zuschnappten und tappte, sich immer wieder umsehend, neben ihm her.

»Heute mal ohne Sperenzchen«, warnte Williams ihn, als er kurz stehengeblieben war, nachdem eine der Klappen aufgegangen und gleich wieder zugefallen war.

»Deine Nachbarn mögen dich nicht besonders, was?«

Er spie die ganze Ladung auf den Boden, bevor er knurrend klein beigab. *Das nächste Mal unter der Dusche oder vielleicht beim Hofgang ...*

»Was heißt, ich werde verlegt?« Misstrauisch blickte Gary den Anwalt an, der ihm ein Formschreiben vorgelegt und dessen Inhalt verlesen hatte.

»Ich kann nichts machen«, antwortete der Anwalt. »Bis zu Ihrer Gerichtsverhandlung werden Sie ins *Tent City Jail* im Maricopa County verlegt.«

»Dieser verfluchte Zeltknast, das ist nicht Ihr Ernst?«

»Warten wir die Gerichtsverhandlung ab. Vorher kann ich keinen Einspruch erheben.«

»Das nehme ich nicht hin! Ich lass mich doch nicht wie ein Stück Fleisch in der Wüste braten. Wissen Sie, wie es da zugeht? Die brauchen keine Spritze, die krepieren da draußen an der brüllenden Hitze oder schlachten sich gegenseitig ab.«

»Beruhigen Sie sich bitte, Mr. Malone. Die paar Wochen bis zu Ihrer Verhandlung schaffen Sie locker. Es ist Herbst, die beste Jahreszeit, um mehr frische Luft zu genießen.«

»Das werde ich nicht hinnehmen. Ich feure Sie.«

Der Anwalt zuckte mit den Schultern. »Wie Sie meinen, ich lasse Ihnen ein entsprechendes Schriftstück zukommen. Unterschreiben Sie und Sie sind mich los. Und ich Sie.«

»Raus! Wärter, ich will hier raus!«, brüllte Malone.

»Was war denn da los, Malone?« fragte Williams mitfühlend, als er ihn zu seiner Zelle zurückbrachte.

»Ich werde verlegt. Morgen schon«, antwortete Malone knapp, ließ sich die Handschellen abnehmen, ignorierte das gleichmütige Schulterzucken des Wärters, starrte nur stumm vor sich hin.

Den Schrei und das laute Kreischen von draußen registrierte er ebenso wenig, wie den Feueralarm und den davonstürzenden Wärter, der zum ersten Mal vergaß, seine Zellentür zu schließen.

Erst als sich eine vermummte Gestalt in sein Gesichtsfeld schob, blickte er auf. Hörte einen Spruch, den er selbst mehr als verinnerlicht hatte, bevor ein scharfer Schmerz ihn durchfuhr.

Instinktiv griff er sich an den Hals, spürte die Feuchtigkeit, bevor ein gurgelndes Geräusch ertönte. Seine Sicht schwand.

SECHSUNDVIERZIG

Tabula rasa

LIAM GARCIA/YAS

Salt Lake City 2013

»Malone ist tot in seiner Zelle aufgefunden worden. Ein Ablenkungsmanöver hat ermöglicht, dass sein Mörder zuschlagen konnte«, erklärte Samantha, nachdem ich sie mehrfach unterbrochen hatte.

»Kein Selbstmord, ist das sicher?«

»Ja, absolut!«

»Wer war es?«

»Es kann ein Wärter, ein Mithäftling, praktisch jeder gewesen sein, der in der Lage war, die Gefangenen dazu aufzustacheln, im passenden Moment loszuplärren. Er hat es geschafft, den Feueralarm auszulösen und den Wärter abzulenken.«

»Haben Sie den Wärter verhört? Was sagt er?«

»Nichts, der Mann ist bis zum Abschluss der Untersuchungen beurlaubt. Es ist der gleiche Wärter, der auch für Sie zuständig war.«

»Pfeifer?«

»Williams ist sein Name.«

»Okay«, sagte ich hastig und kringelte den Namen Williams, den ich mir auf einem Schmierzettel notiert hatte, ein.

»Ach ja, wir sind übrigens komplett raus, auch aus diesem Fall. Aber das ist nicht der Grund meines Anrufs. Ich will Sie warnen, seien Sie vorsichtig und kommen Sie in nächster Zeit nicht nach Phoenix. Lassen Sie die Finger von Ihrer Story. Das ist derzeit zu heiß. Hier bleibt im Moment kein Stein auf dem anderen.«

»Wie bitte? Was heißt, Sie sind raus aus dem Fall?«

»Eine übergeordnete Behörde hat den Fall übernommen. Man hat mir Jeffersons Posten kommissarisch übertragen. Er ist heute nicht zum Dienst erschienen und sowohl Black als auch Anderson wurden versetzt. Vor zwei Stunden haben Sie ihre Schreibtische räumen müssen. Ihre Akten und Rechner wurden konfisziert.«

»Was ist mit Angel Malone? Ist sie in Sicherheit?«

»Ich weiß es nicht. Ich versuche, den neuen Leiter der Ermittlungen zu erreichen. Anrufe bei ihrer neuen Pflegefamilie haben nichts gebracht. Ich hatte einen Makler am Telefon. Die vorigen Mieter des Hauses seien ausgezogen.«

»Das klingt, als habe jemand aufgeräumt.«

»Vielleicht war es aber auch klug, dass sie umgezogen sind.«

»Möglich. Kann ich Sie zurückrufen? Ich muss zu einem Meeting«, schwindelte ich.

In Wahrheit wählte ich Carls Nummer. Sein Anrufbeantworter schaltete sich ein, worauf ich ihn um Rückruf bat.

Dass exakt in dem Moment John auftauchte und meine letzten Worte mitgehört hatte, machte es nicht besser.

»Was ist los? Du siehst aus, als hättest du einen Geist gesehen«, fragte er.

»Mehrere«, antwortete ich und beachtete seinen verblüfften Gesichtsausdruck nicht weiter. »Ich mache Mittagspause«, verkündete ich, sprang auf und stürmte aus der Redaktion. Ich brauchte frische Luft, musste den Kopf frei kriegen.

Ich lief zu meinem Wagen, öffnete den Kofferraum, holte ein Paar Laufschuhe heraus und tauschte sie aus gegen meine Sneakers. Dann raste ich los. Zunächst ziellos, später in Richtung Liberty Park, wo ich mich unter einem der riesigen Bäume fallen ließ und den Vogelstimmen lauschte. Offenbar war ich ganz in der Nähe des *Tracy Aviary*, des Vogelparks.

Ich raffte mich wieder auf, spazierte den Geräuschen folgend zu den riesigen Freiluft-Volieren, in denen heimische und exotische Vogelarten nur scheinbar geschützt, gefangen waren, um uns Gaffern Vergnügen zu bereiten.

Ich fühlte mit den Tieren, während Bilder vom Knast in Arizona vor meinem geistigen Auge erschienen, bis zu der Begegnung mit dem Mann, der seine Hände nach mir ausgestreckt hatte, bevor Pfeifer ihn mit diesem Viehtreiber in die Schranken gewiesen hatte.

Wieso hatte Pfeifer geleugnet, dass es Malone gewesen war, der bei meinem Auszug aus dem Gefängnis die tätowierten Arme mit dem KKK-Spruch nach mir ausgestreckt und mich bedroht hatte? Was lief da wirklich ab im Knast, in Phoenix?

Mr. Williams, Vollzugsbeamter, beurlaubt, nachdem einer seiner Schützlinge ermordet in seiner Zelle aufgefunden worden war, zählte ich auf, was ich soeben erfahren hatte.

Captain Jefferson, beurlaubt, ersetzt durch Samantha Pierce.

Black und Anderson versetzt und kaltgestellt.

Mein Handy vibrierte. Ich las die eingegangene Nachricht.

Bin auf einem Außeneinsatz. Ich melde mich wieder. Carl

SIEBENUNDVIERZIG

Nur ein Nachruf?

LIAM GARCIA/YAS

Salt Lake City 2013

Auch einen Tag später hatte Carl mich noch nicht zurückgerufen. Dafür erreichte uns die Meldung einer Presseagentur, die alles, was ich mir inzwischen zusammengesponnen hatte, infrage stellte.

Irgendwie hatte ich auf ein kitschiges Happy End für zwei Menschen gehofft. Für die kleine Angel und den Mann, der nach allem, was ich wusste, ihr leiblicher Vater sein konnte. Hatte mir vorgestellt, dass sie sich vielleicht finden. Dass Timothy Blair dieser Mann wäre und sich endlich zu seiner kleinen Tochter bekennen würde.

Und dann diese Meldung.

Ich las die nüchtern gehaltene Nachricht der Presseagentur jetzt schon zum zweiten Mal. »Ich glaube das einfach nicht«, murmelte ich vor mich hin.

»Soll ich den Nachruf übernehmen?«, bot John mir an. »Ich weiß, du hattest auf eine großartige Story gehofft. Dass es so endet, konnte niemand voraussehen.«

Ich winkte ab. »Darum geht es mir schon lange nicht mehr. Nicht um die Story.«

»Worum dann?« Johns Blick war besorgt.

»Wieso sterben alle, die in irgendeiner Beziehung zu den jüngsten Vorfällen in Phoenix stehen? Auf beiden Seiten?«

John zuckte mit den Schultern. »Vielleicht klärt sich ja jetzt endlich alles auf. Sagtest du nicht, dass das komplette alte Ermittlungsteam ersetzt wurde?«

»Ja, aber das macht die Toten nicht wieder lebendig.«

»Aber vielleicht schützt es die Überlebenden – auch dich.«

»Um mich mache ich mir keine Sorgen, und ich werde mich auch nicht aus dem Fall zurückziehen, es sei denn, du stellst mich kalt.«

»Das habe ich nicht vor«, antwortete John. »Aber ich schlage vor, dass wir den Fall Malone, oder wie auch immer wir ihn jetzt benennen müssen, zwar weiterverfolgen, aber zunächst nur recherchierend und abwartend, wozu auch die mysteriöse Meldung über Timothy Blairs Suizid gehört.«

»Ist das dein Ernst? Und wenn auch sein Tod dem großen Aufräumen geschuldet ist?«

»Hast du Beweise? So wasserdicht, dass wir was dazu veröffentlichen können?«

Ich schüttelte den Kopf, überdachte, dass alles, was ich öffentlich preisgab, auch das Leben einer unschuldigen Sechsjährigen bedrohen würde. Dabei wusste ich nicht einmal mehr, ob es da noch etwas zu schützen gab.

Ich wollte es glauben. Unbedingt!

Wenigstens dieser kleine dunkle Engel sollte leben und eine Zukunft haben. Diese Hoffnung teilte ich mit Samantha, weshalb ich ihr bedingt vertraute. Sie mochte Fays Tochter und sorgte sich um sie ebenso wie ich.

»Was ist?«, fragte John erneut. »Willst du dir heute freinehmen, soll ich nicht doch ...«

»Nein, ich mach das schon«, unterbrach ich ihn.

John sprang auf, kam an meinen Schreibtisch, legte mir die Hand auf die Schulter. »Deine Story kommt noch. Ob diese oder eine andere.«

Ich blickte ihm nach, als er das Büro verließ. Dann schrieb ich ...

Timothy Blair verschollen oder tot?

Seit Tagen ranken sich Gerüchte um den von seinem Management als verschollen gemeldeten Soulsänger Timothy Blair.

Vor vier Wochen wurde er zum letzten Mal auf dem Flughafen in Phoenix gesehen. Er habe sich unter der Kapuze eines Hoodies getarnt, so eine Zeugin, die anonym bleiben möchte. Er habe verstört gewirkt. Späteren Aussagen zufolge sei er aus dem elften Stock seines Stammhotels zu Tode gestürzt. Ob es sich dabei um einen Suizid, einen Unfall oder um Mord handelt, ist nicht bekannt.

Auf Nachfragen bei den ermittelnden Behörden wurde auf laufende Ermittlungen verwiesen, derentwegen man die Antwort verweigere.

Blairs Schicksal nahm kürzlich eine unerwartete Wendung, nachdem eines seiner Konzerte von Anhängern der rechten Szene und sogenannten Mitgliedern der Bruderschaft, einer Nachfolgeorganisation des KKK, gestürmt wurde.

Bei dem bewaffneten Überfall kamen etliche Menschen ums Leben oder wurden als Geiseln genommen. Zwei der Entführten wurden nach einer Lösegeldforderung tot in der Wüste geborgen, weitere gelten als vermisst.

Daher muss man sich durchaus fragen: Hat Timothy Blair sich selbst umgebracht oder wurde ein Mord als Suizid verschleiert?

Doch selbst wenn er sich in den Tod gestürzt hat, muss man spekulieren, warum er das getan hat.

Aus Lebensüberdruss?

Aus Verzweiflung darüber, dass sein leidenschaftlicher Kampf für eine Gesellschaft ohne Hass und Diskriminierung, scheinbar zu noch mehr Hass und Übergriffen führt?

Wir wissen es nicht.

Aber es scheint, als hätte die Bruderschaft es geschafft, mit Timothy Blair einen der wichtigsten Kämpfer gegen Rassendiskriminierung direkt oder indirekt auszuschalten.

Timothy Blair ist tot.

Doch die Botschaft des Bürgerrechtlers Timothy Blair lebt weiter. Der Sohn eines farbigen Jamaikaners und einer weißen Sängerin hat mit seiner Soulmusik und seinen Balladen riesige Konzertsäle gefüllt und allen Hoffnung gegeben, die unterdrückt, diskriminiert und gejagt werden. Seine Musik ist unsterblich, genau wie seine Message an die Welt ...

Ich brach ab, las das Geschriebene, bevor ich zaghaft meinen Namen daruntersetzte.

Liam Garcia für den Salt Lake City Chronicle

Dann löschte ich ihn wieder. Ich würde meinen Namen nicht unter einen Nachruf für Blair setzen. Nicht, solange ich nicht sicher war, dass er nicht doch noch lebte. Dass ich ihn vielleicht auf Fays Beerdigung gesehen hatte – als er einem kleinen Mädchen seine Hand gereicht hatte.

Epilog 1

CARL JOHNSON

FBI-HAUPTQUARTIER WASHINGTON, D.C.

Die Stimmung im Meetingroom war aufgeheizt, was auch die bis zum Anschlag hochgedrehte Klimaanlage nicht dämpfte. Es schien, als sei jeder der Männer sein eigener Backofen. Einigen sah man die Anspannung an, vor allem den Neuen. Die Älteren hatten jenen neutralen Gesichtsausdruck, dem nur kundige Beobachter anmerkten, wie es unter ihrer Oberfläche brodelte. Ein winziges Zucken im Augenwinkel, ein nervöses Fingerspiel, eine Bewegung des Adamsapfels zu viel.

Carl Johnson war einer von ihnen und unterschied sich dennoch vom Rest, und das nicht nur, weil er der Jüngste war und ein viel zu buntes Hemd, eine verknitterte Baumwollhose und ziemlich ausgetretene Sneakers trug.

Noch immer war ihm nicht klar, ob es in dieser Runde tatsächlich um die Vorfälle im Süden des Landes ging. Zwar hatte Anthoni Torres, der als Einziger mit hochgekrempelten Ärmeln in der Runde saß, die Übernahme der Fälle durch die Firma, wie sich das FBI intern nannte, bestätigt, aber die Updates hatte er zwei Männern überlassen, die er mit Vornamen ansprach. Auch die anschließende Diskussion ließ er weitgehend unmoderiert. Er beobachtete lediglich, notierte sich ab und an etwas, um sich dann wieder zurückzulehnen.

Carl fragte sich, ob sie wohl alle den gleichen Herrenausstatter oder Schneider hatten, der es schaffte, sie aussehen zu lassen, als trügen sie eine Uniform. Oder gab es am Ende bei den Agents eine Kleiderordnung, von der er nichts wusste? Andererseits war er nicht mal einer von ihnen.

Nachdem man ihm, dem Hacker, der es zu einer gewissen Berühmtheit geschafft hatte, angeboten hatte, die Seiten zu wechseln, war er als Analyst und Informationsbeschaffer im IT-Bereich des FBI tätig gewesen. Top bezahlt, mit netten Privilegien und der Lizenz, das zu tun, was er liebte.

Nicht ein einziges Mal hatte er damit geliebäugelt, sich um einen der begehrten Ausbildungsplätze zum Agent im FBI-Ausbildungszentrum in Quantico zu bewerben, zumal die Einstiegsbedingungen streng waren und er erst seit wenigen Monaten im Dienst war. Vorgeschrieben waren mindestens drei Dienstjahre.

Aber natürlich hatte er einige Agents kennengelernt, ihnen zugearbeitet – und gegen die Langeweile hatte er von dem einen oder anderen heimlich ein Profil erstellt.

Bei den einzelnen Operationen war er stets im Hintergrund geblieben. Auch jetzt brachte er sich nicht aktiv ein, analysierte die Männer, studierte ihre Mimik, ihr Verhalten, die für ihn befremdlichen unbequemen Anzüge, die sie nur bei Undercover- oder Außeneinsätzen gegen angemessenere Kleidung austauschten.

Auch zum Thema selbst äußerte er sich nicht. Die Fragen, die im Raum standen, hätte er, ohne in seinem Tablet nachsehen zu müssen, detailliert beantworten können, aber auch das überließ er anderen, um nicht preiszugeben, wie tief er sich bereits in den Fall eingearbeitet hatte, während er mit Dr. Morgan versucht hatte, Liam aus dem berüchtigten Knast in Phoenix rauszuholen. Er kannte Einzelheiten, die nicht mal die älteren Agents am Tisch offenlegten.

Sein Blick blieb an dem scheinbar lässigen Section Chief Anthoni Torres hängen, dem Mann, der direkt dem FBI-Direktor unterstellt war.

War er deshalb hier?

Weil er in einem Fall herumgeschnüffelt hatte, der ihm niemals offiziell übertragen worden war? War aufgefallen, wie sehr er durch seine Freundschaft zu Liam Garcia in diese Fälle rund um die neue KKK-Bruderschaft verstrickt war?

Nachdenklich beobachtete er Torres und erschrak, als dieser sich zu ihm umwandte, als besäße er ein Radar, das den Blick in seinem Rücken aufspürte.

Torres deutete ein Lächeln an. »Mr. Johnson, haben Sie auch eine Frage oder etwas zu sagen?«

Carl nickte zögernd, beschloss, seine Rolle zu offenbaren, was ihm klüger erschien, als ertappt zu werden. »Über die meisten hier besprochenen Details bin ich bestens informiert, Sir«, gab er zu. »Ich war persönlich involviert, da ich mit Liam Garcia befreundet bin.«

»Der Journalist mit indigenen Vorfahren, dem Jefferson mit aller Macht ein Geständnis entlocken wollte?«

»Ja, Liam und ich haben uns als Kinder im Waisenhaus kennengelernt.«

Torres nickte stumm und wartete ab.

»Ich habe Liam Garcia einen fähigen Anwalt besorgt, der seine Unschuld bewiesen und ihn aus dem Hochsicherheitstrakt geholt hat, bevor Schlimmeres passieren konnte. Es war der Gefängnistrakt, in dem kurz darauf auch Malone landete.«

»Ich weiß darüber Bescheid«, antwortete Torres knapp.

»Sie verfügen über erstaunlich gute Verbindungen für Ihr Alter.«

»Informationen sind eine gute Währung. Und die braucht zuweilen auch ein Staranwalt ...« Er stoppte, als er Torres etwas zu aufmerksamem Blick begegnete. »Das war selbstverständlich, bevor ich meinen Dienst in der Firma antrat«, beteuerte er etwas zu hastig.

Torres zuckte mit den Schultern »Davon gehe ich aus. Mich interessiert im Moment mehr, wie Liam Garcia an seine Informationen kam.«

»Garcia recherchierte zu den Vorfällen rund um den Überfall auf Timothy Blair und kam von sich aus auf Verbindungen, die wir auch aufgedeckt hatten. Als er mir darüber berichtete, habe ich versucht, ihn davon abzubringen, nach Phoenix zu reisen, um mit Zeugen, die er auf Videos erkannt hatte, zu sprechen.«

»Woher hatte er diese Videos?«

»Sie wurden ihm von einem Musikblogger, der auf Blairs Konzert war, zugespielt.«

»Ihre Warnung hat wenig bewirkt, schätze ich.«

»Liam Garcia ist zwar noch nicht lange beim *Chronicle,* aber wenn er sich einmal an einer Story festgebissen hat, bleibt er dran. Er ist ein verdammt guter, cleverer Journalist mit einem hohen Moralanspruch, der eher sich selbst in Gefahr bringt als zuzusehen, wie unschuldige Menschen, Tiere, die Natur oder schützenswerte Güter zerstört werden. Er kann nicht *nichts* tun, wenn er Unrecht wittert. Und dieser Überfall auf Blairs Konzert hat zahlreiche Opfer gefordert. Unschuldige Opfer, und das allein triggert ihn bereits.«

»Wie weit geht er für seine Artikel?«

»Wenn Sie wissen wollen, ob er ein Hitzkopf ist? Das ist er schon lange nicht mehr. Aber er war schon immer davon besessen, hinter die Dinge zu blicken, Unrecht aufzudecken. Seine Grenze ist da, wo er zum Beispiel Zeugen durch seine Veröffentlichungen gefährden könnte. Die Angst um seine eigene Person hingegen tendiert gegen Null. Er ist da unten fast umgekommen und hat sich immer noch nicht völlig von dem Schlag auf seinen Kopf erholt. Bis heute quälen ihn Kopfschmerzen und er hat noch immer Gedächtnislücken.«

»Wird er so klug sein, den Fall an einen älteren, erfahreneren Kollegen abzugeben?«

Carl zuckte mit den Schultern. »Ich weiß nur, dass der *Chronicle* sich im Moment ähnlich beobachtend verhält wie wir. Sie sammeln Informationen, berichten über Hintergründe, rüsten sich für den großen Knall, für die Reportage, in der sie Ross und Reiter nennen werden.«

Torres nickte nachdenklich. »Vertrauen Sie ihm so sehr, dass wir den *Chronicle* und speziell Ihren Freund ab und an gezielt mit Informationen füttern können, die wir bewusst verbreiten möchten? Und was noch wichtiger ist, hält er gegebenenfalls Informationen zurück, wenn Sie ihn darum bitten?«

Carl nickte. »Ja, wenn er damit seinen moralischen Grundsätzen nicht zuwiderhandelt. Und ein zweites Ja ... er würde eine Story zurückhalten, wenn ich ihn darum bitte. Aber das liegt nicht allein in seinem Ermessen. Er arbeitet eng mit seinem Mentor zusammen, der wohl das letzte Wort hat.«

»Was ist er für ein Mensch?«

»Liam hatte wie ich eine verdammt traurige Kindheit. Daran zerbricht man oder man wird zum Kämpfer. Mit Glück auf der Seite des Gesetzes. Das hatten wir, aber vor allem hatten wir uns. Ich würde ihm mein Leben und das meiner Schildkröte anvertrauen ...«

»Sie haben Haustiere?«

»Hugo ist mir zugelaufen und anspruchslos genug für einen Workaholic mit sozialen Defiziten. Ich muss weder mit dem Burschen reden noch mit ihm kuscheln oder sein Ego aufrichten«, gestand Carl grinsend.

Kurz spiegelte Torres sein Schmunzeln, bevor er sich vorbeugte und Carl auf Augenhöhe fixierte. »Was ist mit

Ihrem ethischen Bewusstsein? Wo ist Ihre persönliche Grenze?«

»Da, wo Unschuldige geopfert werden und ihre Peiniger mit Straferlass davonkommen, weil irgendein korrupter Typ wie Captain Jefferson einen Deal mit den Teufeln hat. Da ist meine rote Linie.«

In Torres' Augen blitzte es kurz auf, bevor er sich wieder zurücklehnte. »Solche Verhaltensweisen aufzudecken, könnte eine Ihrer künftigen Kernaufgaben werden.«

»Als Analyst oder als aktives Mitglied des Teams, das in alles eingeweiht ist? Auch in die Bereiche, die ... sagen wir mal ... kritisch sind?«

»Definieren Sie kritisch.«

»Darf ich dazu konkret werden, Sir, oder hätten Sie es lieber hypothetisch?«

Torres schmunzelte. »Konkrete Aussagen und Fragen ziehe ich vor.«

»Werden Männer wie Malone und seine Brüder weiter mit einer läppischen Anklage wegen Wilderei davonkommen, obwohl sie weit mehr auf dem Kerbholz haben?«

»Nein! Und ich nehme an, dass Sie genau wissen, dass er nicht damit davonkam.«

»War er ein Informant oder wieso konnte er weitermachen, obwohl wir ihn doch längst auf dem Radar hatten?«

»Gut beobachtet, Carl. Nein, Malone war nie ein Informant, nur ein unfreiwilliger Lockvogel, an dessen Fersen wir uns geheftet haben. Auch diese Art von Überwachungen, könnte zu Ihren Aufgaben gehören. Ich halte Sie für einen Mann, der in ein paar Jahren in der Lage ist, ein Einsatzteam zu leiten.

Zu Ihrer konkreten Frage nur eine Gegenfrage: Ist Malone davongekommen?«

»Nein, Sir.«

Torres nickte unmerklich.

»Was ist mit der schlampigen Ermittlung zum Mordfall Fay Malone?«

»Gegenfrage: Sind die Zuständigen noch auf ihren Posten?«

Carl nickte. »Verstehe.«

»Tun Sie das wirklich? Können wir uns darauf einigen, dass auch Männer in den Police Departements erpressbar, geldgierig oder einfach nur ängstlich sind? Sie kuschen, um jemanden zu schützen, um bei der nächsten Beförderung nicht wieder übersehen zu werden. Es sind normale Menschen mit Schwächen. Manchmal können wir uns diese zunutze machen.«

»Wie bei Captain Jefferson?«

»Jefferson war mal ein guter Mann, bis er gierig wurde, sich verschuldet und erpressbar gemacht hat. Es war unvermeidlich, ihn abzulösen.«

»Nachdem Menschen gestorben sind.«

Torres zuckte mit den Schultern. »Das ist tragisch und nicht mehr umkehrbar. Lassen Sie mich ein wenig ausholen. Wir haben einen Schwur geleistet, der über allem stehen sollte. Wir verhalten uns loyal gegenüber der Verfassung und den Gesetzen der Vereinigten Staaten, dienen den Menschen, ihrer Freiheit und Unversehrtheit. Das klingt groß und ist niemals zu schaffen, wenn wir nur Schwarz und Weiß sehen.«

»Die berühmten Grautöne?«

»Ja, sie machen das größte Spektrum aus, vor allem bei denen, deren Freiheit und Unversehrtheit wir schützen müssen. Wir müssen hinnehmen, dass die Menschen keine homogene Schafherde sind, sondern Individuen mit Fehlern, mit Defiziten, mit Machthunger, mit Gier. Nicht immer gelingt es uns, die Aufständischen rechtzeitig zu erkennen und rauszunehmen, bevor sie die anderen anstecken, wie es derzeit im Süden geschieht.«

»Warum finden solche Geheimbünde, die so viel Hass und Gewalt verbreiten, so viel Zuspruch?«

»Es sind Bedürftige, die ihnen am ehesten folgen. Leider steht es nicht in unserer Macht, die Unzufriedenheit, die

Nöte der Menschen mit befriedigenden Lösungen einzudämmen, was sie leicht zur Beute für starke Anführer mit einfachen, lockenden Lösungen macht, wie sie die neu entstandenen Gruppierungen bieten. Dass sie sich in einem Schafspelz mitten in die Herde einschmuggeln und boshafte Wölfe sind, die nur ihrem eigenen Machthunger, ihrer Gier, ihrem unersättlichen Hunger auf Anerkennung nachkommen, merken viele zu spät und werden als Erste gerissen. Einige der Opfer, die wir in der Wüste geborgen haben, sind ehemalige Anhänger, die aussteigen wollten oder anfingen, Fragen zu stellen.«

»Wann können wir eingreifen, wie lange müssen wir zusehen?«

»Bestimmen Sie das mit, Carl. Analysieren Sie die Bewegungen solcher Gruppierungen. Erstellen Sie Profile der Anführer, damit wir sie erkennen und aussortieren können. Dafür ist diese Gruppe unterschiedlicher Spezialisten da, und sie wird neu aufgestellt mit frischen, jungen Talenten wie Ihnen.«

»Unter welchen Bedingungen, in welcher Position sehen Sie mich?«

»Sie müssten natürlich noch mal die Schulbank drücken, salopp gesagt. Ich unterschreibe persönlich Ihren Antrag für die Grundausbildung und anschließende Spezialausbildung in Quantico, die mit einer Prüfung und Ihrem Diensteid abschließt. Wobei ich sicher bin, dass Sie diese als einer der Besten abschließen werden. Und das mit Ihren sozialen Defiziten ist aufholbar.« Wieder schmunzelte er. »Wer einer zugelaufenen Schildkröte Asyl bietet, hat das Grundprinzip des Lebens verstanden.«

Carl schluckte. »Habe ich Bedenkzeit? Ich mag meine bunten Hemden, meine durchwachten Nächte am Computer, mein unrasiertes Kinn, wenn es mal wieder etwas später wird.«

»Niemand wird Ihnen Ihre bunten Hemden verbieten, und was Ihre Schildkröte Hugo angeht, für das Kerlchen findet sich sicher ein Platz in Ihrem Büro, wenn es mal mehr als nur eine Nacht dauert. Aber eine Bedenkzeit kann ich Ihnen nicht einräumen. Dafür sind die anstehenden Aufgaben zu brisant. Bereits während Ihrer Ausbildungszeit in Virginia werden Sie für Spezialeinsätze bereitstehen. Also, was ist? Möchten Sie zu dieser Gruppe gehören, die sich um Brandherde kümmert, bevor sie auf unser Land übergreifen und zu groß und mächtig werden?«

Torres streckte ihm die Hand hin. »Sind Sie einer von zwölf Männern in unserem Spezialteam *Phoenix Asche*?«

Carl blickte sich um, dann wieder auf die ihm dargereichte Hand. »Demnach ist dieses wilde Brainstorming so etwas wie eine Eignungsprüfung?«

Torres zuckte lässig mit den Schultern. »Manchmal arbeiten wir unorthodox, um zu raschen Ergebnissen zu kommen. Doch so wild und zusammengewürfelt, wie es scheint, ist diese Truppe nicht. Wir beobachten Sie und weitere Mitarbeiter und Agents intensiv und überlegen uns genau, welche Teamzusammensetzung optimal ist. In Ihrem Fall machen wir in jeder Hinsicht eine Ausnahme. Aber wir brauchen Ihr spezielles Talent, alles andere werden Sie lernen.«

Carl schwieg, nahm die ihm dargebotene Hand des Mannes in Hemdsärmeln, der ihn längst überzeugt und etwas aus der Fassung gebracht hatte.

Er wunderte sich über dessen erstaunlich festen Händedruck und schämte sich ein wenig, als er seine Hand zurückzog. Sie war feucht und schwitzig, und das nicht nur, weil er sich an den Passus des zu leistenden Diensteids erinnerte, der die Vertraulichkeit regelte.

... ich gelobe, dass ich vertrauliche Informationen, die mir während meiner Tätigkeit beim FBI anvertraut werden, nicht preisgeben werde, es sei denn, dies geschieht gemäß ordnungsgemäßem Verfahren oder nach entsprechender Genehmigung. Dies gelobe ich feierlich, so wahr mir Gott helfe.

So wahr mir Gott helfe, dachte er mit einem leichten Anflug von Panik.

»Dann willkommen im Team, Carl. Ihre direkte Seniorpartnerin ist aus gutem Grund nicht in dieser Runde. Sie wird Sie in den nächsten Tagen ansprechen. Sam ist derzeit undercover in einer Schlüsselposition und wird bis auf Weiteres das Ermittlungsteam in Phoenix leiten, als Captain.«

Es war tiefe Nacht, als Carl noch in seinem Wagen Liams Nummer wählte, um ihm von der Beförderung zu berichten. Zumindest das unterlag hoffentlich nicht dem Eid, den er noch nicht mal abgelegt hatte.

Einen Moment herrschte Stille, nachdem er mit der Neuigkeit herausgesprudelt war.

»Darauf bist du stolz?«, kam es verbittert von Liam.

»Was meinst du?«

»Bei dem Verein, der fast mehr Tote hinterlässt als die eindeutigen Drecksäcke auf der anderen Seite?«

Carl schluckte. »Ist was passiert?«

»Ja! Ich habe heute einen Nachruf auf Timothy Blair verfasst. Er hat sich angeblich aus dem elften Stock gestürzt und keinen scheint es zu interessieren, was oder wer dahintersteckt. Suizid? Lächerlich! Das hat jemand geschickt inszeniert und so aussehen lassen wie einen Selbstmord.«

»Sagt wer?«

»Sage ich. Aber das scheint ja keinen zu interessieren, weil ihr mit laufenden Ermittlungen beschäftigt seid. Bisschen Schwund gibt es ja immer, genau wie bei Fay Malone. Habe ich recht? Euch geht es doch sicher nur um das große Ganze ...«

»Moment mal Liam. Wie kommst du jetzt da drauf. Woher weißt du, dass wir jetzt zuständig sind?«

»Das hast du mir gerade bestätigt, bis eben habe ich es nur vermutet.«

»Ja, es stimmt. Aber dennoch wirfst du da einiges durcheinander. Das FBI hat die Fälle erst übernommen, nachdem Jefferson wirklich alles gegen die Wand gefahren hatte.«

»Warum erst jetzt?«

»Es gab zuvor keine rechtliche Handhabe für eine Übernahme, soweit ich das mitbekommen habe.«

»Tue ich das? Werfe ich das durcheinander? Hör zu, Carl, ich werde dir ewig dankbar sein, für deine Unterstützung, für so manche Information und dafür, dass du geholfen hast, mich aus dem Knast zu holen. Aber mal ehrlich, was passiert da wirklich im Hintergrund?«

»Ich kann es dir nicht sagen, Liam. Nicht in diesem speziellen Fall«, antwortete Carl mit einem Kloß im Hals, während seine vorige Euphorie schwand.

Schlagartig wurde ihm bewusst, dass er auch Liam gegenüber vorsichtig sein musste. Nicht wegen des Eides, den er irgendwann nach der Ausbildung ablegen würde, sondern um seinen Freund zu schützen. Es war besser, wenn Liam nie mehr in die Nähe des Personenkreises geriet, auf die er als Special Agent demnächst ungefilterten Zugriff haben würde. Ganz gleich, ob Torres Liam als Sprachrohr benutzen wollte.

Dabei würde er nicht mitspielen.

Nicht, wenn er damit Liam erneut ins Kreuzfeuer der Typen stellte, die ihn schon einmal fast umgebracht hatten.

»Das mit Timothy tut mir echt leid«, fügte er nach einer

Weile gepresst hinzu. »Und sonst? Bist du weitergekommen mit deinen Recherchen?«, wechselte er das Thema.

»Nein«, antwortete Liam. »Die kleine Angel ist noch immer verschwunden. Und ich weiß nicht mal, ob sie noch lebt oder ob sie auch einer Säuberungsaktion zum Opfer gefallen ist. Kümmert ihr euch wenigstens darum? Um eine Schutzidentität, eine Überwachung, irgendwas?«

»Ich erkundige mich«, antwortete Carl und blinzelte mit glasigen Augen aus dem Fenster seines Dienstfahrzeugs in den dunklen Himmel, an dem kein einziger Stern zu sehen war.

»Mach das. Und sag mir bitte nicht, dass ihr dafür nicht zuständig seid, jetzt, da ihr die Fälle übernommen habt.«

Carl stieß wortlos den Atem aus, wischte über die angelaufene Scheibe im Inneren.

»Was ist, Carl, bist du noch da?«

»Ja sicher, ich kümmere mich darum«, sagte er, wissend, dass er etwas versprach, was er vielleicht nicht halten konnte. Aber versuchen würde er es zumindest.

»Ich sag dir was, Carl. Wenn ihr es nicht mal schafft, eine Sechsjährige zu schützen, ist euer Verein keinen Pfifferling wert.«

»Du bist verbittert, Liam. Das verstehe ich gut«, sprach Carl wenig überzeugt auf ihn ein, stoppte aber, als Liam schnaubte.

»Ja, es stimmt, ich bin verbittert, enttäuscht, und versuche, irgendwo einen Lichtblick zu finden. Zuerst dachte ich ja, wenn das FBI übernimmt, geht es endlich vorwärts ...«

»Das wird es auch!«

»Hoffentlich besser als bisher, Carl.«

Carl schwieg, erinnerte sich an die kühlen Diskussionen über die Flüchtlingsjäger in der Sonora-Wüste.

Das Spezialteam, dem er seit letzter Nacht angehörte, hatte lange nur auf der Lauer gelegen, um herauszufinden, ob es sich bei den Menschenjägern lediglich um eine kleine Rotte rassistischer Arschlöcher handelte oder ob dahinter ein System und Drahtzieher mit weiter reichenden Motiven steckten.

Erst jetzt sollten die Menschenjäger durch Undercover-Agenten aus ihren Reihen zur Strecke gebracht werden. Heimlich, ohne dass die Öffentlichkeit etwas über diese Ungeheuerlichkeiten erfahren sollte, was Liam einschloss.

Carl lief es eiskalt den Rücken herunter, als er verspätet auf Liams Bemerkung einging.

»Es tut mir unsagbar leid. Und wenn es was bringen würde, Yas, würde ich persönlich mit dir losziehen und die Dreckskerle jagen.«

»Aber ihr kennt sie doch. Warum buchtet ihr sie nicht ein und verbuddelt den Schlüssel zu ihren Zellen in der Sonora, genau da, wo sie gewütet haben?«

»Wir kennen oft nur die aktiven Hitzköpfe, aber nicht diejenigen, die die Fäden ziehen, die Hass und Lügen verbreiten, um Zuspruch in der Bevölkerung zu erhalten und neue Mitglieder zu gewinnen.«

»Was ist mit ihren Opfern, wer schützt sie?«

»Das ist eine Mammutaufgabe, Yas, bei der es darum geht, immer wieder mit angepassten Methoden vorzugehen«, antwortete Carl müde. »Malone ist tot. Jefferson, der zugelassen hat, dass du als Bauernopfer weggesperrt wurdest, ist suspendiert, seine Lakaien sind versetzt oder ohne Bezüge beurlaubt.«

»Und der Rest macht weiter«, antwortete Liam. »Aber weißt du was ...?«

»Was meinst du? Dass wir zu wenig tun? Dass es nie reichen wird? Da gebe ich dir recht.«

»Ja, das auch ... aber irgendwie versteh ich es auch. Auch ich kann nicht mehr. Im Moment fühle ich mich ohnmächtig, hilflos. Ich will nur noch nach Hause, duschen, mich kurz hinlegen und dann in die Redaktion, wo hoffentlich nicht schon der nächste Nachruf auf mich wartet.«

»Wieso nach Hause? Wo steckst du?«

»Ich bin seit Stunden im Park bei den Vogel-Volieren

und denke über Gitter nach, die nicht mal die Insassen schützen. Schlaf gut, Carl, wir reden die Tage. Ach ja ... Glückwunsch zu deiner Beförderung. Vielleicht braucht es ja wirklich einen Typen wie dich bei den oberen Cops. Aber versprich mir, dass du nie so ein korruptes Arschloch wirst.«

»Versprochen, mein Freund.«

Epilog 2

CARL JOHNSON

STUNDEN SPÄTER

Carl hatte längst die volle Aufmerksamkeit des Barkeepers, der ihm nach zu vielen harten Drinks nur noch Wasser, Kaffee und ein Frühstück, bestehend aus Spiegeleiern und Toastbrot, zubereitet hatte. Er war dessen letzter und einziger Gast und eigentlich hätte er längst schließen sollen. Aber irgendetwas an dem Kerl mit dem verschwitzten bunten Hemd, das seine roten Haare noch greller erscheinen ließ, schien ihn zu rühren.

»Du siehst blass aus, iss was«, mahnte er und schielte auf die achtlos abgelegten Autoschlüssel. »Soll ich die aufheben und dir ein Taxi rufen?«

»Danke, nicht nötig. Ich bin stocknüchtern und brauch kein Taxi. Mein Apartment ist nur ein paar Straßenzüge weiter, ich laufe.«

»Okay, wenn du was brauchst ...«

Carl nickte. »Eine weiße Weste wär nicht schlecht.«

»Frierst du etwa?«

»Ach was, vergiss es«, murmelte Carl und starrte in sein noch halb volles Wasserglas. Klares Wasser, ohne irgendwelche künstlichen Sprudelperlen und ohne Eis, so wie er es mochte. Klar, sauber, ohne Falsch.

Er kippte das kühle Nass in sich hinein. Bemerkte, wie der Barkeeper ihm wortlos ein frisches Glas hinstellte. Er schüttelte den Kopf, als dieser das leere Glas wegnehmen wollte, verteilte die Flüssigkeit gleichmäßig auf beide Gläser, nahm je eines in die Hand, stieß sie miteinander an.

»Prost, Liam. Heute habe ich dir zum ersten Mal nicht die volle Wahrheit gesagt. Und es ist besser, wenn du nicht mehr an Einzelheiten kommst, wenn du damit abschließen kannst.«

Die letzten Sätze hatte er nur genuschelt, zu leise, um von dem zu ihm herüberblickenden Barkeeper verstanden zu werden. Laut genug, um dessen Besorgnis zu schüren.

Sein Handy schnarrte.

Carl griff danach. Las die Nachricht von seiner neuen Partnerin. Eine Partnerin, die wohl schon vor Wochen als Undercover-Agent vor Ort eingesetzt worden war. Sie war die einzige Frau im Team und die einzige Person, deren Namen er bereits gekannt hatte. Liam hatte ihn erwähnt.

Er las den Namen zweimal, sich an alles erinnernd, was sein Freund ihm über Samantha Pierce verraten hatte. Auch ihre Nachricht las er ein weiteres Mal.

Auf einer von der Interstate 19 abbiegenden Nebenstraße wurde ein ausgebranntes Fahrzeug gesichert. Von den Insassen fehlt jede Spur.

Fahrzeughalter ist Angel Malones Pflegevater. Die Haushälterin sagte aus, der Geistliche und Angel wären gestern um die Mittagszeit zu einem Ausflug in ihre neue Umgebung aufgebrochen und nicht wieder zurückgekehrt.

Erst vor zwei Wochen haben sie dort ein Haus gemietet und waren noch dabei sich einzurichten. Niemand außer uns kannte den neuen Wohnort. Wir hatten den Pflegevater und die Haushälterin dringend ermahnt, diesen geheim zu halten und die Kleine an ihren neuen Namen zu gewöhnen.

Ich organisiere einen Suchtrupp und brauche dich dabei. Dein Flug geht in vier Stunden. Ticket ist am Charterflugschalter hinterlegt. Pack zivile Kleidung und geländetaugliches Schuhwerk ein.

Du bist offiziell ein IT-Spezialist und Scout, der für die Suche nach Vermissten in schwierigem Gelände spezialisiert ist. Genaues Briefing erfolgt, wenn du in unserer Chartermaschine sitzt. Im Team sind neben dir noch zwei ältere Agents, die dich einweisen werden.

Sam

Carl schloss die Nachricht, steckte das Handy weg. Dann nahm er eines der Gläser, drückte zu, bis es knirschte.

»He, was machst du da? Lass los! Du verletzt dich ja«, mahnte der Barkeeper. »Komm, gib es mir.«

Carl ließ los, das Glas schlug auf dem Boden auf, zersprang in Scherben. »Tut mir leid«, brabbelte Carl. »Es tut mir so unendlich leid.« Dann griff er nach seiner Brieftasche, zog einen Schein heraus, legte ihn achtlos auf den Tresen.

»Warte«, sagte der Barkeeper und schob ihm das Wechselgeld zu.

Carl sah nicht mal hin, stemmte sich vom Barhocker und schlurfte nach draußen, wo er seinen Wagen entsperrte, einstieg und viel zu schnell davonraste.

ENDE?

Ja, zumindest mit diesem Lebensabschnitt eines unschuldigen Mädchens, dessen weiteres Schicksal in den Sternen steht und im nachfolgenden Buch erzählt wird.

Wie es mit Liam, Carl und der kleinen Angel weitergeht, erfahrt ihr in Kürze auf dem SPIELPLATZ DER TEUFEL*, die sich noch lange nicht ausgetobt haben.*

Leseprobe: Friedhof der Engel

UTAH THRILLER

Inca Vogt

Prolog

LIAM GARCIA/YAS

Am Abend des 18. Juli 2021

Verwinkelte Canyons und hoch aufragende Felswände gaukelten mir eine Idylle vor, die nicht zu dem passte, was unmittelbar vor mir lag. Im ersten Moment hielt ich es für eine Erscheinung meines verwirrten Geistes und blinzelte, um mich nach der markantesten Landmarke umzusehen.

Da waren sie, wie all die Tage zuvor, in denen ich mich an ihrer Lage orientiert hatte. Die fernen Türme des *Land of Standing Rocks.*

Wie Wächter des Todes bildeten sie eine gespenstische Kulisse für die winzigen Gräber vor mir. Für einen Kinderfriedhof im Nirgendwo.

Sie waren zu unwirklich, um real zu sein.

Ich war sicher, gleich würde ein Mitglied der Filmcrew auftauchen und mich des Platzes verweisen. Grelle Scheinwerfer würden aufblitzen, um das Gelände für die nächste Gruselszene auszuleuchten. Mich umblickend wartete ich darauf, dass eine Maschine die Grabstätten in künstlichen Nebel tauchte.

Nichts davon geschah.

Ich wischte mir über die Augen.

Vielleicht spielten sie mir etwas vor, nachdem ich vor gut einer Woche mit einer Überdosis vergiftet worden und danach tagelang herumgeirrt war. Seither hatte ich kaum geschlafen, zu wenig gegessen und getrunken. Sekundenlang schloss ich die Augen, hoffte, dass sich der Spuk aufgelöst hätte, wenn ich sie wieder öffnete.

Doch das Einzige, was sich verändert hatte, war das Licht. Wo zuvor die untergehende Sonne ein Farbenspektakel gezaubert hatte, war jetzt alles grau in grau.

Schleichend näherte ich mich den Gräbern, um festzustellen, dass dies keine friedliche Ruhestätte war. Hier gab es weder Engelsstatuen noch Kreuze oder liebevoll gestaltete Grabsteine, keine Segenssprüche und Abschiedsworte trauernder Eltern. Nur diese kreisförmig angeordneten Gräber, deren Umrisse mit Steinen aus der näheren Umgebung gekennzeichnet waren.

Ich fröstelte.

Etwas, was mir absolut fremd war.

Mit Toten hatte ich noch nie Probleme gehabt. In meinem Beruf musste ich oft in die dunkelsten Abgründe menschlicher Gräueltaten blicken. Ich kannte Tatorte, an denen grausige Verbrechen stattgefunden hatten, ebenso wie Kriegsschauplätze.

Als investigativer Journalist und Kriegsberichterstatter hatte ich gelernt, solche Szenarien professionell zu analysieren. Meine Grenze war da, wo es um Kinder und Tiere ging. Um Wesen, die sich nie etwas hatten zuschulden kommen lassen. Die nicht sterben sollten, bevor sie gelebt hatten.

Schluckend versuchte ich, den bitteren Geschmack herunterzuwürgen, während ich fieberhaft nach einer Erklärung für diese letzte Ruhestätte suchte.

Das Gefühl von Unwirklichkeit verstärkte sich mit dem aufkommenden Wind. Besorgt schnupperte ich in die Luft, sog die schärfer werdenden Nuancen ein, die typisch waren für einen sich ankündigenden Sturm, zusammen mit einer Unternote, die menschlichen Ursprungs sein musste.

Eine Mischung aus adrenalingeschwängertem Schweiß und einer Kupfernote.

Blut?

War ich dem Schatten, den ich jagte, näher gekommen?

Oder einem seiner Opfer?

Meine Nasenflügel blähten sich auf, während ich die umgebende Luft in mich aufsog, fahndend nach dem ureigenen Geruch seines möglichen letzten Opfers. Zugleich versuchte ich, die Grabstätte so zu betrachten wie ein Ermittler.

Jemand hatte die kleinen Gräber halbkreisförmig um einen frei gebliebenen Platz von etwa sechs Metern Durchmesser angelegt, in dessen Zentrum ein riesiger Findling lag, der mit einem mir unbekannten Runenzeichen gekennzeichnet war, das sich auf kleineren Steinen, mit denen die Gräber abgegrenzt waren, wiederholte.

Eine dreizehnte, frisch ausgehobene Grube, die deutlich länger und breiter als die Abgrenzungen der zwölf belegten Gräber war, passte nicht in das Arrangement. Die im verblassenden Abendlicht erkennbaren feuchten Stellen der ausgehobenen Erde, waren ungewöhnlich, obwohl ich wusste, dass es unter diesem scheinbaren trockenen Wüstenboden Wasser gab, auf das man stieß, wenn man nur tief genug an den richtigen Stellen grub.

Aber etwas störte mich.

Müssten diese feuchten Stellen nicht längst getrocknet sein?

Der Tag war brüllend heiß gewesen und ringsum war alles völlig ausgetrocknet.

Wieso war diese ausgehobene Erde noch feucht?

Mir fiel nur eine plausible Erklärung ein. Jemand hatte die größere Grube erst in den späteren Nachmittagsstunden ausgehoben, vielleicht erst kurz vor meiner Ankunft.

Mich schauderte.

Ich war nicht alleine.

Jemand war hier gewesen.

Lauerte vielleicht in unmittelbarer Nähe.

Ich ging in die Hocke, um ein weniger sichtbares Ziel abzugeben, legte meine Hand auf die noch aufgeheizte Erde.

Unvermittelt wirbelte eine Windbö ein Gewirr aus Ästen auf, an denen etwas Helles hing. Vorsichtig sicherte ich den Fremdkörper, der sich bei näherem Hinsehen als ein mit dunklen Spuren verschmiertes Zeitungsblatt erwies. Der Geruch war verräterischer als die wenigen zusammenhängenden Wörter.

Der Fetzen roch nach Kot.

Nach menschlichem Kot.

Kein Tier würde sich den Hintern mit einer Zeitung abwischen.

Wahrscheinlich war es Blödsinn, dass ich dem Fetzen so viel Aufmerksamkeit schenkte. Das Papier konnte auch von weiter weg hergeweht sein, nachdem der Wind aufgefrischt hatte. Dennoch klammerte etwas in mir sich daran, wie ein Detektiv zu denken, Spuren zu sammeln.

Mit Daumen und Zeigefinger ergriff ich den Papierfetzen, ließ ihn in eine Plastiktüte gleiten, in der zuvor mein längst verzehrter Proviant gesteckt hatte. Erst dann versuchte ich herauszufinden, wie alt die Spuren sein mochten. Hinterlassenschaften verblassten, verloren ihren Eigengeruch, anders als diese ekelhaft frische Probe, die höchstens zwei Stunden alt war.

Von wem stammte sie?

Von dem Totengräber?

Von der Kleinen, die ich so verzweifelt suchte?

Vor Tagen hatte ich einem alten umherstreifenden Navajo ein Bild von ihr gezeigt. Eine heimlich geschossene Handyaufnahme, aufgenommen, als sie vor sich hin dämmernd auf dem Beifahrersitz des Fahrzeugs gesessen hatte, mit dem sie kurz darauf verschwunden war.

Ohne mich.

Der alte Navajo, der mitten in der Wildnis meinen Weg

gekreuzt hatte, war in der Bewegung erstarrt. Hatte *Diabolo* gemurmelt. Das indigene Wort für Schatten. Dann war er zurückgewichen, als fürchte er sich. Erst als ich ihn mit einer Fünfdollarnote lockte, trat er näher, warf einen kurzen Blick auf das Handybild, um gleich darauf abwehrend mit den Händen zu wedeln, als müsse er einen Geist beschwören.

»Was ist, hast du sie gesehen?«

Weitere abwehrende Handbewegungen, ein gemurmeltes Wortgemisch. Dann ein Fingerzeig auf das Amulett, das ich trug, bevor er lallend davontorkelte, was vermutlich einer beachtlichen Alkoholmenge geschuldet war.

Ratlos hatte ich ihm hinterhergesehen.

Diabolo, der Mann im Schatten?

Hatte er mich vor ihm gewarnt?

Ich schüttelte mich, schalt mich einen Narren.

Ein kicksendes Lachen entwich meiner Kehle.

»Schatten scheißen nicht. Das machen nur reale Kerle.« Erschrocken horchte ich dem Klang meiner krächzenden Stimme nach.

War ich dabei durchzudrehen?

Vermutlich bildete ich mir diese seltsame Begegnung ebenso ein wie die Gerüche.

Real war der zunehmende Wind, der Staubwolken über das Land fegte. Halb geduckt umrundete ich die Gräber, schwankend zwischen Hoffen und Bangen, dass diese womöglich doch nur eine Art Fata Morgana war. Ein Hirngespinst.

Der aufgewirbelte Staub minderte meine Sicht, drang in jede meiner Körperöffnungen, blendete mich, brannte in den Augenwinkeln.

Nur nicht reiben, erinnerte ich mich an eine Warnung. Stattdessen schirmte ich meine Augen mit der Hand ab und las die auf den Steinen aufgebrachten Schriften, die einmal in bunten Farben aufgemalt worden sein mussten. Großteils waren sie verblasst und im schwindenden Licht gerade noch erkennbar.

Mir schien, als hätte der Maler wahllos Farben benutzt. Die Buchstaben waren krakelig, wie von einer alten oder sehr jungen Person aufgetragen. Vielleicht auch von einem Kind, das erst schreiben lernte.

Nach den notierten Geburts- und Todesdaten waren die meisten der begrabenen Kinder nicht mal drei Wochen alt gewesen, als jemand sie hier fernab der nächstgelegenen Reservatsiedlung begraben hatte. Das jüngste Kind war erst vor zwei Tagen verstorben. Das älteste Grab beherbergte die Überreste eines vor über zehn Jahren dahingeschiedenen Säuglings, der nur wenige Stunden gelebt hatte.

Wer vergrub sein Baby hier in der Abgeschiedenheit?

Das passte weder zu den Gepflogenheiten meines Volkes noch zu jenen der Weißen. Wir alle hielten unsere Verstorbenen in Ehren, wollten sie in unserer Nähe wissen.

Ein Gedanke durchfuhr mich.

Was, wenn der Schatten, den ich jagte, ähnlich fühlte?

Wenn er die Seinen bei sich behalten wollte?

Ich hatte gelernt, auf meine Sinne zu hören, wenn die Fakten karg oder widersprüchlich waren.

Was erzählte mir also dieser Ort?

Ich drehte mich, öffnete meine Sinne, blieb mitten in der Bewegung stehen, lauschte, fühlte, schnupperte, um die Gerüche fernab der Zivilisation aufzunehmen, zu werten und zu analysieren.

Menschliche Gerüche müsste ich herausfiltern können.

Die der Lebenden wie die der Toten.

Und da war sie wieder ...

Eine süßlich-ätzende Nuance, die aus der Richtung der frisch ausgehobenen Grube kam.

Ich atmete ein und aus, versuchte, meinen hochgefahrenen Puls zu beruhigen, während ich mich immer noch tief gebückt darauf zu bewegte. Eine heftige Windbö erfasste mich, ich strauchelte, hielt inne, sah mich um. Inzwischen war die Sonne nur noch als blasser Schimmer am Horizont zu sehen. In Kürze würde es hier stockfinster und verdammt ungemütlich werden.

Ich brauchte Licht, überlegte, ob es sinnvoll war, den Rest meiner Handybatterie zu nutzen, um das Areal auszuleuchten. Oder doch besser ein Feuer?

Streichhölzer hatte ich noch, sogar ein Feuerzeug war in der Seitentasche meines Rucksacks.

Ich tastete danach, während ich einen weiteren Schritt zurücktrat ... als der Boden unter mir nachgab.

Ich fiel, stürzte in die Tiefe.

Vergeblich versuchte ich, mich am seitlich befindlichen Buschwerk festzuhalten.

Dann der Aufprall, kaum abgefedert von Astwerk.

Es war stockfinster, die Gerüche verdichteten sich, nahmen mir die Luft zum Atmen.

Sekundenlang.

Dann traf mich ein Schwall, stickig, stinkend.

Die Schatten ringsum erwachten zum Leben. Viele ...

Bücher von Inca Vogt

NEU! THRILLERWORLD

mit Thrillern aus aller Welt

FRIEDHOF DER ENGEL, Utah-Thriller

FEGEFEUER DER TEUFEL, Arizona-Thriller 1

SPIELPLATZ DER TEUFEL, Arizona-Thriller 2

TRAVIS 1 & 2

NACHRUF AUF MEINE LEICHE

MIT MEINEM BLUT GEMALT

AMATO Spin Off 1, 2, 3

TODES OUVERTÜRE

BÖSE UNSCHULD,

ELENAS BLUTSCHWUR

AMATO-Hauptreihe:

1. GEBRANNTE KINDER
2. GÖTZENKINDER
3. VERLORENE KINDER
4. NYMPHENJÄGER
5. KILLERSTOFF
6. CRONENS BRUT

SARGNAGEL-Reihe:

SARGNAGEL 1

SARGNAGEL 2

TODESTRIGGER

SWITCH

TODESZIRKEL

DIE TREUETESTERIN

Printed in Poland
by Amazon Fulfillment
Poland Sp. z o.o., Wrocław

35589706R00185

ULLSTEIN

Das Buch

Als der Direktor der CIA den Report des brasilianischen Leichenschauhauses erhält, steht er vor einem Rätsel: Der Mann, der zwei Tage zuvor in einem Missionsdorf am Rande des Dschungels aufgetaucht und dort seinen Verletzungen und schwerem Fieber erlegen war, konnte zweifelsfrei als Agent Gerald Clark identifiziert werden – Mitglied einer vor vier Jahren verschollenen Expedition zur Erforschung unbekannter Heilmittel. Clark war infolge einer Kriegsverletzung einarmig, das Foto jedoch zeigt eindeutig eine Leiche mit zwei Armen. Was war damals im Regenwald passiert? Worauf waren die Forscher gestoßen? Und was hat es mit den geheimnisvollen Tätowierungen auf sich, mit denen der Körper des Toten bedeckt ist?

Ein zweites Expeditionsteam – Biologen, Mediziner und Spezialisten für die Eingeborenenstämme, begleitet von Elitekämpfern des Militärs – wird auf die Spur der Verschollenen gesetzt. Doch die *Operation Amazonas* bleibt nicht lange geheim ...

Der Autor

James Rollins wurde 1961 in Chicago geboren. Er ist promovierter Veterinärmediziner und hat eine Tierarztpraxis in Sacramento, Kalifornien. Dort geht er auch seinen beiden neben dem Schreiben wichtigsten Leidenschaften nach: Höhlenforschung und Tauchen.

Von James Rollins sind in unserem Hause bereits erschienen

Das Blut des Teufels
Im Dreieck des Drachen
Sub Terra